孫述宇 著

英文字母與讀音解難

商務印書館

英文字母與讀音解難

作　　者：孫述宇

責任編輯：黃家麗　郭肇敏

封面設計：張　毅

出　　版：商務印書館 (香港) 有限公司

　　　　　香港筲箕灣耀興道 3 號東滙廣場 8 樓

　　　　　http://www.commercialpress.com.hk

發　　行：香港聯合書刊物流有限公司

　　　　　香港新界大埔汀麗路 36 號中華商務印刷大廈 3 字樓

印　　刷：中華商務彩色印刷有限公司

　　　　　香港新界大埔汀麗路 36 號中華商務印刷大廈 14 字樓

版　　次：2011 年 9 月第 1 版第 1 次印刷

自　序

　　我們華人學英文，一天天進步，出現在心中的疑問也越來越多。中學的老師解答了一部份，但遠不是全部。我在大學讀了四年英文系，許多英文讀音的問題仍然留在心裏，未有答案，我因此也能理解為甚麼中學裏的英文教師對很多問題都不能回答。其後我到研究院進修，雖然主修文學，但依照規定須通過一些古代和現代的歐洲語文，又必須修習一些英語史課程；由於個人興趣，我還去旁聽語言學系的課，讀了一些歷史比較語言學的書籍與文章。這些研習完成後，我發覺早時對英文的疑問，大多數都很容易就得到解答了。我把這些答案寫成這本書，獻給學英文的華人。

　　多位朋友幫了大忙，我謹在此稱謝。編寫英語語音教材早已成績斐然的甄沛之，青出於藍，多年前曾在中大英文系上過我的課，他仔細讀過本書原稿，改正多處錯失。整理稿件時，不少文書工作承中文系的研究生代勞，包括楊建芬、王小蓉、林文芳、何丹鵬。我更須向香港商務編輯部的全人致意，特別是張倩儀和黃家麗，若非他們能以逾常的耐心相待，這本難產的書必定不會面世。

孫述宇

2011 年 6 月

目　錄

自序 .... *i*

緒言：本書旨趣 *1*

第一章：字母系統與轉換 *23*

第二章：英語元音 *41*

第三章：前腔元音字母 ── E、I、Y *91*

第四章：後腔元音字母 ── A、O、U *107*

第五章：英語輔音 *159*

第六章：唇齒顎音 ──
　　　　B、C、D、F、G、K、P、Q、T、V、X *177*

第七章：音節輔音 ── L、R、M、N *245*

第八章：半元音 ── J、Y、V、W.................................*283*

第九章：H、S、Z.................................*303*

附　　錄：**I a** 希臘字母 *327*

　　　　　I b 梵文天城字母 *328*

　　　　　I c 俄文字母 *329*

緒 言
本書旨趣

0.1　英文字母與語音：歷史與紊亂

011　今天英文字母與語音之間的關係亂得很。一個字母，或者一種拼法，常有不止一種讀音。比如輔音字母 C 有軟硬兩種讀法，CH 有三種；元音那邊，OU 和 A 的輕重讀音各近十種之多。另一方面，一個語音又可以由多種拼寫方法代表：/k/ 可拼寫成 C，K，CK，CH，QU；/ɑ:/ 在英國標準語中可寫成 A（如 car），AU（laugh），E（Derby）、和 EA（heart）。英文字究竟該怎麼讀，是十分令人煩惱的一樁事體。因此英文字典照例給單字附上注音字母以標示讀音。標注讀音的字母系統，如國際音標（International Phonetic Alphabet，簡稱 IPA），都以一個字母（或兩字母的連合體，或更添加小符號）對應一個唯一的語音，而這個語音也必定不與別的字母對應。

字母本是標注語音的符號，英文字母開頭也是一套頗稱職的音標。約在一千四百年前，當耶穌教士先後從愛爾蘭和羅馬來到不列顛島上傳道時，他們使用拉丁字母來拼寫島上居民的土話（從前稱為 Anglo－Saxon，簡稱 AS；今日改稱 Old English，OE），寫出來的就是古英文。這種文字的字母與語音之間有個很清楚的一對一關係，那時的人讀來毫不困難，不會感覺無所適從，也不會唸錯。但是在其後的千餘年間，這種語文隨着英

國的國運起了許多變化，終使當初書寫與發音之間簡單而一貫
的對應關係土崩瓦解。

012 在 1066 年，使用着古英語的老英國，被法國諾曼第的威廉大公
領軍跨海來到征服了，諾曼法語成為統治英國的語文；百餘年
後，英廷與諾曼第那邊的關係中斷，英語重新成為國語。學界
把英語史劃分為古英語、中古英語、現代英語三個時期；古英
語和現代英語是截然不同的語文，中古英語是兩者間的過渡。
古英語和中古英語的劃分點放在 1100 年，即是 1066 之後新世
紀的始點；中古和現代英語的劃分點放在 1500。外來語文對英
語的影響，在中古英語時期加劇，但是英語的語音直至中古英
語結束之時還是相對地穩定的。語音的劇烈變動出現在現代英
語早期，這與英國的政治情況無關，但大大擴闊了英文與英語
之間的裂隙。

013 使英文和英語失去良好對應關係的原因，有這幾大項：

(一) 外國語文滲入。諾曼人帶來的法語方言是頭一個巨浪，
　　隨後慢慢來到的是文藝復興時的古典語文。這些外來語
　　文全都用拉丁字母拼寫 —— 希臘語文也經過拉丁字母轉
　　換 —— 與英文使用的字母相同，這就使英文字母所代表的
　　語音增加。

(二) 外國語文帶來不一樣的拼寫方法，因而產生諸多令學生困
　　惱的現象。

(三) 在英國本土，英語的語音發生許多變動。音變有獨立性
　　的，有依附性的。獨立音變在十六、七世紀時特別蓬勃，
　　尤以長元音的劇烈變動最是觸目驚心。但變動不限於這兩

百年間，也不限於長元音。

(四) 依附性的音變早在古英語時期已發生。這種音變讓字母的語音依前後方的字母而變化，英文字母於是不再恆定代表一個語音，不再是良好的音標。

以下幾組例字顯現字母標音的落差，也提示原因所在。

0.2　例一：字母 **A** 的一些讀音

這幾行字都有字母 A：

back	bake	bar	bare	ball	(bale)
cam	came	car	care	call	
mat	mate	mar	mare	mall	(male)
tap	tape	tar	tare	tall	(tale)
pan	pane	par	pare	pall	(pale)

這裏每個直行內的 A 都有相同讀音。從左到右，頭五直行的 A 各別不同，依次序唸出 /æ/、/eɪ/、/ɑː/、/ɛə/、/ɔː/。在第六直行括弧內的 A 唸 /eɪ/，與第二直行相同。

021　　第一直行內 A 所唸出的 /æ/ 是典型的短 A 音，第二直行唸出的 /eɪ/ 是長 A 音。（第一直行的短元音可憑所在音節的封閉性推知，第二直行的長元音也被字尾的無聲字母 E 披露出來。元音長短的分辨，見本書概述元音的第二章；元音 A 的讀音，在第四章有詳細說明）。長短 A 音之不同，是獨立性音變的結果。

第三直行內的 /ɑː/ 和第四直行內的 /ɛə/ 是短 A 和長 A 在流音 R 之前的語音；第五直行內的 /ɔː/ 是短 A 在流音 L 前的語音。第六行顯示長 A 不受隨後的 L 牽制，仍舊發出第二直行內長 A 典型的 /eɪ/ 音。

022 我們上下仔細檢查，會看見在第一、二直行中，長短 A 的發音獨立，並不為在前在後的輔音左右，不論這些輔音是唇、齒、顎或鼻音。但在三、四、五直行，不論前方是甚麼輔音，短 A 的語音被後隨的流音 L 和 R 決定，長 A 也被後隨的 R 決定。換言之，短 A 在 L 和 R 之前，以及長 A 在 R 之前，都起了依附性音變。

023 字母須有恆定不變的音值方能發揮音標功能，清楚注出文字的讀音。本節含 A 的單字顯示，經過獨立性音變後，長短 A 的音質已不一致，但兩者還相對穩定，在多種輔音之前之後保持着 /eɪ/ 和 /æ/ 的讀音；可是經過在流音之前的依附性音變後，連 /eɪ/ 和 /æ/ 也保不住，而讀出 /ɑː/、/ɛə/ 和 /ɔː/。這些音變把英文字母標注讀音的能力大大削弱，英文教師不可不察。

南美諸國的國民酷愛足球運動，他們襲用英語語音來稱謂足球，但在文字上卻寫成 futbol。"世界盃足球賽"的標語就是 Futbol Mondiale。按"足球"在英語唸作 /ˈfutbɔːl/，是因為第一音節中的高長 O 在獨立性音變中升高到往日 U 的位置了，而第二音節中的短 A 在流音 L 之前的依附性音變中獲得圓唇性質並且升高去到中後位置，成了個歷史上出現過的長 O 音，位在今日的短 O 和低長 O 之間（參看第二及第四章）。文字有很強的保守性，英文在語音變動之後不能調整拼寫方法來配合，只好讓南美的球迷代勞。

0.3　例二：字母 O 的三個讀音

這兩橫列的單字裏，字母 O 有三個不同讀音。

move	rove	love
prove	stove	dove

031　從左起，第一直行內，字母 O 唸出 /uː/，那是典型高長 O 的語音。第二直行，O 唸出 /oʊ/，是典型低長 O 的語音。第三直行，O 唸出 /ʌ/，是典型的短 U 音。這三直行內的 O 雖然讀音互異，但顯然都不是依附性音變造成的，因為這些 O 之後是完全一樣的 VE 組合，而 O 之前的幾個不同輔音也別無引致音變的例證。

032　這高低兩個長 O 在第四章有較詳敍述。高長 O 是古英語的長 O，當初是個中後元音，今天已升高成為高後元音了。低長 O 原是古英語的長 A，起先佔據一個低後位置，現在已升成中後元音。英文教師如果對這兩個長 O 的並存並不為意，是不小的過失。在現代英語早期，英國的正音家和正書家發覺到字母 O 其實讀出兩種長音，曾設法加以分辨，方法之一是用 OO 代表較高的長音，用 OA 代表較低的。（不難聽出，上面第一直行的 O 與 moot 或 root 的 OO 同音，而第二直行的 O 與 moat 或 road 的 OA 同音）。由於 OO 和 OA 只使用來標示封閉性音節內的兩長 O，而本節一二兩直行的字相貌不像封閉性音節，這種分辨性的寫法也就沒有派上用場。（封閉性與開放性音節在第二章有說明。prove 和 proof 同樣具有高長 O，但卻因這種分別而有單 O 和雙 O 的不同拼法。）

033　至於第三直行的 love 和 dove 唸出典型短 U 的 /ʌ/ 音，是因為這兩個字的元音其實是短 U。古英文的文獻裏，love 的動詞與名詞的詞形分別是 lufian 和 lufu；dove 來自古挪威的 dufa。因此，這兩個字唸出 /ʌ/ 音毫不足怪，出奇的反倒是它們為何竟然捨棄了古時的 U，而改以 O 寫成？在這裏我們看見英語史上的幾件古怪大事之一。原來在 1066 年亡國之後，英文接受了法文的一種拼寫方法，那就是在輔音字母 V、W、M、N 等之鄰，以字母 O 替代 U。（詳見第四章）。

這些單字裏，木尾的 VE 製造麻煩。可參看講 V 的章節。

0.4　例三：OU 和 OW

英文中 OU 的組合，會寫成 OW，特別是在字尾。這個組合的讀音，林林總總，下面這九個單字是例。

house our rough wound journey ought cough know Houston

九字的元音順序唸出 /au、auə、ʌ、uː、ɜː、ɔː、ɒ、ou、juː/。（地名 Houston 除了在美國德薩斯州唸出最怪異的 /juː/ 音，在別處又會唸出較正常的 /au/ 和 /uː/ 音）。在輕讀的音節裏，ou 唸 /ə/。

041　這九個讀音是兩線發展的結果。頭一線，英語讀音由於種種變動，到中古英語時期匯合成一個複元音，英人覺得可以用字母 O 加上 U 來代表，由 O 標示上半截的語音，U 標示下半截。到現代英語時期，這複元音又與輔音互動而分化成幾個不同的元音和複元音。

042　第二線的由來是英文學效法文的另一個古怪辦法，用字母 O 和 U 的組合來拼寫長 U 音。我們在上節見過英文追隨法文以 O 代 U 之後，現在面對以 OU 拼寫長 U 音，當然亦見怪不怪了。

今天英文字 proud，out，now，cow，在古英文的文獻中寫作 prud，ut，nu，cu，現代的古籍編者會給這些字裏的 u 加上長音符號成為 ū。這個長 U 音後來也在縮短、複音化等音變中演化成幾個不同讀音。

這九個不同讀音的由來，可在第四章 4333 節看到。

0.5　例四：CH 與 GH

以上只講元音的事，現在進入輔音範圍，我們從 CH 和 GH 這兩個非常麻煩的字母組合開始。先說 CH，我們立刻看見英文讀音的兩個緊要問題。請看像 chelate、cheese、chemise、che 這些字，CH 在字裏頭唸出的聲音，頭三者是 /k/、/tʃ/、/ʃ/，第四個是 /k/（意大利文）或者 /tʃ/（西班牙文）。這些不同讀音背後的歷史，須分別說明如下。

051　chelate

這字在英文裏唸作 /kiːleit/（重音在前後音節都可以）。英文字裏的 CH 組合一般唸 /tʃ/，這字中的 CH 唸出 /k/ 音，因為它的來源是個希臘文的名詞，指螃蟹等甲殼動物的鉗形爪子。希臘文轉變成拉丁文，有一套對換方法，叫做 "轉寫" 或 "換寫"（transliteration）。由於拉丁字母脫胎自希臘字母，這兩種文字間的轉寫過程大致平順，只是希臘文有幾個 "雙輔音" 和 "吐氣音" 字母是拉丁所無的，它們的轉寫稍費周章。希臘第廿二字母 chi 是個吐氣字母，形狀是 X 和 x，讀音與希臘字母 kappa 相近，但須多吐些氣，比較像英語和其他日爾曼語的 /k/。現代語言學界把它轉寫為 kh。希臘文的螃蟹鉗爪，依語言學新方法轉寫出來的字形是 khēlē；可是拉丁文的傳統慣以字母 C 代替 K，又會用拉丁陰性的詞尾 A 代替希臘的長 Ē，於是把 khēlē 寫成 chela。這就是拉丁文指螃蟹鉗爪的名詞，把它與有意義的後綴 -ate 併合，就有了 chelate 這個在動物學和化學上都很重要的詞。

含有字母 chi 的希臘字，輾轉來到英文字彙的為數甚多，最教人蕭然起敬的自然非 Christ 莫屬，日常見到的有 character，stomach，chaos 等。科技詞語中，若與“手”、“時間”、“綠”或“金色”有關，會包含詞幹 chiro-，chrono-，chloro，或 chryso-。

本書第一章就講拉、希、俄、梵諸字母系統，對轉寫問題有説明。

052 cheese

cheese 讀出了 CH 組合在英文中最普通的讀音，/tʃ/。這個塞擦音產自一種叫做“前顎化”的語音變動。前顎化是很普通的現象，先後出現在許多語言身上，使它們的面貌有這樣那樣的改變。本書在概説輔音和專講顎音的章節有較詳敍述。這種音變的事實若不知道，英文與一些有關係的西歐語文的書寫和讀音很難弄清楚。

所謂“前顎化”（palatalization），是説一些輔音在前腔元音之鄰起了同化作用，發音的位置移前，變成新的輔音。在英文的範圍內具體言之，這種音變是後顎的清濁塞音 /k/ 和 /g/（字母 C 和 G）在前腔中高元音（字母 E 和 I）之旁，移前並且起變化，終於分別成為清濁塞擦音 /tʃ/、/dʒ/。

cheese “乳酪”之名是古羅馬人所創，在拉丁文裏它是 caseus，傳入英國，在古英文中變成 cese。這個字開頭的字母 C 所代表

的顎音 /k/，由於處身前腔元音字母 E 之前，起了前顎化音變而成了塞擦音 /tʃ/，後來在中古英語時期改以雙文字母 CH 來代表，於是有今天的詞形與讀音。

其他含有 CH 的本土英文字都有類此的演變。

053　chemise

這個字是從法國輸入的，唸 /ʃəmiːz/，其中 CH 依法文規律唸作 /ʃ/。

這種讀法也是前顎化的結果。法語史上有一回前顎化運動，讓字母 C 的 /k/ 在元音 E 或 I 之旁先變成 /tʃ/，再簡化成 /ʃ/，而書寫上也作了調整，在字母 C 之後加上 H 來代表這個圓唇擦音，chemise 的 CH 就是這樣來的。

（另一回法語史上的前顎化，讓 C 在 E 和 I 之前唸出 /ts/，再簡化成 /s/。法文對此並不作拼寫方法上的調整，任由 C 在前後元音字母之鄰，讀出 /s/ 和 /k/ 兩個不同讀音。這傳到英國，使英文的 C 也有"軟音" /s/ 和"硬音" /k/。）

054　che

che 不是英文字；不過，西班牙和意大利也會把這樣的單字傳進英文之中。英美報章書刊上常見到廿世紀拉丁美洲革命偶像 Che Guevara，這個 che 的 CH 唸 /tʃ/，是後顎音前顎化的結果。有一首流行歌曲題目是 "Che Sara Sara"，那是意大利文，意思由後隨的一句說出，"what (ever) will be，will be"，這個 che 的 CH 唸 /k/。

意大利文在 E 和 I 前的 CH 讀 /k/，是前顎化音變的善後措置。前顎化與其他音變一樣，有個起始和終結，起始之前和終結之後的時代，在同樣的語音情況中音變不會發生。不過，在音變過去後，同樣的語音又演化出來或由外方傳來，當如何拼寫呢？這時，我們見到各國語文各有謀略。要在 E 和 I 前拼寫 /k/ 音，英、法和西班牙都不能再用字母 C（那會發出 /s/）或 CH（那會發出 /tʃ/ 或 /ʃ/），於是英文改用拉丁文罕見使用的字母 K，法和西改用那漸漸已失去圓唇性的字母組合 QU。意大利的情形不同，意文的字母 C 在前顎化音變時沒有改寫，它在 A、O、U 前唸 /k/，在 E 和 I 前唸 /tʃ/（甚至用 CI 這個字母組合代表出現在 A、O、U 之前的 /tʃ/，例如 "再會" /tʃau/ 的寫法是 ciao）；現在要在 E 和 I 前標示 /k/ 音，意文就動用 CH。

在文化交流中，英文收進了眾多外國單字和外國拼寫方法，包括那些用以應付前顎化音變以及事過境遷作善後工作的。在英美餐桌上，一種烤蛋餅 quiche 唸 /kiːʃ/，其中 CH 的 /ʃ/ 是法語顎音前顎化的結果，而代表 /k/ 的 QU 則是前顎化音變善後的寫法。餐酒 chianti 唸 /kiɑːnti/，CH 是意文在前顎化過後拼寫 I 前 /k/ 音的善後寫法。chocolate 的 CH，英文和西文都唸 /tʃ/，法文唸 /ʃ/；意文中這種糖果也以 /tʃ/ 開始，但是寫成 cioccolate。同樣是以 CI 在後腔元音之前拼出 /tʃ/ 音還有意大利麵包 ciabatta，這些都與字母 C 有關；若轉到字母 G 那邊，意大利麵條 spaghetti 和法國麵包 baguette 分別以 GH 和 GU 代表硬的 /g/ 音，是一樣的道理。

055　ghoti

GH 的道理，與上面所講 CH 差不多。本書第五、六、九各章對此都有敍論，這裏且不多費篇幅，而只以一個笑話來提提這個問題。ghoti 是個語言學界的故事，話說有人想不起英文的"魚"字怎麼寫，只知語音是 /fɪʃ/，他就把代表 /f/ 和 /ɪ/ 和 /ʃ/ 的三組字母寫出，結果便是 GH ＋ O ＋ TI —— ghoti。

用 GH 代表 /f/ 不算奇怪，rough、tough 或者 laugh、draught 等字都是先例；用 TI 化表 /ʃ/，我們在那些很普通的後綴 -tion、-tial 上頭也很熟悉。只有用 O 代表 /ɪ/ 要讓人錯愕一下。似乎"婦人"的多數詞形 women 是唯一的證據。

women 讀成 /ˈwɪmɪn/，其間道理離奇曲折。古英文的"婦人" wifmann 是個複合詞，由 wif（"婦女"，今天 wife 的前身）和 mann（專指"男"，泛指"人"）兩字連結而成。這字的讀音隨後起了變動，代表高前元音 /i/ 的字母 I，由於前有字母 W 的圓唇輔音 /w/（與高後元音 /u/ 對應），後有字母 A 所代表的低後元音 /a/，受到了影響而發出高後元音 /u/ 的聲音。在後來的中古英文文獻裏這個字有 wumman 和 wuman 的寫法。在現代英文裏它為甚麼寫成 woman 呢？那是因為英文後來依從了古法文的拼寫方法，為了避免混淆，在字母 W、M、N、V 等之鄰，把 U 改寫為 O（參看前面例二所說 love、dove 等字的拼寫道理）。"婦人"的多數詞形，在古英文是 wifmenn，其中的 menn 是單數詞形 wifmann 中 mann 的多數詞形。在現代英文裏，"婦人"單數詞形既寫成 woman 了，多數詞形依着類比原則自然就把其中的 man 改為 men 而寫成 women。可是讀音呢？ women 今天的讀音是 /ˈwɪmɪn、ˈwɪmən/，因為古時 wifmenn 中的 I 仍然唸出高前元

音的 /ɪ/。（I 在單數詞形 wifmann 中，由於受到 mann 內的低後元音的拉扯而變成高後的 /u/；但在多數詞形 wifmenn 中，後半部份的元音 E 是個中前元音，並無向後腔的拖力）。這麼一來，women 就有以字母 O 代表 /ɪ/ 的驚人之舉。

ghoti 這個笑話或能教人忍俊不禁，但它其實有兩點是說不過去的。首先，GH 唸成 /f/ 只能發生在元音之後，不在元音之前。（詳第六與九章）。在元音之前，這個雙文字母只會唸成 /g/（如 gherkin、ghost），或者相對應的吐氣濁塞音，即是 "阿富汗人" Afghan 或是佛教中的 "馬鳴菩薩" Asvaghosa 身上的 /gh/。

其次，TI 的 /ʃ/ 音不會出現在單字的末尾，而須在後方更有一個元音或音節輔音。若無這樣的響亮語音在後，I 不會變化成為半元音 /j/，那麼 /tj/ 的音變 "J 合併"（即 Yod coalescence）就不會發生，/ʃ/ 不會出現（詳第五章）。

0.6　例五：Morris 和 Murray

這兩個姓氏在英美兩地讀音不同。美國人把它們讀成 /ˈmɔːrɪs、ˈmɜːri/，第一音節中重讀的元音是長音 /ɔː/ 和 /ɜː/。英國的 RP 口音讀做 /ˈmɒrɪs、ˈmʌri/，重讀的元音發出短音 /ɒ/ 和 /ʌ/。

分析起來，美國人口中 Morris 的重讀元音，與 morning 或者 mortal 的重讀元音相同，都是受到後隨的 R 影響的長 O 音 /ɔː(r)/。英國人讀 morning 或 mortal 時也唸出 /ɔː/ 來（只是沒有捲舌音）；但英人讀 Morris 之時，唸出的是與 morrow 或 tomorrow 共有的短 O 音 /ɒ/。同樣，美國人的 Murray 與 Murphy、murmur 都有 /ɜː(r)/。英國人讀 Murphy 和 murmur 時也讀出 /ɜː/（不捲舌），但英人的 Murray 像他們的 hurry 和 curry，有個短 U 的 /ʌ/。

語音學界有個 "夾在兩個元音之間" 的概念(intervocalic，即是 between vowels)。在這樣的情況下，有些輔音會起變化(如 S、F、T、TH 等)，又有些會決定前方元音的長短。英語的流音，特別是R，來到兩元音之間時，若單字重音落在前頭的元音上，這元音就要唸出典型的短音，即是說，A、E、I、O、U 這時就唸成 /æ、ɛ、ɪ、ɒ、ʌ/。這條規則，英國的 RP 口音遵行甚謹，而美國的標準口音較少理會。這就是 Morris 和 Murray 在兩地讀音迥異的原因。

在 A、E、I 上，美英大體都守這規則。兩國的 carry、marry 都有 /æ/(不是 car、mar 中的 /ɑː(r)/)；cherry、ferry 都有 /ɛ/(不是 her、inert 中的 /ɜː(r)/)；mirror、miracle 都有 /ɪ/(不是 fir、dirt 中的 /ɜː(r)/)；不過，去到 chirrup、sirrah、stirrup 那些字上，英美又由於是否遵守這規則而出現分歧，英國的 /ɪ/ 對上美國的 /ɜː/ 了。

0.7　例六：Enrico 和 Hal

071　"亨利" 這個名字在歐洲各國有多種寫法和讀法，可藉以窺見印歐語音轉化的一斑。它在意大利是 Enrico(歌王 Caruso 的名字)，在莎劇中英皇亨利五世做皇子時叫做 Hal，這兩個字形竟無一字母相同。不過，這樣兩個字形的產生卻都是規律性語音變動的結果。讓我們來檢看一下這些規律。

(一) 這名字的拉丁字形是 Henricus。分析起來，除去表示男性

的字尾 -us 後，字的幹中四個輔音依次為 H、N、R、C（=
K），亦即是 /h、n、r、k/。

(二) 完全保存着四輔音的，是那些日耳曼語字形，如 Henrik（挪
威文豪 Ibsen 的名字）和 Heinrich（德國詩人 Heine 的名字）。

(三) 英文 Henry 只保住前三輔音，失了末尾的 /k/。這是字尾脫
音的常見現象，本書會一再講到。

(四) 法文 Henri 在字面上仍保有 H、N、R 三個字母，其實字首
的 H 已失了音。字首失音與字尾同樣普通，尤其是 H。

(五) 拉丁生出來的南歐語文，H 有普遍性的失音現象（見第九
章）。意大利有個無 H 的 Enrico，西班牙有 Henrique 和
Enrique，都只有 /n、r、k/ 三輔音。

(六) 回頭看英文，Henry 在產生 Hal 之前，須先變成 Harry。在這
一步上，輔音 /n/ 在字的中段脫落了。在單字的中部，有些
/n/ 或 /m/ 叫做"鼻音中綴"（nasal infix），它們會從字裏脫
落，又會在字裏生長出來。

這問題暫且按下，但我們可以引一個配對的女性名字來佐
證。對着男名 Henricus 的拉丁女性名字是 Henrica，它有
一個表達鍾愛之情的小名 Henrietta——後綴 -etta 是"小東
西"，叫 Henrietta 就好比叫"亨莉小親親"。與 Henry 變為
Harry 相對照，同樣除去 N 而把第一個元音從 E 改為 A，
Henrietta 變成了常見的 Harriet。

(七) Harry 轉化成 Hal，一是末尾丟了一個音節，一是輔音 R 換

成 L。R 與 L 互換很尋常，兩者同是流音；流音互換，就好像鼻音 M 和 N 的互換，在許多語文中都是等閒之事。性質相同或者相近的語音會有更多互動，本書因此經常都會講語音的性質和類別。

我們在以後的章節裏會有更深入的討論，諸如帶有兩個 R 的 peregrinus 怎樣演化為一個 L 一個 R 的 pilgrim 和 pellegrino。在這裏，我們且再引一個女子名字，以佐證像 Harry 和 Hal 之間的流音 R/L 轉換，那就是 Mary，它的小名是 Molly、Moll。（Defoe 的小說《Moll Flanders》裏面，女主角在報上正名的場合會説自己是 Maria 或 Mary。）這名字還可以變為 Polly，P 和 M 同是雙唇音。

(八) 退回一步，再看看 Harry 從 Henry 蜕變出來的經過。Henry 的元音 E 怎麼變成了 Harry 的 A 呢？（Henrietta 的 E 恰巧也變為 Harriet 的 A）。這應當是現代英語早期 "元音巨變"（"The Great Vowel Shift"）之前另一回重要音變的結果，經過那一回音變，英語中的 /er/ 紛紛變為 /ɑr/。在音變浪潮中，英文產生了一批像 clerk/clark、serjeant/sargent 等等同義字，而 Derby、Berkeley、Kerr 等字終於在英美兩地有了不同讀法。甚至字母 R 也因此而在英文叫做 /ɑː(r)/ —— 試看在拉丁、法、德諸語文中 R 不都是叫 Er 的嗎？

還有一點，Harry 和 Hal 的元音 A 都發出典型短 A 的 /æ/。Harriet 的 A 也是 /æ/。一般來説，bar、car、far 這些有 AR 的字都把 A 唸成 /ɑː/，ball、call、fall 等 AL 字裏 A 唸成 /ɔː/（見本章 0.2 節例一）；但在這裏起作用的是那條 "R 夾在兩元音間＂的規則，R 之前重讀的元音要發出典型的短音（見前面 0.6 節例五的討論）。因此 Harry 和 Harriet 都唸出 /æ/ 來，與另一個女子名字 Sara(h) 的情形相同。而 Hal 也唸出 /æ/，就像 Sara(h) 的小名 Sally 或 Sal 一樣，因為流音 L 也有類似的 "L 夾在兩元音之間＂的發聲規律。（fall、gall、hall 中 A 有 /ɔː/ 音，但是 fallow、gallows、hallow 中 A 有短音 /æ/）

（九）亨利還有一個變形是 Hendrick。在這裏，不僅拉丁 Henricus 的四個輔音 H、N、R、C(K) 都露面了，還多出一個 D，夾在 N 和 R 之間。

這個 D 的出現，有道理的嗎？原來 D 冒出於鼻音 N 和流音 R 之間，是印歐語言的一種特色。有些頗重要的字由此生出。例如說 "柔嫩＂的形容詞在拉丁是 tener，傳入古法文時一個 /d/ 音生出來了，傳入英文就是 tender。名詞 gender 來自拉丁名詞 genus，它的詞幹是 gener-。（gener- 在法文裏產生了有 D 和無 D 的兩個字 gender 和 genre，英文今天用 genre 來指 "文學種類＂，用 gender 來指 "（文法上的）種類＂，而把 genus（以及所變成的 gene）保留在生物科學領域裏講種屬問題）。除了 D 外，B 也會無端誕生於鼻音 M 和流音 R、L 之間。因此拉丁的 numerus 既產生 numerous 和 innumerable，也產生 number（法文 nombre）；拉丁 humilis 既產生 humility 和 humiliate，也產生 humble。

（十）Hendrick 失去 N，就是另一個名字 Hedrick。

072　scribere

這是拉丁動詞"書寫"的不定式，我們把它擺在 Henricus 之後作為附加的例子，再一次展示同類語音轉換的大觀。

有一本字典指出，眾多歐洲語文中説"書寫"的動詞都是這個拉丁字變化而成，包括南歐意大利的 scriver、西班牙的 escribir、法文的 écrire；日耳曼系統中德文的 schreiben、荷蘭的 schrijven、古挪威的 skrifa、丹麥與挪威的 skrive、瑞典的 skriva；以及塞爾特系統中古愛爾蘭語的 scribaim、威爾殊語的 ysgrifennu、不列坦語的 skrivu。可是這一群單字，拼法各不相同，差異有時還十分大 —— 像法文 écrire 對着德文 schreiben —— 它們會全都是scribere 變化成的？

歷史比較語言學審查單字的血緣關係，判斷它們是否同源共生（cognate）或借用（loan）之時，重視輔音多過元音。scribere 除去詞尾 ere 後，詞幹上輔音有 S、C（K）、R、B，四個的性質分別是噝、顎、流和唇音。檢查上段各種語文的動詞"書寫"，我們看見這四種性質的輔音都一一依次序出現，這就顯示這些動詞有共同來源。末尾會不一樣，因為那是不同語言的動詞特徵語尾；語音會脱落，字首又會出現增生，這些都是語言學者見怪不怪，願意接受的事。

我們看見代表噝音的是 S，流音是 R。代表顎音的是 C 和 K，德荷兩國拼寫為 CH；威爾殊的 G 似乎反映顎塞音在這裏濁化了。唇音用了 B、F、V 三個字母，這些字母的讀音各國語文不一 —— 西班牙 escribir 中的 B 不是塞音而是摩擦音 —— 不過全都是唇音，而且在古時大抵是雙唇的。字首增生一個元音

("prosthetic vowel") 是西班牙 escribir 和威爾殊 ysgrifennu 的情形，法文的 écrire 裏增生的 E 把 S 都驅逐了。（法文把 scribere 變成 écrire，情形就像把人名 Stephen 變成 Etienne）

若無輔音類別的概念，又不熟稔語音變動的事實，面對上面這些字形也不會看見其間關係的。

0.8　例七：suit 和 suite

有一種軟革，材料是小鹿、小牛的皮，製成手套、鞋、帽、外衣之時，光滑面向內而毛茸面向外，這種皮革英文叫 suede。怎麼讀？運河 Suez 唸 /'suɪz/，這種皮革唸 /'suɪd/ 或 /'suəd/ 嗎？不對，要唸做 /sweɪd、sweːd/。原來這個名字是法國人取的，他們初識這種柔皮，因緣是北歐瑞典輸入法國的麂皮手套。法人起先以 gants de Suède "瑞典手套" 來稱謂這種材料，日後省略，僅以 suede（或 Suède）相稱。所以這種皮革的讀音實為法文中瑞典國名的讀音。只是字裏頭字母 U 唸出輔音 /w/ 來，卻是為何？

英文字裏的字母 U 有時須唸成 /w/，英文老師也可能給學生講過 —— 像 persuade 是 /pə'sweɪd/，suave 是 /swɑːv/。學生們也許並不知道，這類英文字原本多半是法文。法文把 U 唸成 /w/ 的道理（嚴格說，在法文裏有時是 /w/，更多時候是與 /w/ 很相似的 /ɥ/，那語音發聲時舌尖稍向前伸出），本也不難說明。今天英法的字母中都有 U 和 V，可以分別代表元音和輔音；但從前拉丁文在這裏只有一個字母，形狀是 V 或 U，本來代表元音 /u/，但是這元音可以失去響亮聲音（所謂 devocalized）而變成了半元音 /w/，在音節中發揮輔音作用。那麼，字母 U 出現時，我們如何決定它究竟是音節的元音還是輔音呢？大體上說，若前後都是輔音，這 U 是元音；但若後隨的是元音，這 U 就十之八九是個半元音，亦即輔音了。法文許多時候仍然沿襲這規則來拼寫，所以上面所提到的"瑞典國"Suède 中間的字母 U 是個輔音。這個半元音從前是用 V 代表的，後來 V 的發聲從雙唇演化成唇齒，歐洲多國漸漸改用 W("兩個 U 或 V")來代表這圓唇的半元音，國際音標 IPA 也以 /w/ 為符號。法文 Suède 和英文 Sweden 的語音雖不全同，但起碼大家都有 /sw/ 在前，也有 /d/ 在後。同樣，當說到瑞士國的人與事時，英文寫出 Swiss，法文寫出 Suisse，兩字的讀音差不多。（法文音標的 /sчis/ 與英文音標的 /swɪs/ 並不容易聽出差異。）

081 現在我們可以看本節題目中的 suit 和 suite 了。這兩個英文字有些奇怪吧？兩者在拉丁文的源頭相同（都是從 sequi 來的 sequita），經過法文來到英文中的途徑也一樣（曾有 siwte 等字形），字義相近（都含有"隨從、法律過程、相連接的東西"等意思），寫法只差一個無關緊要的無聲 E；然而兩字的讀音差異甚大，suit 唸 /sjuːt/，美國人略去半元音 /j/ 而唸 /suːt/，而 suite 則唸 /swiːt/，與 sweet 完全相同。

從上面所說的道理，我們很容易看出，suite 是依照法文方法讀出來的，字裏的字母 U 是半元音或輔音，I 是元音。而 suit 則已完全歸化為英文，字裏的 U 成了元音（發出的聲音是中古英語時期才露面的，由一些複元音變成的長 U，今天唸 /juː/），I 被目為無聲的長音符號。今天法文仍有名詞 suite，音與義都和英文的 suite 差不多。

0.9 例八：morning 和 morrow

這兩個字的讀音很正常，可注意的只是，看來這麼不同的兩字，竟是同源。當今英語裏，morning 是"早晨"；"Good morning!"是見面時說的"早上好！"。morrow 的最常用法是加上前置詞 to 構成了 tomorrow，用以說"明天"。我們學習德文時發現它的"早晨"和"明天"都是 Morgen，或許暗自稱羨這種語文真省事。查古英文中有 morgen 一字，與德文 Morgen 同源同義，而且正好是 morrow 和 morning 所共有的前身。

古英文的 morgen 演變成現代 morning 和 morrow 兩字的經過，有些曲折。演變的第一步，morgen 在中古英語中現身為 morwen。第二步，morwen 再變，一方面縮短成為單音節的 morn，即是早期現代英語中古雅的"早晨"；這字加上意義甚多的後綴 -ing，就是 morning 了。另一方面，morwen 蛻下末尾的鼻音 N，就成了中古英語裏另一個字形 morwe。

091

先說第二步，morwen 變成 morwe 的事。中古英文的單字，字尾在輔音之後出現的 -we，後來會更演變成為 -u 或 -ou，而現代英語時期的正書家最後把它寫成 -ow。morrow 的整個字形是如此完成的。

字尾的 -we（其中的 E 後來弱化失音）最終變成 -ow，是半元音變成元音。這是本書在後面屢加說明的現象。

別的一些 -ow 字也是這樣誕生的。比如古英文的"草地"mǣd 具有"w 幹"，在中古英文裏有斜格字形 mēdwe 出現，於是現代英文中既有來自主格字形的 mead，也有來自斜格的 meadow。shade 和 shadow 的情形相同。

092　回頭看第一步，古英文的 morgen 變成中古英文的 morwen，兩相比較，前者的 G 變成後者的 W。這也是很值得注意的，因為 G 的顎塞音明顯是個輔音，而 W 的雙唇近音是與元音 /u/ 關係密切的半元音。在上段見到，半元音與元音可以交換，現在我們又看見半元音與輔音交換。

morgen 變為 morwen 並非孤獨無偶的事件，常用字 follow 在古英文的前身是 folgian（對照德文 folgen），sorrow 的前身是 sorgian（德文 sorgen）；在中古英文裏，它們變成 folwe 和 sorwe。古英文名詞"聖者"是 halga，動詞"奉為神聖"是 halgian，兩字在中古英文中有同樣的詞形 halwe 出現，在現代英文裏都寫成 hallow —— 前者構成孩子們喜歡的"萬聖節" halloween (hallow + e (v) en (ing))，後者可見諸《聖經》中〈主禱文〉第二句"Hallowed be thy name"（King James 版本）。

本書以後章節還會說到 G 與另一個半元音 Y 的互換。今天的 yard、yes、yield 這些字，前身在古英文裏是 geard、gese、geldan。若看字尾，今天的 day、hay、way 都有 Y，在古英文裏它們的前身 dæg、heg、weg 都有 G。（詳第六章 G 部份）

093　英語的元音和輔音，並不是涇渭分明的兩碼子事；本書的要旨之一，是要說明這一點。書中章節將講到一些元音如何變化為半元音或輔音，半元音又如何變化為元音；有些輔音能變為半元音或元音，又有些輔音經常擔綱構成沒有元音的音節。

—　—　—　—　—

本書的編排方法，應該稍作說明。

英文的廿六個字母，每一個在書中都佔一章之中一個大節的地位。每章所收集的都是代表着具有相同性質語音的字母，如第三章是前腔元音，第四章是後腔元音。輔音之中，唇、齒、顎塞音合成最長的一章，另有一章是半元音，一章是音節性輔音，一章是嘶音和喉音。在全書的目錄上已能看見各字母敍論的所在。

在第三、四章分述各元音字母之前，第二章先把元音作一個概說。同樣，第五章也把輔音作個概說。這兩章分別綜述元音和輔音的種種性質和歷史上的變動。第二章的篇幅較長，裏面說到元音的界定和分辨、元音與輔音之間的界限以及種種逾越的情形、標音的方法和系統、英語長短元音變動的歷史，包括相當混亂的拼寫方法，等等。

開頭的第一章介紹字母系統，除了英文字母所由來的拉丁，還有希臘、西里爾(俄文)、和梵文。這幾個系統值得介紹，因為當今英文的論述和報導中，其實充斥着這些文字，只不過它們經過換寫(transliteration)的整理，以拉丁字母的面目出現而已。面目像英文是一回事，這些文字仍保留一部份有異於英文的讀音，而一些特別的音變也不容忽視。

各章節的敍論，常有互相呼應的需要。因此書中章節都有個十進式的數碼。比如 432 是第四章第三大節第二小節，4321 便是跟隨在後的第一個更小的節。4322 出現在 4321 之後，而 433 在更後，4.4 更後。

第 一 章
字母系統與轉換

1.1　英文字母

111　英文的廿六個字母，在形狀和讀音兩方面，都是最普通的常識，我們不在這裏贅述了。字母的基本功用是注音，而英文字母明顯不是理想的音標。英語的一些基本語音，如 /θ/、/ð/、/tʃ/ 之類，都不能用任何英文字母單獨注出，而須用兩個或三個字母構造成複字母方能表示，像 TH、(T) CH，例如 **th**ink, **th**e, mu**ch**, ma**tch**。

112　英文常有兩個不同字母讀出同一語音的情形。比方 S 和 C 都會讀 /s/（如 **s**un, **c**ent），S 又會和 Z 都讀 /z/（如 boy**s**, **z**ebra）；D 有時像 T 一樣讀 /t/（如 talk**ed**, **c**at），PH 像 F 讀 /f/（**ph**one, fi**sh**）。讀得出 /k/ 音的字母除 K 之外，還有 C（如 **k**ing, **c**all）；QU 和 X 的雙輔音中都有 /k/（如 **qu**estion, bo**x**）；許多英文字裏的 CH 也會讀 /k/（如 s**ch**ool）。反過來說，英文的一個字母又可能有雙重讀音，諸如 C 讀 /k/ 和 /s/（如 **c**all, **c**ent），G 讀 /g/ 和 /dʒ/（如 ti**g**er, Ro**g**er），S 讀 /s/ 和 /z/（如 house（名），house（動）），D 讀 /d/ 和 /t/（如 learn**ed**, talk**ed**）。

113　這種注音上的缺陷，部份起於英文拼音方法不夠嚴謹。（例如規則動詞過去式結尾的齒音，其為濁(有聲)或清(無聲)，由前面的語音決定，英文一律拼成 (e) D，然後把這字母 D 一時讀 /d/又一時讀 /t/，例如 learned, talked。) 但是更為基本的原因，一方面是英文採用了拉丁字母，而拉丁字母原本只為了標注拉丁語音而創製，英語之中那些非拉丁語所具有的語音自然無法表達；而另一方面，拉丁字母本身就不是一套完美的音標。這些問題，我們在下面分開來討論。

1.2　拉丁字母與希臘字母

121　希臘字母系統(見附錄 I a)
希臘字母的原型是居住在地中海岸的閃族人所發明的。希臘人把字形作了些修改，並把其中幾個變成了元音字母。

1211　希臘字母反映古代希臘語言的特色。古典希臘語言大體具有拉丁語和今日英語所具有的元音以及輔音中的鼻音、流音、噝音等等，所以後來拉丁字母可以從希臘字母中承接 A、E、I、O、U 以及 M、N、L、R、S 等字母 (字形會稍有改變，比如希臘的 rho 原是 P，羅馬人給它加上一條腿而寫成 R)。印歐語族之中的古語有許多塞音(stop)，而少有包括擦音(fricative)和塞擦音(affricate)在內的連音(continuant)，希臘字母有這樣幾個系列的唇、齒、顎塞音：

	希臘字母	讀音	拉丁轉換
有聲（濁）	Β Δ Γ	/b　d　g/	B　　D　　G
有聲送氣	－ － －	/bʰ dʰ gʰ/	BH　DH　GH
無聲（清）	Π Τ Κ	/p　t　k/	P　　T　　K(C)
無聲送氣	Φ θ χ	/pʰ tʰ kʰ/	PH TH KH(CH)
雙輔音	Ψ Z Ξ	/ps ts ks/	PS　Z　　X

上表右方直行所謂"拉丁轉換"即是 transliteration，下面 1.3 節講字母轉換時有詳細説明。第五橫列的雙輔音字母也比較奇怪，詳見下面 122 拉丁字母系統節中 1224 和 1225 兩小節。希臘古語的塞音比梵語以及別的一些印歐古語少，但比較拉丁和英語都多，因此拉丁字母系統並沒有全部吸納這些希臘字母。

1212　另一方面，希臘古語既缺少連音——/f/、/θ/、/ʃ/、/tʃ/ 以及相對應的有聲濁音——它的字母系統中也就沒有這類字母。

1213　希臘字母是拉丁字母的母親，英文字母是拉丁字母的女兒，相隔兩代，希臘字母與英文字母只有些間接的關係；在書寫和拼音各方面直接影響英文的是拉丁字母。但是拉丁字母的一些特色卻是從希臘字母繼承得到的，值得在下面説明一下。

122　拉丁字母系統
　　英文字母系統承接了全部拉丁字母，因此這兩個系統的差別很微小。拉丁字母系統中沒 W；傳統上的拉丁字母更沒有 J 和 V，這兩個輔音字母原來即是元音字母 I 和 U。因此，傳統拉丁字母總數只有 23 個；但是晚近的拉丁書籍和字典多會分辨這兩對字母，於是字母總數增至 25。全於 W，它在拉丁字母系統中缺席，因為它所標注的 /w/ 音當年在拉丁文中已有字母 V 在標注：V 所標注的輔音是 U 所標注的元音 /u/ "失去聲音"（devoice 或 devocalize）而成，那正是國際音標系統中的圓唇音 /w/。圓唇音或雙唇音都有傾向要變成唇齒音，初時在拉丁文中唸 /w/ 的字母 V 後來轉為唸唇齒音 /v/ 了，英語及其他近代西歐語文後來紛紛採用一個新字母來標示 /w/ 音；這個拉丁所無的新字母是把原來的 U 或 V 重複書寫而成，形如 ɯ 或 W，名字也就叫做 "雙 U（或 V）"（Double U(V)）。（因此，有些英文姓氏的拉丁式形容詞，會把拉丁所無的 W 改為 U 或 V，例如 Lawrence 產生的 Laurentian，或 Shaw 的 Shavian。）

拉丁字母有許多怪異之處，並對日後英文字母的應用產生種種影響。我們在下面逐樣講一下。

1221　字母 C

字母 C 的來歷很有趣。這個位列第三的字母，原是模擬希臘系統第三字母 gamma 的。但羅馬人最初接觸到希臘字母，並非直接地從希臘人手中，而是間接地通過另一個民族的中介，那民族是居住在意大利半島上的伊特魯利人（Etrurian，或 Etruscan）。他們不選取 gamma 字母日後在希臘通行的直角字形 Γ，而選用它的曲線字形 C；更有趣的是，他們讓它不但代表希臘 Γ 所標注的有聲後顎塞音 /g/，還又代表與之相對的無聲後顎塞音 /k/。（這個民族對這一雙濁的和清的音不加辨別，視為同一音素。）這樣，羅馬人就承接了一個形為鈎子的字母 C，其雙重讀音是 /g/ 和 /k/；再後羅馬人覺得需要分辨這清濁兩音，就在 C 上加筆劃製造出 G 來代表 /g/，置之於字母序列的第七位，而在第三位上保留 C 來代表 /k/。

可是拉丁字母系統同時接納了希臘系統之中名叫 kappa 而標注 /k/ 音的字母 K。於是在拉丁系統中一直存在着兩個標注同一語音的字母。

1222　字母 K

K 是拉丁系統中三個罕見使用的字母之一。這當然是由於它所標示的語音 /k/，也可以由字母 C 標示。羅馬人一般只使用 C，把 K 保留來拼寫那少數從希臘傳過來的語詞。拉丁文字典中 C 的部份長篇累牘，K 的部份寥寥數字而已。

使用拉丁字母的現代國家之中，南歐法、西、葡、意等的語文是拉丁的直系後裔，它們緊守羅馬傳統，盡量使用 C 而避免 K。英文有一個演變的過程，古英文依拉丁習慣，完全用 C 而不用 K，比如 "書本" 是 boc，"親吻" 是 cyssan；其後 K 出現了，在單字的頭、中、尾上都派上用場，今天頗有駕凌 C 之勢。這裏頭的一大原因是字母 C 隨 /k/ 音前顎化而變成具有雙重讀音了。（參看前面〈緒言〉05 節，及下面第四與第七兩章中相關各節。）

1223　字母 Y

Y 是拉丁文少用的另一個字母。Y 本是希臘文元音字母 upsilon 的大寫形狀，由於羅馬人已經採用了它的小寫形狀製造出 U(V) 來標示 /u/ 音，他們就保留 Y 以及它在希臘語中那前高圓唇音 /y/（與法文 u 及德文 ü 相似）作很特別的用途。

古英文曾使用這個字母來標示它的七大元音中的 /y/ 音。這個古英語元音的音值和寫法後來都變了（參看第六章）。今天 busy 和 kind 兩字，在古英文時期是 bysig 和（ge）cynd（e）。

1224　字母 Z

Z 也是拉丁文中少用的字母。它本是希臘的第六個字母，名叫 ZETA，標示的是 /ts/ —— 齒音 /t/ 和嘶音 /s/ 兩個輔音，是希臘系統中三個雙輔音字母之一（見前面 1211 節，表中最低的橫列）。希臘語常有輔音連在一起 —— 諸如 **pteron**"翅膀"，**pn**euma"氣" —— 可是單獨一個字母就標注兩個輔音，卻只有 Ψ、Z、Ξ 這三個例子，分別標注着唇、齒、顎的塞音與嘶音連結 /ps，ts，ks/。為甚麼單單只有這三個雙輔音字母呢？最大的原因在希臘文法裏。希臘文的將來時態與完成時態的表徵音節是 si 和 sa（呼應着拉丁文法中的 bi 和 ba），千百個動詞詞幹末尾清的濁的唇、齒、顎塞音與這兩個音節上的嘶音免不了要連接得十分頻密，顯而易見，這三個雙輔音字母的創制為希臘人節省了許多時間和氣力。不過，後來希臘語音又起變動，在動詞的這兩個時態上，嘶音 /s/ 之前的清濁齒音 /t/ 和 /d/ 消失了，Z 的用處由是大減。從此它只用來拼寫少數單字。它的讀音也不確定了，/ts/、/dz/ 乃至 /st/、/zd/ 都可能。

這個被羅馬人半棄置的字母，在現代英文中給移用來標注與清嘶音 /s/ 相對待的濁嘶音 /z/，例如 zero。國際音標也是這樣使用它。

1225　字母 X

X 是拉丁和英文字母系統中惟一的雙輔音字母，它在這兩種文字裏都標注後顎塞音和嘶音 /ks/，與希臘的字母 xi 相同。我們知道，希臘的雙輔音字母有 Ψ、Z、Ξ（見 1221 節的塞音字母表），標注的分別是唇、齒、顎三種塞音與嘶音；拉丁的 X 相當於其中的第三個。希臘文法讓唇齒塞音與嘶音頻頻連接（見1224），拉丁文法沒有這樣的情形。拉丁文字裏 /ks/ 出現的次數遠遠多過 /ps/ 或 /ts/，也許是由於前綴 ex 的生產力強，繁殖出來的動詞和名詞魚龍曼衍，翻開字典即可見到，一個標示雙輔音 /ks/ 的字母給羅馬人很大方便。

字母 X 的來歷也有趣。交叉的形狀繼承的是希臘字母 khi（即chi），那是"基督"（Christ，希臘文 Χριστος（= Khrist(os)））聖名的頭一個字母，也常用來代表耶穌基督（所以聖誕節是 Xmas）。可是 X 標注雙輔音 /ks/ 的功能卻承接希臘字母 xi，那個字母大寫是 Ξ（像中文的"三"字），小寫是 ξ。

1226　字母 Q

Q 的前身是希臘系統中一個已作廢的字母 koppa，形狀像一把有柄的鏡子Q。在拉丁文和英文中，它總是與元音字母 U 連在一起，標注圓唇音 /kw/。圓唇音在印歐語族中不希罕，古代尤其多，但羅馬人給後顎圓唇音 /kw/ 這種特別待遇。影響所及，英文也愛這樣子拼寫 /kw/；"皇后"在古英文中的寫法是 cwene，但從中古英文中開始就漸漸被今天的形貌 queen 所取代。

Q 能否單獨出現，QU 有無別的讀音等等問題，留待第六章專講顎音字母時再評述。前面 112 節提到，英文字母之中有 C、K、X、Q 四個會標注 /k/ 音，現有分別在 1221、1222、1225 和本節把四者的情形都解說了。至於說 CH 也讀 /k/ 的道理，一半與顎音的前顎化有關，另一半是個字母轉換問題，在〈緒言〉的 056和 06 已有交待。

1227　字母 H

字母 H 牽涉到許多問題。在古時希臘文中，H 起初標注喉部擦音 /h/，與拉丁文和英文相同。在希臘諸城邦間，語音和文字書寫常起變異，後來有些地方省去這喉部擦音，字母 H 就失了音，終於被改用來標注一個長的 /ɛ:/，字母的名字也叫做 eta。拉丁的元音字母都是不分長短的；希臘卻有兩對短的和長的元音字母，那就是代表短音 /e/ 的 E（叫 epsilon, psilon 是 "簡" 的意思）與長音 /ɛ:/ 的 H（叫 eta），以及代表短音 /o/ 的 O（叫 omicron，micron 是 "小"）和長音 /o:/ 的 Ω（叫 omega，mega 是 "大"）。在希臘，等到發出喉擦音 /h/ 的風尚復辟時，H 已挪作他用，希臘人於是在元音字母上頭劃個小小鈎子來代表這語音。希臘輔音字母 P（rho, 標注 /r/ 音）的頭上也會出現鈎子，因此用拉丁字母替換拼寫出來的希臘字常有 RH 的拼寫法，如 rho, rhapsody。

拉丁文一直都用 H 標注 /h/，儘管羅馬人也常省略了這語音。羅馬人又拿這個字母來協助把希臘系統中的三個送氣塞音字母 Φ、θ、X 轉換為拉丁文：PH、TH、CH（今天學界用 KH 來替換）。這些送氣塞音原來與英語及一些日耳曼語的 P、T、K 很相像，都有一股氣從口腔噴出；後來紛紛變成了摩擦音，分別是 /f/、/θ/、/x/，或更濁化成 /v/、/ð/、/ɤ/。

H 在拼音扮演的角色越來越多。顎音前移的前顎化現象發生後，原來標示 /k/ 的字母 C 不足應付新的語音了，法國人在 C 之後加上 H 來標注 /tʃ/，這個 /tʃ/ 音後來演化成 /ʃ/，所以現代法文中的 CH 讀 /ʃ/，例如 chef 讀 /ʃef/。英國人亦在 C 之後加上 H 來標注 /tʃ/，例如 chest 讀 /tʃɛst/。這個 CH 和上一段所説羅馬人用以替換希臘字母 X 的 CH 又不同：用拉丁文字母 CH 來替代希臘字母 X，是兩系統的字母交換（transliteration），字母注音的原則沒有改變，希臘 X 的讀音 /kʰ/ 或 /kh/ 由拉丁 C 的 /k/ 音搭上 H 的 /h/ 音來對應了；用英文或法文字母 CH 來標注 /tʃ/ 或 /ʃ/，是用一個嶄新的"雙文字母"（digraph）CH 來標注一個新語音，與 C 原來代表的 /k/ 及 H 代表的 /h/ 完全沒有關係。英法的做法如此，意大利人的招數又不同；在元音 E 和 I 前，意人把 H 附在 C 與 G 後以恢復這兩個顎音字母在前顎化的現象發生之前的"硬音"/k/ 和 /g/。我們看意大利餐酒 **Ch**ianti 和豪華汽車 Lambo**gh**ini 的讀音就知道。

H 為英文構成另一個雙文字母 SH，它標注圓唇音 /ʃ/。古英文裏許多用 SC 拼寫出來的單字，現代英文都改以 SH 來拼，諸如 share、shed、ship、short、shut 等便是，字裏的 SH 都讀 /ʃ/。中國的"漢語拼音方案"讓 H 標示翹舌音或捲舌（retroflex）的語音，漢語的 SH 表示要把舌向後捲着來說 /s/，這個音的國際音標符號是在 s 尾上加個小鈎：/ʂ/。這個捲舌音和英文 SH 圓唇音當然大不相同。

中國屢次嘗試把漢語拉丁化，有一回曾用 H 代表現代漢語的第四聲。（舉例說：普通話第一聲的"彎"= wan；第二聲的"完"= warn；第三聲的"晚"= waan；第四聲的"萬"= wahn）。但德文若在元音字母之後加 H，就表示這元音是長的。

1.3　兩系統間字母的對應與轉換

字母轉換（transliteration，也叫"轉寫"）就是以一個系統的字母去替代另一個系統的字母。這樣的轉換可以進行於任何兩個字母系統之間；互相替代的字母須是對應的，它們或為血緣親屬（如希臘的 A、B 和拉丁的 A、B，後者本由前者而來），或有相同或相近的讀音（如希臘的 Ξ、X 和拉丁的 X、KH（即是 CH））。因此，字母轉換的結果很像是音譯。

131　意譯、音譯和字母轉換

在人類史上，文化交流發生之時，單字穿越語文界線的主要方法，有意譯（translation）、音譯（phonetic transcription）、字母轉換三種。

以宗教名號"基督"為例，先是猶太傳統中有個"彌賽亞"的預言，它宣示一位超乎眾先知的最高聖者將會降臨人世。耶穌的徒眾依據這個預言的意思，在當時通行希臘語的地中海地區傳教時，給教主起了一個希臘文的名號 Χριστος（意思是"（以香膏）塗抹過的（聖者）"，英文（the）anointed（one）），這一步是意譯。羅馬教會後來把這個希臘名號的字母一一換成拉丁，並把詞尾 OS 改為符合拉丁文文法的 US，就得到 Christus，這一步是字母轉換。再把 Christus 的詞尾切除，就是現代歐洲語文中慣見的 Christ。中國的教友給它造一個不十分準確但是隱隱有威儀的音譯，那就是"基督"。（希臘文原來的兩個音節中有一顎塞音字母 X 和一個齒塞音字母 T；中譯表達了兩個語音："基"在粵語中是顎塞音，在普通話是個經過前顎化的塞擦音；"督"是個齒塞音。）

佛教裏釋迦牟尼的名號，若作意譯，應是"覺者"（英文 The Enlightened）。Buddha 是用拉丁字母逐一替代了印度的梵文字母得來的。中文的音譯有幾個，其中之一是"佛陀"，簡寫就是"佛"。

132 　常見的轉換

今日英文夾帶着大量外來單字，有些本身也是用拉丁字母拼寫的，有些卻原本是以別種字母拼寫的，但經過了轉換程序而用拉丁字母替代了原來的字母。既然全都使用着拉丁字母，驟看之下也不容易覺察它們的不同來路。

經過字母轉換而來到英文之中的外國單字，數目最大的三種是希臘文、梵文和俄文。它們原本使用的依次是希臘字母、梵文字母和西里爾字母。我們把這三種轉換順序講一下。

由於拉丁字母是當今世上最通行的字母，如果不加特別聲明，某種字母的對應或轉換，就指這種字母與拉丁字母的對應或轉換成拉丁字母。

1321 　希臘文的轉換

希臘字母的形狀、次序、名字和對應（對音），都在附錄 Ia。

希臘字母的轉換有新舊兩個傳統。舊的傳統是兩千多年前開始，羅馬人採納希臘單字之時自自然然地產生的；新的是現代語言學界的一項立法工作。新舊兩者只在少數字母上見到分歧，在大多數字母上是一致的。在替換希臘的第十字母 kappa 時，舊傳統動用那個有些奇怪的拉丁字母 C（前面 1221 節有所說明），新傳統卻起用直接繼承 kappa 的拉丁字母 K；同樣，替換那個吐氣的第廿二希臘字母 chi 時，舊法用 CH，新法改用 KH。替換元音性質的第二十字母 upsilon 時，舊法用 Y，新法改用 U，我們知道 Y 和 U 同是 upsilon 的字形（參看 1223）。此外，希臘文的幾個複元音，新法全都準確地替換成為 AI、OI、OU、

EI，而舊法一向把它們替換為 AE、OE、U、I。希臘文給 /ŋ/ 拼音時連用兩個字母 G，舊法轉寫為 NG，新法保留 GG 原貌。

下面的一些例字可以顯示兩種轉換方法的歧異。很易看見，左邊的舊傳統方法把希臘單字轉換出來的字形，正是這些單字變成了英文單字之後的字形；右邊的新傳統方法轉換出來的字形，是我們在新版字典中翻查這些英文單字的字源時所見的希臘單字的字形。

舊	新
ocean, scene	okean(os), skene
echo, mechanic	ekho, mekhanik(os)
analysis, physic	analusis, phusik-
aesthesia, Aesop	aisthesia, Aisop(os)
oeconomic	oikonomik(os)
(economic)	
plutocracy	ploutokratia
enchiridion	enkheiridion
angelic(us)	aggelik(os)

新舊兩種轉換都會存留下去。新的轉換方法既然是語言學界的共識，特別是歷史比較語言學的研究一定會遵循這規則來做轉寫工作。學界以外的一般人也會在翻查字典之時接觸到這種新方法，因為在晚近的字典裏，希臘字源都會是依據這些規則以拉丁字母寫出。

但是舊的轉換也必不致被完全取代。一個主要原因是，依據由轉換方法產生的英文單字成千上萬，它們已在社會上流通多年，組成了英文字彙的一個主要部份，這些單字既不可改，也不能廢。另一個原因是這種轉寫方法深入人心，在語言學術殿堂之外的學者專家們若要使用希臘詞素來創製新詞，仍會沿用舊法，用熟習的 C、CH、Y 以及對應得不準確的複元音字母來轉寫。心臟科的新醫術還會以 cardio- 來開頭，不說 kardio-；用"手"字構詞的東西也仍會寫成 chiro- 甚麼（如 chiropractic），不寫成 kheiro- 甚麼。今天科技界裏八面威風的一個字是 cyber，這字來自希臘語中一些有"領航"或"管治"含義的名詞和動詞，它們共同的詞根，若以語言學界的新法來轉換，應當是 kubern（末尾有個 n）才對。

1322　梵文的轉換

印度古時四部經，叫做吠陀(the Vedas)，經中的語言叫吠陀語(Vedic)。這種古語也是廣義梵語的一部份，後來經過千百年演變，並且由以帕尼尼（Panini，公元前四、五世紀時人）為首的許多位婆羅門宗教語言師，用《八章經》數千條文的文法加以規範，就產生了古典梵語(Sanskrit，意思是"精美的"或"加工處理過的"語言)。吠陀語另外又衍生了許多大眾通用語言，統稱"俗語"（prakrit），其中一支是巴利語（Pali）。盛行在錫蘭（斯里蘭卡）、緬甸、泰國等地的"南傳佛教"——外界稱之為"小乘"，他們的僧團自稱為"首座部"（Theravada）——經堂語言是巴利，僧伽和善信誦讀的經籍就是所謂的"巴利文三藏"。南傳佛教的僧眾肯定巴利語是佛祖當年講道時使用的摩羯陀方言。另一方面，過去盛行在印度北方以及阿富汗、克什米爾等漢唐時代西域諸國的"大乘佛教"，使用梵文。梵語和巴利語之間差異頗大，梵語的結構細密，語音也較多；但兩語究竟是同源，有許多相同或相類之處。

說到文字，地中海岸閃族腓尼基人早在公元前已把字母輾轉傳到印度，這些字母在古印度的錢幣和碑刻上反映出逐漸的演化，終於能充分表達印度的語音。早期印度字母叫做"婆羅米字母"（Brahmi）或"梵天書"，印度人傳說這是大神梵天（Brahma）所創。多個世紀後，許多種字母在全國各地產生，其中首要的是"城市書"或"天城書"（Nagari 或 Deva-nagari）。印度的文學巨著和宗教典籍，包括佛教大小乘的大部份經文，都有天城體的寫本或印本。不過，別的字母也同時在印度使用，有些經文是用別的字母寫的。

未經細心學習，天城字母很不易讀，其他印度文字亦然。下面是個梵文天城字母與拉丁字母的對應表，但是只有拉丁對音，沒有把天城字母列出。（天城字母在附錄 Ib 見到）。表中拉丁對音的排列方法，很能夠顯示梵文字的語音結構特色。自從兩千多年前帕尼尼審定語音之後，梵文及其後代語文都是這樣分析它們的音素，並用字母書寫出來。語音分為喉、顎、頭、齒、唇五類，不僅塞音和塞擦音是如此劃分，鼻音和氣音（aspirant，包括嘶音（sibilant））亦如此，甚至元音和半元音也都作了同樣的分類。這些分類是很實在的，同類的語音有些共同性質，會互相影響，而語音組合的規則也隱藏其間。

梵文對應表

	塞音				鼻音	氣(嗽)音	半元音	元音 單		複	
	無聲		有聲								
		送氣		送氣		音	音	短	長		
喉	k	kh	g	gh	ṅ	h	h	a	ā	e	ai
顎	c	ch	j	jh	ñ	ś	y	i	ī		
頭	ṭ	ṭh	ḍ	ḍh	ṇ	ṣ	r	ṛ	r̄		
齒	t	th	d	dh	n	s	l	ḷ			
唇	p	ph	b	bh	m	ḥ	v	u	ū	o	au

這些類別須説明一下。印度語文的所謂"喉音"其實是把後顎音(velar)算在內的;"顎音"單指前顎音(palatal,也叫硬顎音);"頭音"是 cerebral,發音位置是口腔內最高處,也就是最接近上顎之上的頭臚處,換言之,就是上齒列和前顎間牙齦的位置,因此也可以叫做"齦音"。"齒音"和"唇音"是一般接受的稱謂。

上表中梵語的喉音,是後顎音 /k/、/g/ 和相對應的送氣音 /kh/、/gh/,總共有四個;齒音和唇音也同樣是有聲、無聲和是否送氣的組合,各有四個。"顎音"是後顎音前顎化的結果,c 代表 /tʃ/,j 代表 /dʒ/;頭音是齒音變成的,ṭ 和 ḍ 代表的是國際音標的 /ʈ/ 和 /ɖ/(長尾巴的 t 和 d),是在要發齒音 /t/ 和 /d/ 時更把舌尖向後翻而發出的,與一般齒音的分別正相當於流音 /l/ 和 /r/ 的分別,與表中半元音和元音兩縱行這兩個流音的位置正好對應。比較這裏表中的唇、齒、喉三組十二個塞音與希臘文相對應的唇、齒、顎三組九個塞音（見前 1211），可知梵文多了有聲而且送氣的三個塞音 /bh/、/dh/、/gh/。這些音在佛教的許多名詞上可以見到，諸如 Silabhadra（戒賢，唐玄奘在那爛陀寺的老師）、bodhi（菩提，覺）、Bodhidharma（達摩）、Aśvaghosa（馬鳴）。

梵文的語音和字母都多，拉丁字母不足應付，須附上一些增添的小符號(上、下點和直、曲、斜線)，語音的對應自難準確。梵文字母有四個對應着 n，三個對着 s，兩個對着 h，顯示印度人把語音分辨得很細緻。對應着拉丁 s 的三個梵文字母之中，屬齒音類的那一個讀 /s/，與英文無異，於是轉寫為 s；屬頭音類的那一個是捲舌的，國際音標用 ṣ 來代表，讀音其實和漢語拼音草案中的 sh 相似，轉寫為 ṣ。顎音類的那一個讀來像 /ʃ/（但未必是圓唇的），轉寫為 ś。鼻音的梵文字母更多，除了一個閉嘴的 /m/ 音用 m 來轉寫之外，其餘四個開嘴的鼻音，若用國際音標來注音，依次是 /n/（齒）、/ɲ/（頭）、/ɳ/（顎）、/ŋ/（喉）。

梵文的元音系統更難理解，但若我們目前關注的主要是梵文字母的對應和轉換，元音的複雜道理或許不必講太多。梵語的元音多達十三個，內有長短流音三個之多 —— 巴利語的元音中就沒有這些流音。流音的性質有異於塞音或氣音等輔音，英語的 L 和 R 也是不需有元音就能夠自成音節的（syllabic），本書下面講到流音的章節會有較詳細說明。梵語的短元音只有 /a/、/i/、/u/ 三個；/e/ 和 /o/ 不算短元音，它們與複元音 /ai/ 和 /au/ 關係密切，看天城字母的形狀亦可看出。（巴利語沒有 /ai/ 和 /au/，只有長音的 /e/ 和 /o/）。據歷史比較語言學的研究，梵語的短 /a/（讀如 [ʌ]）是印歐語的 /a/、/e/、/o/ 三個短元音聚合成的。

1323　俄文的轉換

俄文所使用的字母以西里爾（Cyrillic）為名，因為據說它們是九世紀時奉派去向斯拉夫民族傳教的使徒聖西里爾（St. Cyril, 826–869）所創製。也許聖西里爾創製的只是這套字母的前身，即是一套叫做格拉各列特（Glagolitic）的字母。現行的俄文字母，是保加利亞等東歐斯拉夫語國家所共用的；我們把字母和拉丁對音都列在附錄 I c。這套字母的主要來源是希臘文字，當希臘字母沒有相似的讀音可用時，創製者就轉向希伯來文字求援。

俄語發音有個主要特色，就是有些輔音如齒音 /d/ 和 /t/ 等等遇到前方元音 /i/ 和 /e/ 時，就好像英、法、意等西歐國家的後顎音 /k/ 和 /g/ 那麼樣發生音變：/d/ 變成 /dj/，/t/ 變成 /tj/ 等等。這是語音的同化作用（assimilation）。俄文還特別有兩個符號是應付這個音變問題的，一個是名叫"硬音符號"（tvordii znak）的 ъ，用來指出旁邊的輔音並不因為有前腔元音在後而前顎化；一個是"軟音符號"（myakii znak）ь，指出旁邊的輔音雖無前腔元音影響卻已經前顎化了。

外國人依照拉丁轉寫的字形來讀俄文，常會忽略了這種音變，於是把俄文讀錯了。例如 Borodin 唸 /bərʌˈdjin/，譯為"鮑羅亭"雖然文雅，不如"勃羅金"準確。Pasternak 譯為"巴斯特納克"，不如"-- 切 --"。

俄文的第六字母 Е，平常讀 /e/，倘使單字的重音落在它身上，就會改讀 /ɔ/。因此，前蘇聯領袖赫魯曉夫（N. Khrushchev）的名字，由於重音在末尾音節上，字母 Е 由 /e/ 變為 /ɔ/，應讀如 /xruˈʃtʃɔf/。同理，戈巴卓夫（M. Gorbachev）應當讀 /-- --ˈtʃɔf/。

第 二 章

英語元音

本章只是概述大要；下面第三、四兩章分論前、後腔元音，有更具體補充。元音與輔音的相互作用，可見之於再後敘述各種輔音的章節。

2.1 元音、複元音、半元音、音節輔音

211 元音、輔音與音節

語言學界給這些術語所下的定義，與社會上一般認識，頗不一致。原因是這些詞語的使用，可以上溯到千年之前 —— 就像 vowel、consonant、syllable、alphabet 等詞，哪一個不能追源到羅馬或希臘的詞彙？所以儘管百年前學者已質疑和修改這些術語的含義和用法，社會民眾大體不為所動。使用英語的英美社會是如此，學習英語的華人社會當然更是如此。

2111 關於這些術語，百年前普遍接受的見解是這樣的：

（一）音節不能沒有元音。輔音可有可無。

（二）英語元音就是字母 A、E、I(Y)、O、U 所代表的語音；其他字母代表輔音。

（三）Y 既為元音，又為輔音。作輔音時，Y 叫做半元音。

（四）元音和輔音是截然不同的兩類語音。（元音發聲時，氣流在口腔中暢行無阻。氣流若在流通時受到唇、齒、顎、舌、

鼻各部的障礙，發出的語音就是各種輔音。）

2112　百年來學術界漸漸形成的新共識，對以上見解有這樣的修訂：

(一) 音節必須有個響亮的(sonorous)語音做骨幹。音節若是重音
　　（stress）所在，這個不可缺的響亮語音當是個元音；若不是
　　重音所在，這語音骨幹可以是元音，也可以是響亮度高的
　　輔音。這種響亮度高的輔音，包括流音和鼻音 /l，r；m，
　　n/。

(二) 英語元音仍是字母 A、E、I（Y）、O、U 所代表的語音；其
　　餘字母代表輔音。字母 L、R、M、N 所代表的流音和鼻音
　　能夠起元音的作用，成為音節的語音骨幹。

(三) 英文的半元音是 Y 和 W。此外，M、N、L、R 由於能發揮
　　元音功能，它們起輔音作用時也可以叫半元音。

(四) 元音和輔音顯然不便劃分為截然不同的兩類語音。

（跨在分界線上的是流音和鼻音這些響亮語音。若以發聲時氣流
暢通程度來判別，流音和鼻音的窒礙，不見得大過某些元音，
如高前窄的 /i:/ 或高前圓唇的 /y/。

我們中國人說英語時，會把流音 /l/ 唸成好像中後元音 /o/，把
middle，cattle 這樣的字唸得好像是 *middoe、*cattoe。我們犯
錯，因為 /l/ 和 /o/ 發聲時口腔各器官的位置和狀態差別很小，
氣流受阻的程度相近。）

212　元輔音（音節性輔音）

2121　上節說到，學術界對元音、輔音和音節的觀念，近年已與前大不相同，關鍵是音節性輔音。英語輔音之中，字母 M、N、L、R 所代表的鼻音和流音，能夠有元音功用，成為音節主體。學者先後給予這類語音不同的稱謂，包括 vocalic 和 syllabic consonant，以及 sonant 和 resonant，以別於只叫做 consonant 的普通輔音；在中文，我們可以稱之為"元音性輔音"、"音節性輔音"或"響亮語音"，或更簡單地稱之為"元輔音"。學者會在這種輔音字母底下加上一個小點以資識別（m̩ n̩ r̩ l̩）；字典標示讀音時也會這樣做，又或者用上別的方法。（見下面 2122）

響亮度高的輔音發揮元音功能，並非新鮮事；只不過因為囿於傳統文法，大眾肯定了音節不能缺少元音，歷來都在這樣的輔音之前之後添上一個元音字母。比如古英文有個字是 botm，又有個是 fæþm，當初英人或許以為它們都只有一個音節，後來認定各有兩個音節，就改寫成 bottom 和 fathom。希臘文有個字意思是礦產或金屬，輾轉來到英文中，指金屬時拼寫成 metal，引伸來指人畜的材質時則拼成 mettle，但兩者都唸 /'metl̩/，第二音節所具有的只是個響亮的流音，沒有元音。拉丁的"田畝"是 ager，主格之外的格別是 agri，agro，agrum，agrorum，agris，agros 等，每一個詞形都具有 agr 的組合：主格寫成 ager 符合了"音節必有元音"的文法規則，但若拼成 agr，讓我們看見流音 R 在第二音節發揮元音功能，會更妥當。

觀念的突破，看來是發生在印度成了英國殖民地之後。歐洲學者在這個古國接觸到婆羅門廟宇傳統的語言學術，發現兩千年前印度人對語音的審辨分析，比承接希臘羅馬傳統的西歐學界精到得多了。梵語文法令歐人眼界大開，其中一要項就是梵文承認的元音和半元音比較多（參看第一章梵文各節）。歐人歸入輔音種類之內的流音，梵文算到元音和半元音內。（比如佛祖故事裏有"靈鷲山"和"王舍城"：鷲鳥是 grdhra，音譯"耆闍"；王舍是 Rajagrha。R 在兩字中都能既是元音又為輔音（半元音）。）受到啟發的歐洲學人反躬自省，在自己語文裏頭看到許多前所不察的事實。從十九世紀開始，西方語言學術有長足發展，學界也不忘歸功於古印度語言學的嚮導。

到了今天，印歐語族中許多語言的流音和鼻音已獲學術界承認為不只是普通輔音，而是響亮度高、可作音節主力的語音。這些元輔音的特殊重要性，更因為研究語音基本結構的"元音遞換"（gradation 或 Ablaut，也叫"元音替代"）理論而確立。在元音遞換的系統中，元輔音成一個基本階次，叫做"零級"（zero-grade），與"e 級"（e-grade，亦稱"正常級"）和"o 級"（o-grade）鼎足而立。這些階次的遞換出現在英語各處；比如動詞的所謂"不規則變化"，如 write/wrote/written 或者 sing/sang/sung 等等，基本的模式就是 e 級、o 級和零級詞形的遞換。（但是替代的經過須要講出許多古代語音的對應和變換方能說清楚。）詞源的研究也處處顯示這三階次的遞換。比如那個說"生、產、種"的印歐詞根，e 級的形狀是含有 E 的 gen，呈現在 gene、genus、generate、gender 等等詞上；o 級的形狀是含有 O 的 gon，生物科學中講述生殖和世系的術語常見以 gono- 為詞首，或者是以 -gony 為詞尾；而含有元輔音的零級，形狀就是 gn，出現在 pregnant，cognate，benign，malignant 等等詞上。

2122　現代英語中，元輔音出現得很頻密。歷史上，英語的音節若不是重音所在，就會弱化，後來有些音節整體消失，有些是失去本來元音，靠賴音節內的鼻音或流音支撐大局，但在文字書寫上保留着那無聲的元音字母。這種變化，語言史家在中古英語後期和現代英語初期發現很多事例。以下這些常用單字，今天用口語說出來，那個非重音所在的音節裏，語音的重心或骨幹都是元輔音。

M　ism, prism, rhythm. fathom, blossom, bosom, ransom. handsome, tiresome, wholesome; cumbersome, troublesome.

N　bitten, driven, eaten 等等過去分詞。raven, recent, molten, sudden. bacon, ribbon, cotton, mutton. Clinton, Newton. masonry, reconcile. dependent, important. bosun（<boatswain）

L　couple, trouble; single, twinkle; meddle, mettle. hostel, model; modal, rascle. mussel, muscle, hustle. 美國口音的 docile, fragile, hostile, mobile。

R　adder, better, coffer, driver 及親屬 father, mother, brother 等。actor, doctor; color, labor. nature, picture, literature, agriculture.

這些字的讀音，我們須作一些説明：

(一) 在日常口語中，元輔音讀出本身的響亮語音；但是在誦讀文件，宣佈事項，以及其他需要把速度放慢的發言中，元輔音之前會出現中腔弱元音，通常是 /ə/。

（我們中國學生説英語，不論快慢，慣常都在元輔音前補上

一個 /ə/ 音。例字中的 ism，bitten，couple，我們總是唸成 /ˈɪzəm，ˈbɪtən，ˈkʌpəl/，不習慣唸作 /ˈɪzm，ˈbɪtn，ˈkʌpl/。這就與美英加澳各國國民平常口語的味道不同了。）

(二) 元輔音的標音方法，歷來有好幾種。一是在字母之下加一個點或者小圈；一是在字母之前加撇號（apostrophe）；一是甚麼符號都不附加。所以 little 可以標成 /ˈlɪtl̩，ˈlɪtˈl/ 或 /ˈlɪtl/。又因為元輔音之前可以出現弱元音 ə，但是也不一定，字典也會在元輔音字母前加上帶括弧的 schwa，或把 schwa 用斜體寫出；於是 little 就是 /ˈlɪt(ə)l/ 或者 /ˈlɪtəl/。

(三) 字母 R 所代表的流音 /r/ 比較特別。在英國標準口音裏，/r/ 在單字尾上失去了卷舌(retroflex 或 cacuminal)特色，而變成中腔弛弱的元音 /ə/。這讓人誤以為那些字尾的 ER，OR，UR 的音節中 R 消失了，只剩下元音弱化而成的 /ə/。

但美國口音的情形很清楚，元輔音 /r/ 明顯存在，它仍是個卷舌音，同時與弱元音 /ə/ 也很相像。這個語音，有些專家認為用 /r/ 已足表示，但也有些專家主張使用一個新符號 /ɚ/（形狀是 ə 和 r 的併合）。這樣，butter 的英國 RP 讀音是 /ˈbʌtə/，美國主流口音卻是 /ˈbʌtr/ 或 /ˈbʌtɚ/。（美國的 T 在這種語音環境裏會變音）

(四) 當代的英文寫法，元輔音所在的音節必定有個元音字母，這是舊觀念和習慣使然。這元音字母最多見的是 E，原因是英語史上有 E 的音節輕讀弱化的情形最普遍，在含有流音或鼻音的音節中 /e/ 消失後，元輔音自然出現。那個不發聲的元音字母通常寫在 M、N、R 之前，可是在 L 之後。（hurdle

和 little 從前的寫法是 hurdel 和 litel。從前的 centre 和 lettre 卻漸漸讓位給 center 和 letter 了。）

然而姓名的拼寫常會任由元輔音直接出現在輔音之後,不加上元音字母。奧國古典派作曲家海頓拼作 Haydn。這個姓氏在英美也看見,寫法有 Haydn 和 Hayden 兩種,讀音相同。德奧姓氏常見到元輔音的字母 L,如詩人 Reidl,將軍 Keitl,化學家 Ertl。捷克有人姓 Hrbaty;波蘭有 Brzrzinsky。

(五) 由於元輔音只出現在輕讀(unstressed)的音節上,它出現在重讀音節之後第一個音節的可能最大。第二、三音節可能會有次重音,元輔音較難形成。(例字裏的 cumbersome 和 troublesome 的情形比較特別。)

213　半元音

2131　半元音是甚麼?有字典說半元音(semi-vowel)是"元音與輔音之間的語音",也有字典說它是"兼具元音與輔音性質的語音",或"具備元音性質而擔當輔音角色的語音"。但哪一些字母代表半元音呢?有說是 J 和 V,有說是 J 和 W,有說是 Y,也有把鼻音和流音字母 M、N、L、R 全都算入。要好好講出這個語言學術語的內涵與外延,我們須檢查歷史,注意這個語詞的用法,也注意語音演變的事實。

2132　顧名思義,"半元音"應當與元音的關係非常密切,然而並不真正是或者完全是元音。我們檢看不同的語音,會發現拉丁字母 A、E、I、O、U 所代表的五個基準元音之中,只有 I 和 U 這兩個高元音(見下面 222)會演化成輔音，其餘 E、O、A 那些中和低元音都不會。當 I 或 U 在單字裏頭不擔當元音角色，不是音節的語音重心之時，它發揮輔音作用，響亮度降低下來，語言學者說它"脫音"了(devoice，devocalize)。比方說拉丁的"法律"ius 裏面，元音是中央的字母 U，開頭的字母 I 是個輔音；"聲音"uox 裏面，中央的 O 才是元音，開頭的 U 也是個輔音罷了。羅馬人一定感覺到在這兩個單字開頭的 I 和 U 與真正的元音 I 和 U 不一樣——比方說，它們不及 dies"日子"裏面的 I 和 tu"你"裏面的 U 那麼響亮——但是羅馬人為甚麼願意把這兩個輔音用元音字母 I 和 U 拼寫出來呢？原因顯然是 ius 和 uox 這類單字，開始發音之時，舌和唇的佈置和動作都與元音 I 和 U 發音之時差不多，發音的氣流受到的阻障也同樣輕微，語音的分別只在響亮度的高低而已。"半元音"一詞最初就是特別製造出來，專門指這兩個"具有元音性質而擔當輔音角色"的 I 和 U。

2133　古典拉丁文繼續使用字母 I 和 U 來代表這兩個"半元音"。後來的世代覺得不妥當，那些使用拉丁字母的國家一個又一個把兩字母的形狀修改，I 改成長尾巴的 J，U 改成有尖角的 V。因此，字典會說半元音就是 J 和 V 的語音。(但今天仍有拉丁文書籍堅守着傳統，只用 I 和 U，不用 J 和 V。)

2134　語音不住變動，V 原有的圓唇音後來漸漸變成唇齒音。這時，使用拉丁字母各國紛紛修改字形，連接兩個 U 或 V 製出新字母(名叫 Double-U 或 Double-V)來代表那往日的圓唇音。這就是另一些字典說半元音是 J 和 W 的道理。國際音標也用 /j/ 和 /w/ 指示這兩個半元音。

2135　Y 之為半元音，是英文的特殊情形。J 和 W 在眾多使用拉丁字母的歐洲國家語文裏都發出 /j/ 和 /w/ 音；但在英文裏，W 不成問題，J 卻由於音變，發出塞擦音 /dʒ/，與前顎化產生的"軟 G"相同。

Y 原是古英文使用的字母，由於所代表的 /y/ 或 /ü/ 音漸漸在英語中消失，字母也就廢棄不用；其後英人把它拿來代表字母 I 的長短元音 /aɪ/ 和 /ɪ, i/，以及半元音 /j/。今天在 dynasty 裏的第一個 Y 唸 /aɪ/ 或 /ɪ/，第二個 Y 唸 /i/；在 yard 或 yellow 裏，Y 唸 /j/。（可注意的是 yard 和 yellow 古時是 geard 或 gerd 和 geolu 或 geolo。參看後面説 Y 和 G 各節。）

2136　至於説鼻音和流音字母 M、N、L、R 都是半元音，原因是這些字母是元輔音，它們有時扮演元音角色，有時起的只是輔音作用，是"兼具元音和輔音性質"的語音，符合半元音的定義。

2137　半元音的性質
半元音發揮輔音功能時，與別的輔音有甚麼分別呢？兩者不能等量齊觀嗎？下面的兩點值得注意。

（一）半元音對元音的影響，大過普通輔音。當半元音 W 出現在前，或是 L 或 R 出現在後，元音常會發生較大的改變。普通輔音起不了這樣的作用。

這些作用在元音 A 上最顯著。（參看第四章 A 各節，及〈緒言〉A 音例子。）短 A 的正常讀音是 /æ/（在 cash，mad 等單字可見），但若有 W 在前，就唸出 /ɒ/（如 wash，wad）；有

L(L)在後卻唸出 /ɔ:/(call，mall。美國是 /ɑ:，ɒ:/)，有 R 在後唸 /ɑ:/。R 在後方對幾乎任何元音都有大影響；L 在後方和 W 在前方的影響是選擇性的。

(二) 英語的長元音從十六世紀開始多已變了性質，不再是單純元音，而是首尾音質不同，發音器官有了移動的"滑音" (glide)。這幾個滑音都是重心在前的類型。對於後方較輕部份究竟是甚麼語音，學界有些議論。大多數人似乎都認為這較輕的部份也是元音；因此我們看見在字典裏面長的 A、I、O 標示為 /eɪ、aɪ、oʊ/，歷史上的長 U 為 /aʊ/。但部份學者相信這末尾較輕較短的部份其實是半元音，不是元音，他們主張把上述四個長元音標示成 /ej、aj、ow、aw/，甚至長 E 也標成 /ij/。這樣的角色，當然也不是普通輔音能擔當的。

214　　複元音

2141　　關於複元音，要弄清楚的是一些定義的問題，還有語音的一些變動。

中文"複元音"是說兩個元音連接在一起，但這只對應英文 diphthong 的一個意思。diphthong 這個從希臘輸入的詞，可以分析為 di-"兩個" 和 phthong"聲音" 兩個部份。歷史上，它曾用來指(一)兩個字母的連體(即是 ligature)，如 a 和 e 結合成的 æ；(二)相連接的兩個元音或輔音字母(這也叫做 digraph"雙文字母")；(三)相連接的兩個元音或輔音。中文"複元音"指的只是相連接的兩個元音，這其實也是今天 diphthong 的意思；但往日的其他用法會在特別的場合冒出來。

2142　相連的兩個元音字母，與相連的兩個元音，並不恒等。由於英語的長元音大多數演化成了複元音，而長元音常拼寫成單獨一個元音字母，所以一個字母可以等同兩個相連接的元音。（side 和 so 就是這樣的字，其中的 I 和 O 分別唸出 /aɪ/ 和 /ou/ 來。）另一方面，英文的多個拼寫規則都用兩個相連的字母代表一個元音（見下面 2222），這些元音若不演化成複元音，結果就是兩個相連的字母等同一個元音了。（trouble 中的 OU 唸出 /ʌ/ 音；read（"閱讀"的過去式）的 EA 唸 /ɛ/。）

還有好幾種情形，相連的兩字母都不代表複元音。一是這兩個字母分屬兩個音節，如 coincide 的 OI 或 acquiesce 的 IE。一是以拉丁文傳下來的 QU 組合寫成的字，在這裏 U 只是個輔音或半元音而已；像 quest 唸 /kwest/，queen 唸 /kwiːn/，都不含複元音。一是在南歐輸入的舶來詞語，或者英國土產而模仿南歐拼寫方法的單字裏，在前腔元音 E 和 I 之前，寫上 CU，QU 或 GU 組合來代表 /k/ 或 /g/（biscuit，quiche，racquet（= racket），guise，guest 等等）；這些組合中的 U 不發聲，只顯示前面的輔音是"硬"的，而不是前顎化了的"軟" C 或 G。一是單字末尾的 IE，OE，UE（die，doe，due 這類字裏頭），最後的 E 也是無聲的，是從前的正書家平白加添在字尾上，因為他們認為單字不宜以元音字母結束，特別是 I，O，U。

2143　單元音（monophthong）和三元音（triphthong）
單元音即是普普通通的元音。複元音和三元音都是"滑音"（glide），口腔的唇、舌、顎各部份在發聲時稍有滑動；單元音不同，它是單純的，發聲時口腔器官不滑動，音質始終如一。

單元音和複元音會變。語音學者把單元音變化成複元音的經過叫做"斷裂"(breaking)，複元音變化成單元音叫"平復"(smoothing)。這種音變，英語在古時常有。在現代，斷裂有個突出例子，那就是長元音在"元音巨變"時期紛紛變化成複元音。

2144　　三元音像複元音一樣有定義的問題。它既指相連接的三個元音字母，也指三個元音，而這兩者同樣是不相等的。含有三個相連元音字母的單字，像 lieu 或者 beauty，讀音是 /lju: , bju:ti/，並不會唸出三個相連接的元音來。（許多單字裏面的三個相連接的元音字母的組合，都好像這兩個字裏的一樣，唸出 /ju:/ 音，那是英語史上第二個長 U 的聲音。參看下面 2.5 節英語元音的發展簡史。）

另一方面，由於 R 在字尾演變出 /ə/ 的聲音，英語的一些長元音加上 R 就發出連接的三個元音了。例如 ire 就是 /aɪə/，dire，fire，hire 等等都有這三元音；our（源自古英語的 ūr）是 /auə/，dour，flour，hour 以及換成 ow 的 bower，cower，flower 等等都與它同韻。現代英語的三元音最易見於這類有 R 的字上。

2.2　元音的辨別與分析

元音有種種特性。語言學者特別注意分析下面這幾種，他們藉此來分辨各元音，研究各種變動。

221　　舌的位置與唇的形狀

元音發聲時，喉嚨出來的氣流在口腔中通過，所遇障礙很微小。但障礙絕不是沒有；否則發出的元音都會相同，沒有差異。

2211　聲帶發聲時，舌頭在口腔中可以伸前，舌尖還可以抬高放低，這樣就製造出不同的前腔元音。反之，舌頭也可以縮後，這時根部上方舌面可以作高度不同的弓起，這樣製造出來的就是後腔的不同元音。

元音的位置，是由舌頭伸前縮後，加上舌尖或舌面的高度來界定的。元音因此可以簡略分成高前、中前、低前；高後、中後、低後等類別。重讀時，元音必屬這六類之一（例外是中腔的ɜ）；輕讀時，元音退向口腔中央區域。把 front，back 和 high，mid，low 五個英文字簡寫為 f、b、h、m、l，元音的上述分類可寫成 hf，mf，lf；hb，mb，lb。這些就是史威德（H. Sweet）發明而為語言學界沿用的分類簡寫。

2212　嘴唇在元音發聲時也可以有動作。高低元音需要嘴唇張開的程度不同，唇的形狀也造就元音的特色。

嘴唇縮小而嘟起成圓形，發出元音的特色叫做“圓唇”（round，或 rounded，簡寫成 r）。一般而言，後腔元音具有圓唇性，前腔則否。不過，低後的 /ɑ:/ 不具圓唇性，而希臘文的 upsilon、法文的 u 和德文的 ü 都代表高前然而圓唇的元音。

把舌位和唇形加入之後，可以把元音描寫得更詳細。例如法文和希臘文的 u 是“高前圓唇”（hfr），德、英、拉丁的 u 是“高後圓唇”（hbr）。英文的短 O 音（如 hot，rob 的元音）在英式標準英語裏是低後圓唇（lbr）的 /ɒ/，在美國主流口音裏是低後然而並不圓唇（lb）的 /ɑ:/。

2213　元音位置圖（以古英文為例）

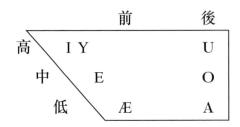

上邊不求精準的示意圖，畫出古英文七個元音的前後高低相對位置。

在低層，Æ 是 "低前元音"，A 是 "低後元音"。在中層，E 是 "中前"，O 是 "中後"。在高層，I 和 Y 都是 "高前"，U 是 "高後"。I 和 Y 的分別在於唇形：Y 是圓唇音，I 不是。用上語音學上的簡寫來代表，下層的 Æ 是 lf，A 是 lb；中層前後的 E 和 O 分別是 mf 和 mbr。高層 I 和 Y 分別是 hf 和 hfr；U 是 hbr。（後腔元音的圓唇性有時會略去不提）。

這簡圖只標示古英文七個主要元音字母在重讀時的語音位置；輕讀時，各元音都含糊起來，移向中央。此外，七元音都有長短之分，但是長短音的發音位置差別不大，這簡圖也略去不提。

儘管簡單，這個圖已把元音位置的若干重要性質顯示出來了：

2214　（一）前顎化
古英語和若干古今外國語言的後顎輔音（字母 C 和 G 的語音）會由於高前或中前元音(I、E)的同化作用，而趨向前顎，發生音變。俄語的齒音也有相似變化。

小學生也會知道英文的字母 C 在 I 和 E 之前唸"軟音"，聽起來像 S；但在 U、O、A 之前唸"硬音"，聽來像 K。原因是拉丁字母 C 讀 /k/ 是正常的，但遇上 I 和 E 這兩個前腔元音，就會發生前顎化音變，其中一種的結果是 /s/ 音。詳見第五章。

2215　(二)元音前移
英語的後腔元音，在幾種情形下會移向前腔。一是形容詞產生抽象名詞，如 long，strong 產生 length，strength；一是名詞產生動詞，如 food、blood 產生 feed、bleed。一是名詞的單數詞產生多數詞形，如 man 產生 men，或 mouse 產生 mice（在古英文是 mūs 產生 mȳs）。

2216　(三)元音遞換
俗稱"不規則動詞"(irregular verb)的"強動詞"(strong verb)是日爾曼古語動詞的中堅份子，它們的現在式是含有前腔元音的 E 級詞形、過去式是含有後腔元音的 O 級詞形。（前面 2121 節已提及）。例如 drive，drove；write，wrote；drink，drank；spring，spang。（從前 help，delve 的過去式是 holp，dolve。）

2217　隨着語音演變，英語的元音位置圖也需重繪（見下面 2.5）。後世的位置圖越來越不足以反映上述的語音與文法變化，因為元音的前移和遞換都發生在信史之前的遠古時代，前顎化也不是晚近的事。對比 mouse 與 mice，元音 /au/ 和 /ai/ 的差異實不足以清楚顯示自後腔向前腔的移動；但是在古英文的元音位置圖中，"老鼠"的詞形 mūs 與 mȳs 的元音 U 和 Y，明明白白是一後一前的。說到前顎化，字母 C 在 A 前唸 /k/，在 I 前唸 /s/，這是發音規

則，不論 A 和 I 是長是短。可是這條中古英語時期由法國傳來的
規則，用在中古英語身上非常合理，因為中古英語裏 A 是後腔
元音，I 是前腔（見下面 252 節），與古英語的情形一樣，所以這
裏的古英語元音位置圖顯示的相對位置還適用；來到現代英語，
經過了"元音巨變"，長 A 移到前腔了（美國唸 /e/，英國 /eɪ/），
而長 I 卻移到中後腔（唸 /aɪ/），因此今天 C 在這兩個長元音之前
的"硬"和"軟"的讀音規則是一種所謂的"見字發聲"（spelling
pronunciation）而已，與前顎化的道理南轅北轍。從這種角度着
眼，我們都看到上面這個簡圖的用處。

222　長短

2221　英語元音有長短之分。這分別是十分要緊的；在同樣的字母組
合裏，同名稱的長元音與短元音會構成不相同的兩個字。例
如具有短 E 的 met，意義不同於具有長 E 的 meet，mete，或
meat。（長 E 的這三個拼寫方法即下節中的（二）（1）、（三）（2）、
（二）（2））。

在英語的歷史上，英文的拼寫始終未能把長短元音這個麻煩問
題妥善地解決。古英文根本不理會元音長短問題。中古英文從
法國那邊引入一些長元音的拼法，可是既不全面，也不一貫，
由是更製造混亂。後來的英文在這方面有長足的進步，功勞
應當歸於一些出版商（如 Caxton）以及在現代英語早期先後冒
出來的多位"文法家"、"正書家"、"正音家"（grammarians，
orthographists，orthoepists，即是從十六世紀的 Bullokar，Hart，
Mulcaster 到十八世紀的 Elphinston，Jones，Nares 那一大群各
自為政的改革家，他們共同的關注是英國的語言文字和語文教

育）。他們提出種種拼寫方法來代表長元音和短元音，這些方法稍後被吸納到文法課本以及十八世紀開始出現的權威性字典中，當代英文拼寫的基礎由此奠定。

2222　長短元音的拼寫

在今天的英文裏，重讀的元音是長是短，大致可以憑下面這些拼寫規則判別。(但無從判別或判別錯誤的情形仍很多。)

（一）在封閉性音節（closed syllable，以輔音結束的音節），單獨一個元音字母代表短元音。像 bad，bed，bid，bod，bud。

（二）在封閉性音節，長元音以兩個元音字母來代表。下面是幾種方法：

（1）　連續兩個 E 和兩個 O 代表較高較窄的長 E 和長 O。如 beet，boot。

（2）　EA 和 OA 代表較低較寬的長 E 和長 O，如 beat，boat。（十七世紀後高低兩個長 E 已二合為一；但兩個長 O 至今高低可辨。今天 beet 和 beat 同音，boot 和 boat 卻不同。）

（3）　IE 代表長 E，如 brief，chief。

（4）　OU（或 OW）代表古英語中原有的長 U（今天的 /au/），如 foul，how。〔（3）、（4）都是法國來的拼寫方法。〕

（5）　I 可以不發聲而用來指示前方的元音字母是個長元音；如 EI（deceive，seize），AI（grain，raid），UI（bruise，fruit。 這個長 U 是中古英語時期的新生事物，今天唸 /(j) u (:)/。見下面 2.5）

(三) 在開放性音節(open syllable,不以輔音結束的音節)單獨一個元音字母已足表示長元音。(這個方法的靈感來自歷史,那就是古時開放性音節中的短元音漸漸都伸展成為長元音。)

    (1) 例如單音節的 a,be,I,go,to,hue(末尾的 E 無聲),now(古英文的 nu。now 末尾的 w 不是輔音);雙音節單字 na-ture,fe-line,si-lent,ho-ly,ru-fous 的第一音節。

    (2) 更有創意的是讓封閉音節後方保留着或者加上一個不發聲的 E,使音節有個開放面貌。如 mate,mete,mite,mote,mute。

(四) 詞形變換時,根元音的長短由其後的單或雙輔音字母來指示。例如具有長 I 的 write 只有一個 T,後隨一個無聲 E;written 則有兩個 T,以指示前面的 I 是短的。writer 和 writing 都只有一個 T,音節可分開為 wri-ter 和 wri-ting;但具有短 I 的 hit,衍生出來的 hitting(hit-ting)和 hitter(hit-ter)都需用上兩個 T。

2223   英語的長短元音,漸漸與發聲時間的長短失去了必然關係。在今天各個說英語國家的許多地方,長元音不一定長,短元音也不一定短。這是值得注意的。

英語元音發聲時間的久暫,愈來愈不為人重視。從前,在古英語時代,同名稱的長短元音(比如說長 E 和短 E 吧),音質應當是差不多的,否則那時的人不會使用同一字母來代表;那麼,同名的長短元音必定是靠發聲久暫來分辨。(長短 E 大概是 /eː/ 和 /e/ 之別)。後來長短元音依着不同方向發展,長元音的發聲位置上升，再後又斷裂成複元音，而短元音的發聲位置下沉（見下面 2.5）。今天，五個元音字母中，每一個的長短元音，音質都變成不相同了，長短倒不一定。説英語的人對長短元音的判別，以音質為主。比如長 E 是高前的 /iː/（或 /ij/）；美國口音的長 E 只是 /i/ 而已，並不拖長。再如短 O，在英國是低後圓唇的 /ɒ/，在美國是低後但不圓唇而稍長一點的 /ɑː/，如 hot 的英美口音會分別是 /hɒt/ 和 /hɑːt/。那個較低的長 O，在美國只是 /o/，既不拖長，也非複元音。

長短元音的稱謂和概念是歷史問題。當年的正書家、正音家和文法家開始討論語音時，"元音巨變"尚未把英語語音變得千奇百怪，同一字母代表的長短元音在音質上相近，差別在發聲時間的長短之上。廿世紀的語言史學者研究早期現代英語語音變動，以中古英語的結束為起點，那時同字母的長短元音主要差別的確是發聲久暫而已。長短元音的稱謂符合歷史事實，方便學術研究，同時亦已深入人心，受過文法教育的人無不知道長 A 或短 E 是甚麼意思，字典辭書多用 ē、ĕ、ā、ă 之類符號來標注讀音。可是一個世紀又一個世紀層出不窮的變化，終使英語元音的面目全非，叫做長元音的不一定有較長的聲音，叫做短元音的不一定較短，以同一字母為名的長短元音在音質上可以大相徑庭，在發音位置上可以天南地北，這才使今天的學生惶惑與誤解。

223　強弱

強和弱即是重和輕，差別在發聲時氣力的大小，或説是消耗能量的多少。英文單字，除去那些叫做 particle 的"小詞"之外，都會有個重音（accent，stress）。音節若有重音就是個"重讀的"

（stressed）音節，節內元音算是強的；非重音所在的“輕讀”（unstressed）音節裏，元音是弱的。

我們講述各元音的語音，主要是指重讀的強音。這些強音之間的對比較大，它們的發聲位置分佈在口腔圖前後上下的邊陲部份。（從這觀點看，英國標準音中的低長 O —— so，no，go 等的元音 —— 有些特別，它的讀音 /əʊ/ 的主要部份是個不前不後的含糊元音。）輕讀的弱音對比較少，聚合在位置圖的中央部份。

英語元音輕讀之時，最常出現的元音是 /ə/，其次是 /ɪ/、/i/（不是 /iː/），以及流音和鼻音等元輔音。中國學生遇見元音在輕讀位置上，會一律唸出 /ə/。這種傾向疑在英美也頗普遍：常見到讀音字典提醒讀者注意。例如“女人”單數詞形 woman 是 /ˈwumən/，多數詞形 women 是 /ˈwimɪn/, 兩詞形的第二音節並非同音。mountain 中輕讀的第二音節若讀成 /tən/ 就不很好，雖然也非不可接受；英國的 RP 唸 /-tɪn/，美國主流唸 /-tn/。image，village，college，knowledge 第二音節裏輕讀的元音都發出 /ɪ/音；valley，Bradley，Wesley 的第二音節都是 /-li/，與一般副詞末尾的 -ly（如 weakly，roughly）相同。

2.3　元音的標示

231　字母

字母是標示語音的符號。在古英語時期，當英文新近採用拉丁字母拼寫出來，熟悉拉丁的人誦讀這些古英文篇章必定很容易，讀音也正確。後來，英文的文字與讀音愈來愈不對應，主要有下述原因。

2311　語音變了
語言的聲音變動不息，差異隨時間增大，而文字一經寫出就不變動了。文字符號能夠包容少許語音差異，但有限度。英語元音的變動很大，那一場"元音巨變"（GVS）是地覆天翻的騷動，字母應付不來。

以字母 A 為例，這字母在古英文裏代表一個低後(lb)元音，與拉丁文相同。"元音巨變"發生之前，A 的長音已升高進入了中後(mb)區。在「巨變」時代，新的長 A 移前升高到中前(mf)偏高的位置；短 A 和 Æ 似乎較早時已合而為一，停在低前(lf)區中；但是有一部份短音又向後移，成為低後(lb)音，與古英語時期相同。所以今天來說，除了升高到中後區的長音已寫成 O 之外，A 代表着中前、低前和低後三個元音。前後方的高、中、低六個元音區域中竟有三個出現它的蹤影，符號和語音之間還有甚麼對應可言？（參看 2.5 節的演變史）。

2312　拼法變了
英國在 1066 年覆亡，跟隨威廉大公爵（"William the conquerer"）從諾曼第到來的新統治階層講一口法語方言；兩百年後，英語重新獲得國語的地位，可是在拼寫時採取了不少法文的方法，造成混亂，其中舉舉大者有這幾項：

(一) 把英文的長 U 音拼作 OU 或 OW。這種拼法的起因是法語的長短 U 起了音變；英語的長 U 這時並未起變化，卻也被這種外來拼法強加其上。因此，古英文中的 cū，sū，sūr，fūl 變成當代的 cow，sow，sour，foul。但英文另有一些複元音是用 OU 或 OW 拼寫的，於是一種拼寫方法代表幾種

讀音。今天英文的 ou 和 ow 有八個不同讀音。(見〈緒言〉
及第四章)

(二) 把長 E 拼為 IE，如今天的 field grief chief 都唸出長 E 的 /iː/ 音。
可是 IE 也是長 I 的拼法之一 (die，dies，dried)。

(三) 把短 U 拼寫為 O。這方法並不普遍使用，而只用之於 M、
N、W、V 等具有短垂線的字母之旁，其目的是讓連接的
字母較易正確劃分開來。由於這方法，今天許多帶 O 的英
文字唸出短 U 的 /ʊ/ 或 /ʌ/ 聲，如 come、govern，honey，
onion，son，wolf，woman。(古英文史詩《貝奧烏夫》或《蜂
狼》的原名是 Beowulf，不是 -wolf)。現代英語的短 U 音可
能拼寫成 U，也可能拼寫成 O；另一方面，字母 O 可代表
O，也可代表 U。

232　音標符號

英文字母既不能妥當標示讀音，字典辭書只好另謀良法注音，
以利讀者。編者想到的方法不一，但是總會求助於英文字母最
慣常的讀音以及讀者最習見的拼法。等到國際音標面世，各地
字典紛紛採用。不過，也有些深受尊崇的字典至今仍拒絕國際
音標的。(本節後面 2322 小節有介紹)

2321　國際音標 IPA

"國際音標" 即是 "國際注音字母" (International Phonetic
Alphabet，簡稱 IPA)。 在十九世紀八十年代，一群語音學者
在法國組織了 "國際語音協會" (International Phonetic Assn.)，
領袖人物中有權威英語學者丹麥人耶斯帕生 (O. Jespersen) 和英

國人斯維德（H. Sweet）與鍾士（D. Jones）。協會面前的一項要務
是教授英語，為了給歐洲人闡明英語奇怪的語音演變，耶斯帕
生建議制定一套歐洲各國人士都易把握的注音字母。協會的會
員們更期望這一套符號系統能在各國通行，以利不同語言間語
音的溝通與比較。鍾士又主張訂立一群"基準元音"（cardinal
vowel）做定點，讓不同語音在不同時代的元音變動能突顯出來。

23211　IPA 與英語

國際注音字母在標注英國元音時，使用的符號有拉丁字母的小
寫體 a、e、i、o、u；又有希臘字母 ɑ、ɛ、ɪ、ɔ、ʊ（即是 alpha，
epsilon、iota、omicron、upsilon 五字母稍有變動的小寫字形）；另
外是 ə（希伯來的 schwa）、æ（古英文曾使用的 ash）、以及倒轉 ɑ、
ɛ、v（ʊ 的一種字形）而成的 ɒ、ɜ、ʌ。起初只有拉丁的 a、e、i、o、
u 算是基準元音，後來希臘的字母和其他字母也算數。（由於許
多語言，特別是古代的，有許多圓唇音，IPA 隨後設立了一系列
前腔圓唇音，再後為了平衡又設立了一系列後腔的不圓唇音，都
算作基準元音。但這些注音字母在討論英語讀音時派不上用場，
本書因此不作介紹。）古英語中有個高前圓唇（hfr）的元音，IPA
用希臘字母 upsilon 的大寫字形 Y 或 y 來代表，這個語音在中古
英語時期消失，我們因此只在討論古英語語音時動用這字形。

IPA 系統另有一些識別符號（diacritical marks，包括重音、長音、
送氣音、鼻音化等），可添加在注音字母的上、下、前、後方，
指示語音特色。

IPA 在字典裏標示的是音素（phoneme，或稱"音位"），不是語
音。語言學上，語音寫在方括弧〔〕內，音素寫在兩條斜線 / / 之

間。方括弧內的語音是精準的，是學者用科學化的數量來界定的，在發音位置圖上它是幾何學上的一點；斜線間的音素不必精準，說這種語的人都可以憑普普通通的感覺來判斷，在發音位置圖上它應當是或大或小一個圓形或橢圓形的區域。一個音素可包含幾個語音，這些叫做 allophone（希臘文"別音"的意思，中文叫音素（音位）異體（變形）），都是講這種話的一般人視為相同或相等的語音。音素異體之間必須沒有糾紛，不致引起混亂，方為合格。比如 till、still、trill 中有三個 T 音（叫做 [t_1]、[t_2]、[t_3] 吧），它們都能合格成為英語音素 /t/ 的異體，因為它們的出現具補償性質（它們有 complementary distribution），[t_1] 只出現在單字的開頭，[t_2] 在噝音 S 之後（這個 T 比較像 D），[t_3] 在流音 R 之前；說英語的人都覺得它們不必分辨，同屬一個音素。另一方面，同屬高前（hf）區的 [iː] 和 [ɪ] 就不能在當代英語中構成一個音素，因為英語有 beat，bit；cheap，chip；deed，did；feet，fit 等等一系列的"對比字偶"（contrasting pair）顯示在相同的語音環境裏它們兩者會構成意義不同的單字。

字典所注出的是音素而已，我們本書討論語音，也只在音素的層次進行。但我們在這裏費神分析音素與異體的關係，是因為自從 IPA 頒佈以來，不僅國際語音協會作過補充，歐洲各國採用之時各就本國語音做了修訂，英美學者還要各抒己見而制定略有出入的注音系統，結果是出現了林林總總許多使用 IPA 符號與原則的注音系統，讓人眼花繚亂。不過，這些系統的差異，主要來自音素如何劃分：語音的界定與標示不是問題，問題是把那一些語音歸入那一些音素，讓音素各有那一些音素異體。弄清楚了語音與音素，一個個 IPA 系統間的差異就不難把握，不難調和。

23212　英語 IPA 位置圖

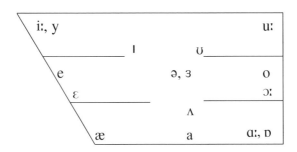

上方是本書標注現代英語的 IPA 字母發音位置示意圖。這幅高中低三層和前後兩方的草圖，需作這幾點說明。

(一) 圖的前後兩方，在拉丁小寫字形的注音字母 a、e、i、o、u 之旁，是對應的希臘小寫字形的注音字母 ɑ、ɛ、ɪ、ɔ、ʊ。最中央是 ə 與 ɜ。ɪ、ʊ、ʌ 都稍近中央。

(二) 從 a、e、i、o、u 的位置看，這個注音系統的基準元音是以古典拉丁作藍圖的：i 和 u 出現在高前(hf)和高後(hb)位置，e 和 o 在中前(mf)和中後(mb)，a 在最低層上。這樣的注音系統方便古英語和大部份中古英語的研究(參看 2213 節的圖)，也方便西歐許多國家的人民，他們的語文使用拉丁字母，幸而元音的變動不似現代英語劇烈。

(三) 本圖的高前區中有拉丁(即古英文)長短 I 的語音。當代英語的短 I 還留在區內，語音是 IPA 的 /ɪ/；長 I(/aɪ/)降低到低層去了。以 /iː/ 來標注的當代英語元音是從下面中前區升上來的兩種長 E——從前中古英語的 ẹ 和 ę，現代英文多分別拼為 EE 和 EA。

(四) 高後區是拉丁和古英文長短 U 的所在。古英語的長 U 降下到低層了(今天唸 /aʊ/),短 U 仍留駐在區內 (/ʊ/)。現代英語的 /uː/ 音來自古英語長 O 所變成的中古英語高窄長 O（ME ọ̄），這元音後來從中後區升高到這位置;正書家把它拼成 OO。

除此之外,古英語的一羣近似的複元音 EU,EAU,IEU,IW,EOW 等,在中古英語時期漸漸寫成單獨的一個 U。這個新的長 U 今天唸 /juː/,語音的由是半元音 /j/ 和長元音 /uː/ 結合而成。前面的 /j/ 會脫落,特別是在流音 L 和 R 之後,以及美國口音裏,只剩下 /uː/,如 clue(即 clew)、true 和美國人口裏的 due、new。

(五) 中前區是拉丁和古英語長短 E 的地區。今天英語的短 E 留在這裏,而長 A 也從低後區不遠千里來到這裏。古英語的長 E 從這裏高升到上頭高前區去了;長 Æ 從下面低前區升到這裏(成為 ME ẹ̄)之後,也追隨着上升到高前區,兩者合而為一了。

這區有個注音問題,想必困擾了許多學子。IPA 的多個注音系統,有些在這區只放置一個音素 /e/,有些則在 /e/ 下更放置一個 /ɛ/。我們且把前者稱為"單音素派",後者稱"雙音素派"。前者的首領是 D. Jones 和他在倫敦大學語言學系的衣缽傳人 A.Gimson 與 J. Wells 教授,他們的讀音字典影響深遠,風從者眾。後者包含標準美國口音的字典,如 Kenyon 與 Knott 兩教授的合編(所謂 KK)。新版的英國牛津字典系列也屬後者。本書在中前區也用 /e/、/ɛ/ 兩音素。

兩派分歧的道理，須在前述音素的概念上尋找。一個音素
可以有幾個異體（allophone），但音素異體間須無糾紛，亦
不起誤會。拿分別具有短 E 和長 A 的 bed 和 bade 兩字來
說，單音素派的 Jones 等人依據英國 RP 讀音將它們注為
/bed/ 和 /beɪd/，並無不妥。其實兩字所分別具有的音素異體
是差異甚大的兩個語音，但作為 RP 的音素異體，它們的分
佈有互補性質，井水不犯河水，可以同屬一個音素。單音素
派把 bare，bear，pair 等有 R 在後的單字以 /-eə/ 注出，也過
得去的。可是，倘若面對的是美式英語口音，或是當今不把
長 A 唸長或者唸成複元音的英語地區口音，長 A 與短 E 之
別不在發音長短，也不在單元音與複元音之別，而在語音位
置的高低，這時若在前區中只設一個音素，長 A 與短 E 就
無由辨別了。假使由單音素派來注音，美國人口中的 bed 與
bade 會同是 /bed/，儘管普通人都聽得出兩字讀音顯然不同。
因此，美國使用 IPA 注音的字典如 kenyon & Knott 等，必須
是雙音素派，它們在音素 /e/ 下方再設立音素 /ɛ/，使 bade 和
bed 可以分別注成 /bed/ 和 /bɛd/，其他 date，debt；fade，
fed；gate，get 等對比字偶也全都能夠注出音素性分別。

牛津系列字典的新版本也屬雙音素派，它們把 bade 和 bed
注成 /beɪd/ 和 /bɛd/，把 bare，bear，pair 等字的韻腳注成
/ɛə/（美式 /ɛɚ/）。單音素派或要質疑道，既分辨長短或單複
音，還又用上兩個音素，不嫌多餘嗎？雙音素派的理由有
二：（一）語音 [e] 和 [ɛ] 差別大，把它們分為兩音素較自
然；（二）在中前區設兩音素利便比較。比如法語就有 é 和 è
兩音在此。本書討論英語的歷史語音，講到 ME ē 和 ME ę̄
等問題時，單一音素嫌捉襟見肘。

（六）中後區是往日拉丁和古英語長短 O 的地區。今天 IPA 有兩個注音字母 o 和 ɔː 設在這裏。還有個 ʌ，現身在本區與低後區接壤處，靠近位置圖的中央部份。

/o/ 在美國口音中相當於其他英語口音的 /oʊ/，這是古英語長 A 升高成為中古長寬 O（ME ǭ）後在現代英語中演化出來的語音（但英國 RP 唸出 /əʊ/）。/ɔː/ 是 O 加上 R 的讀音；許多別的字母組合，代表着別的單複元音演變的結果，也有這個讀音。/ʌ/ 是長短 U 音縮短而成，今天英語的字母 O 和 U 都可能唸出這音來，如 utter 和 other 便是。

英語的 O 變動的幅度很大。古英語的長 O 上升到高後區，取了原屬 U 的位置，正書家其後把它拼寫為 OO；有些 O 的組合留在中後區；短 O 則下降到低後區去了。請看這些單字中 O 的讀音：

　　noose, /uː/

　　nook, /ʊ/（/uː/ 縮短而成）

　　another, /ʌ/（/ʊ/ 縮短）

　　nose, /oʊ/（Me ǭ 演變而成。美國音 /o/，RP 音 /əʊ/）

　　nor, /ɔː/

　　not, /ɒ/

當初 Jones 把現代的短 O 音標示為 /ɔ/。用他的方法，cod 應當標注為 /kɔd/，而 cord 是 /kɔːd/，彷彿只有長短之分。今天的 IPA 系統差不多都改用 /ɒ/ 代表短 O 音，包括他的繼承人 J. Wells。

（七）低層是 A 的範圍，只是當代短 O 的讀音 /ɒ/（即從前 Jones

的 /ɔ/)也出現在這裏。拉丁和古英語的長短 A 都在低後區。在低前區，古英語有長短的 Æ。長的 Æ 後來升入中前再升入高前區去了；短的 Æ 似乎曾與短的 A 合而為一，似乎也移後一些，而且改用 A 來拼寫，可最近世紀這個短 A 的音又回到低前區來。

IPA 系統在低層的標注方法有諸多出入。本書採用的系統（見圖）用 /æ/ 代表低前區內現代英語短 A 音，（pad，pan 就是 /pæd，pæn/）；/ɑː/ 代表後區內英美的 par 字以及英式的 pass、path 等字的元音，（這三字是 /pɑː(r)，pɑːs，pɑːθ/）；/ɑɪ/ 代表長 I 和第一長 U 複元音的前部份，（high、how 是 /haɪ，haʊ/）。可是，音素 /a/ 在各系統內的範圍大小不一，有些系統讓它覆蓋了低前區的短 A 音，把 /æ/ 取消了，（於是 pad 不是 /pæd/ 而是 /pad/）；有些系統用 /aː/ 代替 /ɑː/，（於是 par 不是 /pɑː(r)/ 而是 /paːr/ 了。）

當代英語的 A 音，短 A 出現在低前區。在低後區，長 A 先後發生過幾回大變動。古時的長 A 升高進入中後區並且被改寫為 O（今天的低長 O）；但隨後本區的一些短 A 伸長，這新品種才是一般文法書說的長 A，它在"元音巨變"時期跑到中前區去了；再後，已遷移到低前區的一些短 A 在某些輔音影響下作倚附性變動，伸長並且移後，終於使低後區第三回出現長音，那就是今天英美的 par 和英國的 pass 等單字裏的 /ɑː/。（請參看下面 2.5 的演變簡史）

低層是英美口音一些指標性分別所在。低前區的短 A 音在一些輔音之前的伸長移後變動，出現在英國口音中，但美國人仍唸着傳統的低前區短 A 音，於是 grass、past、bath 等字在英國是 /grɑːs、pɑːst、bɑːθ/，在美國卻是 /græs、pæst、bæθ/。低後區的短 O 音，在英是 /ɒ/，在美國大多數人口中是 /ɑː/。英人把 box、cock、dog 唸成有圓唇性的 /bɒks，kɒk，dɒg/，美國人多半會唸出不圓唇的 /bɑːks，kɑːk，dɑːg/。

（八）本書採用的英語 IPA 發音位置圖，正中央是 ə 和 ɜː，兩者的位置相同。希伯來字母 ə 是語言學者最初使用的符號，它代表一個無偏倚的也無甚特點的弛弱元音，英語輕讀音節最常出現的就是這個懶懶的語音。

但英語的重讀音節也會發出一個不前不後不高不低的元音，這語音與 /ə/ 有異，是張勁而非弛弱的。英文單字若有短 E、I、U 與 R 結合，如 jerk，shirk，Turk 或 earl，whirl，curl，都唸出這個音來。從前 Jones 用 /əː/ 來標示這音，他覺得長音符號已足提示強勁性質。但較新的 IPA 系統都用 /ɜː/ 來代替 Jones 的 /əː/。像 jerk 這個字，Jones 會注為 /dʒəː(r) k/，新的注法卻是 /dʒɜː(r) k/；server 在 Jones 手中會是 /'səː(r) və(r) /，新注法是 /'sɜː(r) və(r) /。

然而這種更新並不劃一。牛津系列字典仍然寫 /əː/ 而不寫 /ɜː/。英國 RP 口音的寬長 O，即使在採用 ɜ 字形的 IPA 系統中也只見注為 /əʊ/，而不是 /ɜʊ/。

2322　英文字母音標

國際音標 IPA 雖已風靡百年，然而至今仍有高水準英文字典不肯就範，仍舊使用英文字母來注音。按英文字母本是音標，英文拼音方法又久入人心，重新整理之後拿來標注讀音，並非不可行。

例如近年名聲日著的《美國傳統英文字典》（American Heritage Dictionary of the English Language，簡稱 AHD），是這樣標注英語元音的，字典並且列出與 IPA 的對照如下：

AHD	IPA	例字
ă	æ	p<u>a</u>t
ā	e	p<u>ay</u>
ä	ɑ	f<u>a</u>ther
âr	er/ɛr	c<u>are</u>
ě	e/ɛ	p<u>e</u>t
ē	i	b<u>ee</u>
ĭ	ɪ	p<u>i</u>t
ī	aɪ	p<u>ie</u>
ŏ	ɑ	p<u>o</u>t
ō	o	t<u>oe</u>
ô	ɔ	f<u>o</u>r, c<u>au</u>ght…
o͞o	ʊ	t<u>oo</u>k
o͞o	u	b<u>oo</u>t
ou	aʊ	<u>ou</u>t
ŭ	ʌ	c<u>u</u>t
ûr	ɝ/ɝr	<u>ur</u>ge, t<u>er</u>m…
ə	ə	<u>a</u>bout, it<u>e</u>m…
ər	ɚ/ər	butt<u>er</u>

說明：

這裏標示的是美國口音。英國 RP 會把 pay，care，bee，pot，toe，for，boot，urge，butter 這些字裏注出的元音讀成 IPA eɪ，ɛə，iː，ɒ，əʊ，ɔː，uː，ɜː，ə。美國主流口音並不在意長元音的長度與複音性質（見前 23211（五）），但流音 R 並沒有脫落。

這套音標與傳統的韋氏（Webster）音標相近。

2323　IPA 與英文字母注音相比

上述《美國傳統英文字典》AHD 系列，初版發行於廿世紀的下半。字典的出版機構財雄勢大，有多位顯赫學者做顧問，編輯部人力資源充足，而且他們也坦承 IPA 更為學術界樂用。然則他們為甚麼選擇用英文字母注音？

23231　英文字母注音的長處是很清楚的。它的方法簡單便利，特別是對於以英語為母語的人而言。這些人熟習英文拼音，他們接受初級和中級教育之時學過基本文法，對英語元音字母長短音的概念和事實，早已耳熟能詳。像 AHD 那樣的注音系統，基本上是把今天英語長短元音的讀音拿來做基準，那比之 IPA 拿拉丁文讀音作基準，容易接受。補充和調整的工作要做一些，但是並不多，也不繁難。E 和 I 非常簡單；O 和 U 須使出些手段，因為 O 的變動較大，U 的歷史稍複雜；但即使讀音最多的 A，基本上用長短音 ā 和 ă 注出了一大半，其餘用 ä 注出倚附性變音，加上向 O 借來的 ŏ 與 ô，已足代表。

直截了當以英文字母現在的讀音來標注語音，自有其功效和意義。我們都知道，英文拼寫音為有眾多荒謬缺失，早已為人詬病，但這種語文究竟是拼音文字，它的字母有語音符號的本質。如何使這一堆貽笑大方的語音符號把語音資訊輸送得更多些和更好些，是學習和研究英文理應追求的目標。（我們這本小書不也正是想要經由把字母和讀音的事理充分說出，幫助恢復英文的拼音本領，來達到它的目標嗎？）從這處着眼，IPA 儘管有種種優勝，它的方法其實沒有理會英文拼寫的特別道理，把現時英文字母的注音能力棄如敝屣，這也是可惜的。以英文字母來注音，像 AHD 這樣，可以讓人在記憶和潛意識中強固英文字母的注音本領，讓這套不完美的文字把工作做得好一些。習慣這種注音方法的人，會少拼錯字。

23232　IPA 的情形完全兩樣。這個注音系統是語言科學的成果，它標示語音的本領比英文字母符號高強，能把讀音表達得更細緻和精準。這系統以古典拉丁的元音作基準元音，對所有採用拉丁字母的語文都方便，尤其是那些在歷史上沒有發生過大規模劇烈音變的語文。這些原因讓西歐諸國都鍾情 IPA，它們的英文字典不會採用類似 AHD 或過去韋氏字典的注音方法。

本書也採用 IPA，因為我們常有需要用歷史眼光來討論語音變動，我們的音標宜以拉丁元音(亦即古英文元音)作基準元音。

2.4　元音的變動

變動是語音的常態。大多數的音變，都由於缺乏記錄等等緣故，未為人研究。便是受到學界研究的部份，也因限於篇幅，無法在這裏多講。下面論述的種類，具有較高普遍性，變動的道理經過比較多探討，我們知道得清楚一些。

241　前進和後退

英語是日耳曼語言的一種，日耳曼語的元音有極重要的前後方向移動。向前的移動，可在那些"不規則名詞"的單數與多數名詞之間，以及一些形容詞、名詞、動詞互變的詞形之間見到。向後的移動，最易見之於所謂"不規則動詞"的現在式與過去式之間。這兩種反向的移動，前面 2213 節繪圖解說元音的位置時已有提及；另外在 212 節補充敍述元輔音時，也講到後退的移動。

2411 　向前進的音變，從前 J. Grimm 給歷史語言學奠基之時，稱之為 Umlaut；英文的稱謂卻是 front mutation。它的另一個名字是 I(J)-mutation，因為研究發現，元音移前似是由於有高前元音 I 或半元音 J 跟從在後，語音的同化作用使然的。(簡單說個例子，food 在古英文的前身是 fōda，feed 的前身是 fēdan，在比較古英文更早的歌特語記錄中，動詞 "餵食" 是 fōdjan，學者推測古英文 fēdan 的前身當與 fōdjan 相似，其中詞幹 fōd- 是 fōda 的幹，-jan 是把名詞變為動詞的詞尾，而 -jan 中的 J 在引致前面的元音 ō 移前成 ē 後，自己就銷聲匿跡了。)

2412 　後退的情形是 "元音遞換" (Grimm 的命名是 Ablaut，其他稱謂是 gradation 和 apophony) 之中 e 階次和 o 階次的替代。遞換的起因，有些學者以為與遠古語言的重輕或高低音有關係。

2413 　上面兩種是具有普遍性的類型音變，發生在遠古時代。為時較晚，變化經過也有文字記錄的一個特殊事例是名詞 woman。這個讀音異乎尋常的字，前面〈緒言〉07 節講述 ghoti 讀音時已講過。按 woman 的第一音節唸作 /wʊ-/，元音是 /ʊ/(中古英文習慣在 W、M 等字母之鄰以 O 代替 U)，但這字在古英文中的前身原為 wifmann，第一音節的元音實是 /ɪ/。這是從高前(hf)退到高後(hb)的例子。

242 升起與降下

英語元音在發音位置的升降活動，在中古英語後期和現代英語初期最為觸目(參看下面 2.5 節元音演變史)。長元音在那個稱為 "元音巨變" 的時期紛紛上升起來。甚至更早在中古英語時期，長 A 和長 Æ 已經從低層升入中層。在高層的 I 和 U 沒有上升的空間，就沉降到低層。語言史學者總結，説這個劇烈變動的時期裏，短元音比較穩定。説得準確一點，前腔的短 I 和短 E 都留在原來的高前和中前區內，僅僅向下移了一點兒；但是後腔的短 U 和短 O 都有降到低一層的事實。在這數世紀中，長短元音反向移動，越行越遠，變成一雙雙相同字母拼寫的不同元音。IPA 把分歧清清楚楚地標示出來，我們看見一個長 O 是高後的 /uː/（或 /o/，/əu/），而短 O 是低後的 /ɒ/（或 /ɑː/），等等。

這些上下移動，明確的原因找不到。但長短元音發聲的氣力與能量不同，或許可以解釋。

243　伸長與縮短
英語元音中，短的有時伸長，長的也會縮短。伸縮的道理，部份可以説明。

2431　短元音伸長，可以聯繫着音節的開放性或封閉性來説。末尾是元音的開放性音節內，短元音伸長，在歷史上發生得很多。幾百年前，那些有志改革文字的正書家已注意到這事實，他們依這道理制定拼寫規則以突顯元音的長短（前面 2222 節）。可惜這些規則無法完美，因為短元音在開放性音節裏，只是一波波地伸長，有些至今沒有伸長。

2432　另一方面，在封閉性音節裏，雖然在大多數情形下短元音會維持原狀，但亦有些特定的輔音組合會在音節末尾幫助短元音伸長。ND 便是一個這樣的組合，短 I 在它前面會伸長起來：我們

看見單字 bin 和 bint 都有短 I，但 bind 卻有長 I，其他 blind，
find，grind，hind，behind 等等無不具有長 I。(其他伸長的例字
散見各章)。

而長元音又會在封閉性音節裏縮短。heal，steal，weal 等字所具
有長 E，在 health，stealth，wealth 中縮成短 E 了。dear 中的長
E 也縮成 dearth 的短 E。wept，swept，bereft，theft 中的短 E，是
由於字尾有 T 而從 weep，sweep，bereave，thief 的長 E 縮成的。

2433　縮短的事例比伸長更多。這種音變在許多日常用字上發生，我
們有時不以為意，有時則對那出乎意外的讀音感到迷惑。do 具
有古英語傳下來的長 O，今天唸出高後的 /uː/；does 和 done 唸
出的元音是縮短了很多的 /ʌ/。go 具有古英語長 A 升高而成的
低長 O，今天唸 /ou/(RP 的 /əʊ/，美國的 /o/)，但 gone 唸出的
/ɒ/ 是縮短而成的短 O 了。

bread，dead，death，ready，stead，steady 全唸出典型短 E 的 /ɛ/
音，然而從雙字母 EA 的拼法能夠看出它們過去具有長 E。這些
字在古英文中的前身都讀出長音。

2434　縮短常發生在音節數目增加之時。在詞類轉變、詞組合拼、以
及加添前後綴的情形下，音節增加，根元音就會縮短。

nation 和 nature，就如同 native，都具有來自拉丁的長 A(/eɪ/)；
但 national 和 natural 由於音節多了，根元音縮成短 A(/æ/)。
please 中的 EA 讀出長 E 的 /iː/，pleasure 和 pleasant 的 EA 卻讀
出短 E 的 /ɛ/。同樣，clean 是 /kliːn/，但 cleanly(形容詞)卻是

/klɛnli/，cleanliness 和 cleanse 也讀出 /ɛ/。EA 在 mead 中唸出
/iː/，在 meadow 中改為 /ɛ/。

"鵝" goose 有長窄 O 的 /uː/ 音，"小鵝" gosling（goose＋ling）
則有短 O 的 /ɒ/。"羊" sheep 唸出 /iː/，"牧羊人" shepherd
（sheep＋herd）唸出 /ɛ/。"煤" 是具有寬長 O 的 coal，發出 /ou/
音，"煤伕" collier 中的 O 是短 O，唸 /ɒ/。"喉" throat 有長 O，
而那表示扼緊人家喉頭的動作 throttle，唸出的是短 O 音。

2435　縮短也可以與語音環境有關。一個例子是前面〈緒言〉06 節所
述 "R 在兩元音之間"（intervocalic R）的情形。當這樣的流音
R 出現在單字之內，R 之前的元音若是重音所在，按照規律，
就要唸出短音。流音 R 通常會使前面的元音伸展成長音，可
是在這種情形下，R 之前的元音會重新縮成短音。像字母 A 在
car、mar、par、tar 中都唸成長 /ɑː/，可是在 carry、marry（還
有 Mary）、parry、tarry 中卻要唸出典型短 A 的 /æ/ 來。FER 在
fertile、fervent、defer、prefer 中都唸 /fɜː/，顯現出 R 的影響；
但是在 ferry 中唸 /fɛ/，而 cherry、merry 或 herring 中的 E 也都
會唸出典型短 E 的 /ɛ/。

2436　縮短發生在甚麼時代，很關重要。由於語音演變不息，不同時
代的縮短產生不同的結果。

前面 2433 的例字 bread、dead、stead 等等，從前都具有長 E；當
長 E 還是個中前（mf）區語音時，縮短的結果與一般短 E 音無異，
今天唸出 /ɛ/ 音。倘使長 E 升高進入高前（hf）區唸成 /iː/ 音時才發
生縮短，結果就會是今天的 /ɪ/。"生病" 在古英文是 sēoc，其中

的複元音後來"平復"成為長 E(出現在喬叟《坎特布雷故事集》〈總序〉頭一句詩中的字形是 seke)。進入現代英語的初期，當長 E 升高發出 /iː/ 時，"生病"的元音縮短，變成 /ɪ/，與短 I 相同，於是現代英語把它拼寫為 sick。地名 Greenwich 中的 EE 代表從前的長 E 音，今天有 /ɛ/ 和 /ɪ/ 兩種讀音，第一音節是 /ˈgrɛn-/ 或 /ˈgrɪn-/。

現代英語以 OO 拼寫的單字，具有中古英語的高窄長 O，這個元音後來升到高後(hb)區，唸出 /uː/ 音，如 brood、room。如果縮短，這元音就會是 /ʊ/，與短 U 相同，如 brook、cook。倘使縮短發生得夠早，趕上了短 U 下沉的潮流，這種長 O 也能變成 /ʌ/，如 blood、flood。別的以單獨一個字母 O 拼出的單字，如 brother、mother、other 等，古英文的前身具有長 O，今天也唸出 /ʌ/ 音。(只是這些單字因為太常見了，寫法已太過深入人心，後世的正書家也無法把它們的長 O 改拼成兩個 O。)

244 弱化與失音

英文字的音節，有輕重或者強弱的不同讀法。重讀的(stressed, accentuated)音節，元音表現出各別不同的特色，發音位置出現在前後高低的邊陲地帶。輕讀的音節，元音弱下來，縮短了，特色模糊了，發聲位置聚到中央區，主要表現為 /ə/ 與 /ɪ/。弱化再進一步，元音消失。

2441　元音消失，有兩種情形。一種發生在具有流音或鼻音 /l、r；m、n/ 的音節上，這時元音沒有了，流音或鼻音發揮音節輔音的功能(見前 212)，成為音節的語音骨幹。hostile、matter、bottom、important 的末尾音節是例，儘管它們在外表上有個元音字母。

2442　另一種情形是整個音節消失。語音學者給這種情形幾個名字，中間音節失落叫做 syncope，末尾音節失落叫做 apocope。字首音節失落叫做 aph(a)eresis，也叫做 aphesis。

今天的許許多多英文字都是音節脫落的結果。少了一個音節是很普通，像 captain（原是 capitain，capit- 是拉丁文 "頭" 字的幹）、lobster（lobbestre）。脫去多過一個音節者也多，如 paralysie 變成了 palsy，procurator 成了 proctor，姓氏 Cholmondeley 唸作 /ˈtʃʌmli/。往往元音已失而字母拼寫如故，如 colonel 只有兩個音節，/ˈkɜːnəl/，medicine 是 /ˈmɛds(ə、ɪ) n/，四個元音字母只有一個或兩個發聲。有時原字與新字各有所司，如 fantasy，fancy；courtesy，curts(e)y；etiquette，ticket。古英文 on lif 變成 alive，再寫成 live（形容詞）；all one ＞ alone ＞ lone。

2443　單音節的字，如果經常輕讀，就要弱化。to 和 too 的讀音可以為證，too 只唸 /tuː/，因為它不會被輕讀；to 則只在特別情形下唸出 /tuː/，平常是輕讀成 /tʊ/，或更弱的 /tə/。

say 因為是不定式的詞形，不會讀輕了，唸成 /seɪ/，具有複元音 AI、EI 正常演變的讀音；says 和 said 更多在平時交談和比較隨便的敍述中出現，經常讀輕，於是唸出縮短了的 /sɛz/ 和 /sɛd/。（複元音 AI 與長 A 在語音史上曾與寬長 E 接近，這時縮短的結果就是短 E 了）。have 經常輕讀(/həv，əv/)，shall 亦然(/ʃ(ə)l，l/)，重讀時，經過學者稱為 "re-stress" 的過程，分別成了 /hæv/ 和 /ʃæl/，不與 behave、cave、shave 和 ball、call、hall 同韻了。

245 元音變化的性質

學術界把元音變化分為 dependent 與 independent 兩大類，這樣分開對論述有其方便之處。本書把前者稱為 "依附性變化"，後者稱為 "獨立性變化"。

2451 獨立性音變，是不能夠或者不容易指出原因的變動。像 "元音巨變" 時期的各項變動，差不多全屬這一類。在這些變動中，元音的周圍可以是各種不同的清濁塞音、鼻音、或嗌音，顯然變動並非起於這些周圍的語音。

2452 依附性音變，是可以歸諉於語音環境或是其他原因的變動。跟隨在後的流音 L 與 R，走在前頭的半元音 W，都是依附性音變的常見原因。後面的 LD、ND、MB，或者是 TH 組合，與前面元音的伸展或收縮，也似有因果關係。再如古時 "I-J Umlaut" 型的前移變動，當然也是依附性音變，其間高前元音和半元音以及同化作用可以說明元音何以向前移起來。

歷史上 (參看下節)，長 A 升高成了 ME ę，新的長 A 從低後區移前移高去到中前區，都是獨立性音變。但短 A 在嗌音和齒擦音前伸長移後產生第三個長 A，卻是依附性音變。短 A 在 W 後以及 R、L 前也變，從低前區移到低後或中後區，成為 /ɒ，ɑː，ɔː/，這些也是依附性的種類。

2.5　英語元音演變小史

英語元音變動之大，遠過其他西歐元音。英語的輔音穩定得多，是它們維持英語語音延續性的。英語的元音，長的會上升，並且變成複元音；在最高位上發聲的前後兩長元音，不可能再上升的，卻下降到最低處。除此之外，元音也曾經從前腔移到後腔，以及從後腔移到前腔，不一而足。短元音漸與長元音分家，它們移動的總方向是下降。比如在後腔，今天 O 的長音升到最高處了，root 唸 /ruːt/，元音是 /uː/；短音卻沉到最低處，rot 唸 /rɒt、rɑːt/，元音是 /ɒ/ 或 /ɑː/，與長音是南轅北轍。這些變動，古英語時期少有發生，中古英語時期開始顯現。到了近代英語的初期，變動大增，更無一個元音身上不見劇烈變化，所以耶斯帕生以“元音巨變”稱謂這個時代（"The Great Vowel Shift"，GVS）。這番騷亂至十八世紀方才結束，最近的兩百年是稍為平靜的。

語音改變之外，元音的拼寫也有變動。諾曼人入主英國後，引進一些法文拼寫方法，把英文弄得支離破碎。今天英文的 OU 組合有九個不同讀音，語音變化是罪魁禍首，不同拼法也是共犯。這些法國的拼寫方法是中古英語時期才渡海來到的，古英文沒有受到干擾，但中古和現代英文都吃不少虧。

我們在本節給英語元音演變的大階段畫出簡單示意圖以作說明。圖中大寫字母 A、Æ、E、I、O、U、Y 是英文字母所代表的元音，長短符號 ˉ 和 ˘ 寫在上方，Ā、Ă…。發音位置分為縱向的高、中、低和橫向的前與後，總共六個格子或區域。這些簡圖只標示元音字母在重讀之時所代表的單純元音或複元音主要部份的發聲位置，不標示輕讀時的弱音，因此前後之間的中央區不畫出來。其他眾多複元音與半元音也不標示。

251 古英語的元音

英格魯撒克遜部族從歐洲北部渡海來到不列顛島上定居後，耶穌教士來到傳教，他們用拉丁字母拼寫這些部落的言語，寫出來的就是古英文。古英文有七個字母代表不同的元音，圖I顯示它們發聲時舌 —— 舌尖或根部上方的舌面 —— 在口腔中的相對位置。

圖I：古英語元音

高	I Y	U
中	E	O
低	Æ	A
	前	後

在古英語時期，英語元音的長短音雖有發音久暫之別，其他性質差不多相同，因此這張圖並不像以下的兩圖般把長短元音分為兩頁。

在高前(hf)區內有I和Y，這兩個元音的分別在於I沒有圓唇性質，Y則有之。Y的字形和語音都從希臘字母Upsilon借來，音近法文U和德文的ü，IPA寫成/y/。我們在這裏看見，古英語有兩個高圓唇音，一前(Y)一後(U)，像德文的ü和U。在低前(lf)區的Æ和低後(lb)區的A也有類似德文的Ä和A的關係。

（前面2213節講元音位置時曾畫出與這張相同的圖，同時講述一些發生在古代而出現前後移動的重要音變。由於古英文採用拉丁字母的形狀與讀音，這圖同時顯示拉丁和古英語的元音。國際音標（IPA）的元音位置圖與這圖相似，那是因為IPA的"基準元音"是拉丁文的元音。）

252 中古英語元音

英語元音演變到中古英語後期，情況就如右圖所示。這時長短元音分歧已大，須分為兩幅來代表。

圖 II：中古英語元音

長

	前	後
高	Ī	Ū Ū' (ou)
中	Ē Ē'	Ō Ō'
低		Ā'

短

高	Ĭ	Ŭ
中	Ĕ	Ŏ
低	Ă	

2521 圖 II 與圖 I 的面目大不相同，有些改變是語音變化的結果，有些卻是由於拼寫方法改變了。給中古英文定型的政府吏員和書記錄事們，是跟從威廉大公從法國跨海征服英國的一群和他們的後裔，深受法文影響，在這些人筆下，英文從此只使用 A、E、I、O、U 五個元音字母，比古英文少 Æ 和 Y。Y 的問題容易説明，這個元音字母所以廢棄，主因是它所代表的 /y/ 音在英語中漸漸消失，變成沒有圓唇性質的高前(hf)、高後(hb)、和中前(mf) 元音(單字也改用 I、U、E 來拼寫，如 dysig、byrgan、myrige 變成今天的 dizzy、bury、merry)。Y 既消失，圖 II 的高前區只餘下長和短的 I。字母 Y 其後又再起用來標示 I 的語音，而在拼寫上與 I 分工，並且成為半元音 /j/。

Æ 的問題須分開長短音來説。ǣ在中古英語時期上升進入中前區，當時的人不分皂白，就用字母 E 來代表，這是圖 II 中的

Ē'，見後。Ǽ 則與 Ǎ 合而為一，下面講短元音時有敍述。

2522 中古英文更從法國引進一個影響極大的拼寫方法，就是用 OU（或 OW）來代表古英文長 U 的 /uː/。於是古英文的 cū、fūl、hū、mūs 從此寫成 cow、foul、how、mouse。隨後，一些複元音又因為近似法語的長 U 而被改寫為 U，諸如 trīewe 或 trēowe 改寫成 true，cleowen 改寫成 clue（=clew），把日耳曼神祇 Tīw 的日子寫成 Tuesday。拉丁輸入的單字裏，長 U 也給唸成 /juː/ 而不是 /uː/。（由於 /j/ 這個半元音的緣故，這種長 U 開頭的單字之前，"一" 字須是 a 而非 an，如 a utensil, a university, a Eurasian。但在短 U 開頭的單字前，"一" 是 an，如 an upstart, an utterance。）圖 II 左頁長元音部份的高後區中，ū 是古英語傳下來唸 /uː/ 而被改拼為 OU（OW）的長 U；ū' 是用字母 U 拼寫的那一堆複元音演變出來的 /juː/。

2523 圖 II 的長元音部份，中前和中後兩區內出現 Ē、Ē' 和 Ō、Ō'。這裏的 Ē 和 Ō 是古英語舊有的兩個長元音；Ē' 和 Ō' 則是新近升高進入區中的長元音，它們的前身分別是古英語的 Ǽ 和 Ā。（與圖 I 比較，圖 II 低層少了 Ǽ 和 Ā）。這讓我們看見，英語長元音巨大的上升趨勢已經開始。學者常把這四個長元音標示為 ME ẹ̄、ę̄ 和 ME ọ̄、ǭ。

2524 圖 II 長元音低後區內的 Ā'（注意，這是另一個長 A 了），是在 Ā 升高進入中後區而被當時的人用 O 書寫（圖 II 標示為 Ō'）之後，開放音節內重讀的短 A 伸長而成的。像古英語的 nama 和 talu，重音所在的第一音節內是個 Ǎ（短 A），在中古英語時期，當 rād 和 rāp 這種字的 Ā 變動升高成為 Ō'（終於變成現代英語的 rode（或 road）和 rope）後，nama 和 talu 的第二音節內元音因輕讀而消失，第一音節的 Ă 伸展成長 A（Ā'）。（日後現代英語時期的正書家在字尾補上一個無聲的 E 來提示前面的元音是長的，於是有今天的字形 name 和 tale。這個新的長元音 Ā' 在 "元音巨變" 時期（見下節）移前升高去到中前區，今天英國標準口音把兩字唸作 /neɪm，teɪl/，美國主流口音則為 /nem，tel/。）

2525　中古英語時期的短元音，Ĭ、Ĕ、Ŏ、Ŭ 變動很少，與古英語時無甚分別。Ă 比較特別。因為中古英文不再使用字母 Æ，古英文中含有短 Æ 的單字現在改以字母 A 來拼寫，於是在中古英文裏往日的 Æ 和 Ă 合而為一。因此圖 II 右方短元音之頁只有 Ă。這個 Ă 的發聲位置究竟在那裏，聚訟紛紜；因為現代英語的短 A 唸 /æ/，與古英語的 Æ 相同，有一派學者認為中古英語的 Ă 應當也就有這個讀音。但是另一派學者根據這個短元音在古英語中的表現 —— 與其他語音的關係等等 —— 而判斷它那時是個偏向低後區的短音 /a/ 或 /ɑ/，來到現代英語時期才移前到低前區。

2526　中古英語時期也有別的音變，如 ER 組合唸出 /ar/ 聲音；元音在輕讀的音節內弱化與消失，導致音節減少，或者讓流音與鼻音變成音節性輔音等等。元音也發生伸長和縮短的變化。只是我們在本節只講元音的獨立性變化，這種變化有普遍性，比較重要；元音在特別環境內起的依附性變化，規模較小，放在各相關的章節裏討論。

253 現代英語早期的元音

在現代英語早期，即是十五至十八世紀三百餘年間，英語的長元音起了驚人的變動；短元音稍穩定，但其中有些下降的位移極大。耶斯帕生因此給這時期命名為"元音巨變"（The Great Vowel Shift，即 GVS）。

圖 III：元音巨變之後

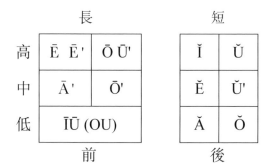

圖 III 是巨變結束時的情況。今天英語長短元音的發聲位置仍然是這樣的。比較圖 III 與前面中古英語和古英語的圖 II 和圖 I，英語的一個個元音，一回回變動的蹤跡，都可以找到。下面我們依圖 III 的各區域，逐一總結一下。

（一）圖 III 長元音部份，高前區中有同音的 Ē 和 Ē'。Ē 是古英語的長 E 音，在圖 I 中位在中前區；到了中古英語時期，古英語的 Æ 從低前區升上來，時人也用字母 E 來代表，於是成為中前區中位在 Ē 下的 Ē'（見圖 II）。現代英語早期的正書家已注意到這兩個長 E 音不相同，就分別拼寫為 EE 和 EA。"元音巨變"時期 Ē 和 Ē' 先後升到高前區內從前長 I 所在的位置，兩者合而為一。所以今天 EE 和 EA 單字會有相同讀音：see，sea；beet，beat；meed，mead.

（二）與 Ē 和 Ē' 可比擬的是 Ō 和 Ō'。這兩個長 O 在中古英語的圖 II 中，一高一低出現在中後區，那時兩者都用一個字母 O 來代表，後來正書家用 OO 和 OA 兩種拼法加以分辨。Ō 來自古英語長 O，在圖 I 屬中後區；在"元音巨變"時期升上高後區從前的 Ū 位置，今天的 OO 單字唸出 /uː/ 或縮短的 /ʊ/，如 cool、foot。Ō' 是古英語的長 A（圖 I 低後區）在中古英語時升入中後區（圖 II），到"元音巨變"時再向上移，但仍在中後區（圖 III）。今天的 OA 單字唸出 /oʊ/ 音（美國是 /o/，英國的 RP 口音是 /əʊ/），如 boat、moat、foal。

（三）與 Ō 同處在圖 III 高後區是 Ū'，這是在中古英語時期，當古英語的長 U 音（Ū，/uː/）被當時的人依法文規則改用 OU 或 OW 拼寫時，字母 U 所用來代表的複元音（見圖 II）。這個複元音至今還唸 /juː/；若縮短了，就是 /jʊ/；出現在流音 /l、r/ 之後，就失去 /j/ 而成 /uː，ʊ/；在美國口音裏這個半元音失落得更普遍。（注意這 Ū' 在 Muse、museum，flute 或 crude 中的不同讀音，以及英美不同的 due 或 duke 讀法）。在當代英國口音中，長元音多已複音化，主要的元音在前，在後的是次要元音或者半元音，例如 Ā 是 /eɪ，ej/，Ī 是 /aɪ，aj/、可是 Ū' 是 /juː/，半元音在前。（因此我們説 an alien，an island，但是 a unicorn）。

（四）Ī 和 Ū（OU）有異乎尋常的動向。長元音一般都向上升起，但是 Ī 和 Ū 在拉丁或古英語（圖 I）或中古英語（圖 II）中都是前後高元音，沒有空間再升；結果它們下降到最低層，變

成複元音 /aɪ，aj / 和 /au，aw/。這裏的 /a/ 是個音素，在 Ī 和 Ū 裏出現的是不同的異體。(牛津系列字典有些把 Ī 標示為 /ʌɪ/，把 Ū 標示為 /au/)。比較圖 II 和 III，可見在現代英語的演變中 Ī 和 Ū 讓位給 Ē (/iː/) 和 Ō (/uː/) 了；但讓位的過程，究竟是 Ī、Ū 先行離開，抑或是被聲勢洶洶升上來的 Ē、Ō 迫走，也是個學術討論的題目。

(五) 最後要說的長元音是 Ā'。這個長元音是古英語時期之後的新產物(不見於圖 I)，是古英語的 Ā 變成 Ō' 後，開放性音節內的 Ă 發展成的，在中古英語的圖 II 中屬於低後區。"元音巨變"時期，這個低後元音向上移，來到圖 III 的中前區。今天，英國標準口音把它唸成複元音 /eɪ/(或 /ej/)，美國口音是個單純元音 /e/。

(六) 在圖 III 右方的短元音頁中，我們看見前腔的 Ĭ、Ĕ、Ă 都沒有大移動。Ĭ 向下也向中央區移了一點兒，IPA 用希臘字母 Iota 的小寫字形 ɪ (頂上並無一點)來代表。Ĕ 也向下移了一點兒，IPA 用希臘字母 Epsilon 的小寫字形 ɛ 來代表。(有些 IPA 注音系統用拉丁字母 e 來代表，這個 e 與 ɛ 的問題見前面 23212 節(五)段的分析)。Ă 今天唸 /æ/，承接了古英語中 Æ 的音。這個元音在中古英語中也許移動過來，見前面 2525 節。

(七) 短元音中，Ŭ 和 Ŏ 都在"元音巨變"時期有可觀的下降。Ŏ 在拉丁和古英語中都有屬中後區(見圖 I)，但在"元音巨變"後出現在低後區，今天英國人唸出低後圓唇(lbr)的 /ɒ/ 音，美國人卻唸成同區中不圓唇的 /ɑː/。

短的 U 最後有兩種讀音，一種是逗留在高後區的 /ʊ/，即是圖 III 中的 Ŭ；另一種是降到中後區的 /ʌ/，在圖 III 中以 Ŭ' 來代表。古英語的短 U 差不多全部降低成為 Ŭ'，所以今天典型的短 U 單字都會唸出 /ʌ/ 音，如 bud、cup、dust、rush。但古英語的長 O 在"元音巨變"後升上高後區（圖中的 Ō），保留長度的唸出 /uː/ 音（brood，shoot），縮短的唸出 /ʊ/（book、shook）（圖 III 右頁高後區的 Ŭ），而倘若縮短得夠早，就降到中後區成為 Ŭ'，今天唸 /ʌ/（blood、brother）。

254　當代英語元音

上節所述"元音巨變"時期的巨大變動，都是獨立性的變動。這些驚人變動到十八世紀時就結束了，此後英語元音就沒有很大的位移，所以上節圖 III 的情況，仍然反映今日元音位置的分佈。

2541　當代英語元音的重要語音，只有一個沒有在圖 III 露面，那就是 A 在長短兩音之外的第三個讀音。這個音是 /ɑː/，本來就是從前拉丁和古英語長 A 的音。不過，它不是古音的傳承，而是在 Ā 和 Ā' 先後離開了低後區時，低前區內 Ă 在某些輔音之前起了依附性音變的結果。這個語音是英美人士十分熟悉的，那些使用英文字母作音標的英文字典，都會把它設定為字母 A 的指標讀音之一。（AHD 音標表中它的符號是 ä，例字是 father。（按 father 的 A 音其實須有特別說明。見下面第四章 4.4。））

A 的 /ɑː/ 讀音為何會成為圖 III 的遺珠？原因是，圖 III 只蒐羅獨立性音變的結果，不收依附性的音變 —— 諸如 AL 的 /ɔː/ 或 WA 的 /ɒ/ 等等。A 的這個 /ɑː/ 音也是來自依附性音變，它並不出現在各種語音環境裏，只出現在兩種輔音之前。一種是流音 R，例如 bar、bard、bark、barm、barn、barley 這類單字，英美口音中都可聽見 /ɑː/ 音。另一是噝音 S 和近似的擦音 TH，英國口音把一些這類單字 —— path、pass、past、pastor、pasture —— 也唸出 /ɑː/ 音。（美國人唸出的卻是典型短 A 的 /æ/。詳見第四章 4.4。）

第 三 章
前腔元音字母 —— E、I、Y

3.1　前腔與後腔元音

311　上一章節已説過，依發音時舌尖或舌面最高點的相對位置，元音可簡單分為前後腔兩列，後腔有 A、O、U，前腔有 E 和 I。Y 是個半元音，它發揮元音功用時音值與 I 相同。

312　同上章節也説，前後腔元音的對立在幾種音變中表現出來。其一是 "前移音變"（Umlaut），在一些名詞的數目變化（如 man /men）和詞類變化（blood/bleed）上頭可以見到。另一是 "遞換音變"（Ablaut），最易在英文中見到的事例是那些所謂 "不規則動詞" 的時態變化（sing/sang；thrive/throve）。

313　此外，前腔元音會引致一些輔音發生在那些籠統稱為 "前顎化"（palatalization）的音變，而後腔元音則不會。英語中最要緊的前顎化音變發生在兩個後顎塞音之上，那就是字母 C 和 G 所代表的 /k/ 和 /g/ 音。這個關係重大的音變，涉及 C 和 G 的兩雙讀音 /k，s/ 和 /g，ʤ/，也涉及字母組合 CH 的由來與讀音，以及音變浪潮過去之後再使用的 K、QU、CH、GH、GU 等等的善後拼寫方法。這音變的影響深廣，若對它了解不足，對英文以及一些其他歐洲語文的書寫都不會知其所以然的。前面〈緒言〉章中很長的 0.5 節大致把問題的原委説了；下面在第五章以及相關的輔音章節中還有更具體細緻的敍述。

除了顎音之外，齒音和噝音也會在前腔元音之前起變化。（見下面 323，及第一章中俄文轉換的敍述。）

314 元音會升降。發生這類音變時，前腔元音仍留在前腔，後腔元音也會留在後腔。在"元音巨變"(2.4)中，長 E 從 /ɛː，eː/ 位置上移到 /iː/，長 O 從 /ɔː，oː/ 上移到 /uː/，都是例子。

（這種變動會使單字繁衍。比如那些與"神靈"有關的單字，deity、deify、deism 來自拉丁的 deus / dea，而 diva、divine、divination 則來自拉丁的 divus / diva；這兩雙指男女神祇的拉丁字同源，只有 E 和 I 之間的高低之別。）

3.2　E

這個前腔元音有長短之分，一般而言可以憑拼寫方法辨別，但亦常有例外，有時是長音縮短了而拼寫方法沒有作出調整。"元音巨變"發生過後，長短的 E 不僅有長度分別，更有音質分別。長 E 在中古英語時期有兩個，但兩者至今已幾乎完全合而為一了。後隨的 R 對 E 的影響很大。出現在單字末尾的 E 往往不發聲，但有符號功能，指示前面元音或輔音字母的讀音。我們把這幾點分述如下。

321　短 E

3211　辨認短 E 並不難。在重讀的封閉音節中，由一個字母 E 單獨代表的元音就是短 E。例如 bed，debt，fetch，jell，lament， stellar… 都有短 E。

參考下面 322 節長 E 的辨認。E 若不是長的，當然就會是短的。此外，長 E 如果縮短，就成了短 E。

3212　短 E 的讀音要分開輕重來説。

(一) 如果本身是重音所在，短 E 應唸 /ɛ/。上面的例字都應該這樣唸：/'bɛd, 'dɛt…/。(有些音標系統不設立 ɛ，就會用 e 來標注這個元音)。

偶然短 E 會唸出 /ɪ/ 音，比如 England 唸 /'ɪŋglənd/。他如 English 或 pretty 等字也會把短 E 這樣唸。

(二) 如果不是重音所在，短 E 唸 /ə/ 或 /ɪ/。短 E 在重讀和輕讀時的語音是明顯不同的 —— 在 'moment 和 'momentary 中唸 /ə/，但在 mo'mentous 或 mo'mental 卻是 /ɛ/；在 mo'lecular 中是 /ɛ/，在 'molecule 中卻是 /ɪ/。

在 re-，pre- 等前綴中，E 的標準音是 /ɪ/ (如 result 唸 /rɪ'zʌlt/)；但唸成 /ə/ 也常有 (如 prevent 唸 /prɪ- 或 prə'vent/)。在 nugget，puppet，legged，wicked 等字的輕讀音節裏 E 都宜唸 /ɪ/，如 /'nʌgɪt，'pʌpɪt…/。

E 在後綴 -er 中唸 /ə/，但在 -est 中唸 /ɪ/ 比 /ə/ 更合標準 (bigger 和 biggest 應當唸 /'bɪgə/ 和 /'bɪgɪst/)。在輕讀的含有字母 M、N、L、R 的音節裏，E 或唸 /ə/，或不發聲，而由鼻音或流音把所需響亮語音供應給音節。(如 con'sistent 是 /kɒn'sɪst(ə)nt/；'ladle 是 'leɪd(ə)l/)

3213　　短 E + R

R 是個頗為突出的語音(請多參考前後相關章節），它對走在前面的元音常有特別影響。ER 的讀音分輕重如下。

(一) 如果不是單字的重音所在，ER 讀 /ə/（美式英語讀 /ər/，或寫成 /ɚ/）。不論是單字中這樣的音節（如 'liver，/'lɪvə/；'tenderness，/'tɛndənəs/)，或者是單字的後綴部份，包括形容詞比較詞形('bigger，/'bɪgə/）和動詞產生的名詞"行事者"('drinker，/'drɪŋkə/）,都是這樣讀。

(二) 如果是單字重音所在，ER 讀 /ɜː/（美國讀 /ɜːr/ 或 /ɝː/)。例如 term，'certain，'permanent，de'fer，disin'ter 等字，英國音就是 /tɜːm，…dɪsɪn'tɜː/，美國音就是 /tɜːrm…dɪsɪn'tɜːr/。(按 ɜ 和 ə 之間只有重讀的強音和輕讀的弱音之分，兩者的發聲位置是相同的。有些音標系統不另設 ɜ，只以 əː 和 ə 來分辨輕重；於是"沙漠"desert 是 /'dɛzət/，"拋棄"desert 是 /dɪ'zəːt/)。

重讀之時，ER 和 IR、UR 聽不出分別。

(三) 可是重讀的 ER 之後倘若又是一個元音，這就出現了"R 夾在兩個元音之間"的情況(參看前面〈緒言〉0.6，及後面第七章說 R 各節)。這時，R 前重讀的 E 發出短 E 的 /ɛ/ 而非 /ɜː/ 音。berry、cherry、errand、ferret、herring、merit、perish 以及 terror、terrier、territory 和人名 Terence、Terry 等，無不如此。

(四) 重音所在的 ER 有個很特別的讀音，就是 /ɑː/。這讀音在歷史上來自方言，但已在今天標準英語中留下深刻的痕跡。許多單字，從前在古英文或者中古英文裏曾有 ER 的拼寫（或 ER 經過"斷裂"（breaking）而成的 EOR），今天都有 /ɑ:/ 的讀音，包括已改變拼法寫成 AR 的 dark，far，hark，starve，war 等（它們來自古英文 deorc，feorr，…），寫成 EAR 的 heart，hearth，hearken 等（< OE heorte…），以及有 ER 和 AR 兩種拼法的 clerk/clark，sergeant/sargent 等。（字母 R 的大名也是個好例子：一般歐洲語文喊 R 做 /er/，獨英文喊它做 /ɑ:/，美式喊 /ɑ:r/）。

不論是人名或地名，Berkeley 在英國唸 /'bɑ:kli/（= Barclay），在美國唸 /bɜ:kli/。姓氏 Kerr，在美國唸 /kɜ:r/，在英唸 /kɑ:/（= Carr，或 car）。Derby 在英美的讀音也有 /ɑ:/ 和 /ɜːr/ 之不同。

322   長 E

3221   認辨單字中的元音是否長 E，可以使用這些鑑別方法：

（一）單獨在開放性重讀音節中的 E 是長的。例如 E（字母的名字），be，he，me，ye；rebus，Theban，theism。

（二）E 在重讀音節中，後面有個輔音，但再後有個無聲 E：前面的 E 就是長的。例如 mete，theme，compete，deplete。

（三）雙文字母 EA，EE，EI，IE 拼寫出來的元音是長 E。這類單字非常多。有這樣拼法的元音也可以出現在重讀的開放音節裏，這時它就一舉通過兩種鑑別方法；例如 bee，flea，flee，see， sea，tree 等。又如封閉性音節末尾的 -LD 和 -ND 常反映長元音（如 mild，mind 等字，見下 3322），那麼 field，shield，wield 和 fiend 中的長 E 也是通過了雙重鑑別的。（但在另一方面，held 和 fend 沒有長 E，甚至 friend 中的元音也顯然是縮短了。）

3222　中古英文的字母 E 代表兩個長 E 音，現代語言學界分別用 ME ẹ 和 ME ẹ̣ 來標示（ME 是"中古英文"Middle English 的縮寫）。前者稍高稍窄，約莫是個 /e:/；後者稍低稍寬，約莫是個 / ɛ :/。經過歷史上的"元音巨變"後，ME ẹ 上升到從前 I 的位置，唸成 /i:/ 了。ME ẹ̣ 則先上升到從前 ME ẹ 的位置，唸成 /e:/，其後再在絕大多數的單字裏上升到從前 I 的位置，唸成 /i:/。所以今天的長 E，不論來自 ME ẹ 或 ME ẹ̣，都一律唸 /i:/，沒有分別。只有少數幾個例外。

這兩個長 E 的情形，有些像中古英語中的兩個長 O（見下章）。不過，兩個長 O 至今在讀音和拼寫上都容易分辨，兩個長 E 的讀音今天已重合了，寫法上的分辨既沒有多大意義，也不十分清楚。從前的正書家和正音家曾在這兩個中古長音尚能分辨之時，用了 EE 來寫那對應着 ME ẹ 的元音，而用 EA 來寫那對應 ME ẹ̣ 的元音。但他們沒有機會把全部含有長 E 的單字都依着這原則重新拼寫一遍；而且，有些經過重新拼寫的，後來又因為發生音變而違反了原則。

3223　長 E 的讀音

不論是來自 ME ẹ 或 ẹ̣，今天都唸 /i:/。例如 meat，meet，mete；steal，steel，stele；tea，tee，te。

有幾個例外，是來自 ME ẹ̄ 的 EA 單字，包括常用字 break，
great，steak。它們的元音從 ME ẹ̄ 的 /ɛː/ 上升到 /eː/ 的位置，
就不再上升與別的長 E 單字的元音重合於 /iː/ 上。今天，這些
字的元音也變成複元音了，唸 /eɪ/，與當代英文的長 A 相同。
（break，great，steak 分別與 brake，grate，stake 相同。）

3224　　相當數量的單字裏，EA 不唸 /iː/ 而唸 /ɛ/，即是標準的短 E 音。
常見例字有 feather，weather，stead，instead，steady，pleasant，
pleasure，measure，meadow 等。這種讀音通常可以用"縮短"
的道理來說明。

3225　　<u>長 E ＋ R</u>

（一）典型的讀音 /ɪə/（美式 /ɪr/）在這些常見單字裏可以聽到：（clear，
　　　dear，ear，fear，hear；beer，cheer，deer，peer；ere，
　　　here，mere，sphere；bier，pier，pierce；weir，weird 等等。）

（二）另一個常遇的讀音 /ɛə/（美式 /ɛr/）存在於這些單字裏：
　　　bear，pear，rear，swear，tear（動詞）；their，there，where。
　　　這類單字數目比上一段的例字少；它們的元音相當於那個較
　　　寬的長 E。就好像上面 3223 提到，那幾個特別的 EA 單字
　　　break，great，steak，讀音與具有長 A 的 brake，grate，stake
　　　全同，這裏的這些 /ɛə/ 字的讀音也和一些包含長 A 和 R 的
　　　單字全同：bear，pear，rear ＝ bare，pare，rare。

323　單字尾上的 E

E 這個字母出現在古英文的單字尾上時，具有實實在在的讀音，是不應略去不唸的。到了中古英語時期，在語尾普遍弱化和失音的大勢中，它也失去語音。音既已失，字母本無必要再寫出，但是在現代英語早期，眾多正書家作了種種拼寫的規劃，他們在許多單字尾上把 E 刪除，卻又讓許多單字把它保留在原處，同時更在許多單字末後添加上這個不發音的字母，製出種種標示語音和整理字形的方法。

今天這個無聲的 E 有好幾種功能：

（一）顯示前面的元音是長的。例如 mate，mete，mite，mote，mute 中的 A、E、I、O、U 都唸長音。元音字母在這樣的地位，等同處身開放音節。

（二）顯示前面的 C 或 G（及 DG）代表着前顎化後的"軟音" /s/ 或 /dʒ/，如 rice，cage，judge；或前面的 TH 唸有聲的 /ð/，相對於沒有 E 隨後的 /θ/，如 clothe – cloth；wreathe – wreath。

（三）顯示字尾的噝音屬於單字本身（詞幹）所有，並非來自有文法意義的後綴。例如名詞 house 和動詞過去式 rose，古時字形是 hus 和 ras，結尾是 S 而已，近代的正書家給加上個無聲 E 乃有今天形狀。（但 house 的多數式是 houses，那表徵多數的後綴是個單獨無 E 的 S。又如說一間房屋住了一家三口，那就是 It houses a family of three，那代表第三身單數的現在式後綴也是個單獨的 S，沒有 E 在後。）

（四）正書家認為單字不宜以 I，O 或 U 結束，於是在後面附加一個無聲 E：die，fie，lie，tie；doe，foe，roe，shoe，mistletoe；cue，due，hue，queue，rue，sue，true。

字母 V 也不能走在最後，必須加上個無聲 E(縮寫而成的 rev 例外)。VE 之前的元音不必是長音，例如 live。

（五）單字的後方輕讀音節若是以流音或鼻音(/l，r 或 m，n/)結束，在正常情形下，由於這音節的元音弱化消失，流音與鼻音會變成音節的骨幹，叫做"音節性輔音"(syllabic consonant)（參看第一章及各流音與鼻音相關章節）。四個音節性輔音當中，L 經常帶着一個無聲 E，如 article，bubble，idle，wrestle，little，drizzle；R 很少（來自法文的有 centre 和 lettre）；M 和 N 完全沒有。

3.3　I

331　字母 I 代表一個長元音和一個短元音，兩者的讀音很不相同。要判斷 I 是長是短，可以從單字的拼寫入手進行。若有 R 在後面，短 I 的讀音變得比較多，長 I 比較少。

332　認辨長短 I 的方法，一是看 I 所在的音節，一是看 I 後面有沒有一些輔音組合相隨：

3321　短 I 出現在封閉音節裏，例如 ill，in，is，it；或 bill，din，his，quit；或 re'print，trans'mit。

3322　長 I 出現在

（一）開放音節裏：Hi，Fie；lie，pie，belie；diner，sidle，biter。

（二）有個無聲 E 跟隨的封閉音節裏：bide，decide，combine。

（三）下列幾種輔音組合之前：

    （1）GH 和 GHT：high，nigh，sigh，thigh；和 night，sight，right，wright，fight，flight，blight，bright。

    （2）LD：child，mild，wild。（guild 是例外）（LT 之前的 I 是短的：guilt，milt…）

    （3）ND：bind，find，grind，hind，behind，kind，mind，rind（wind 中的 I 有長有短）。（與 ND 不同，NT 之前的 I 是短的 :flint，hint…）

    （4）GN 和 GM：sign，benign，malign；paradigm。

333 在讀音方面

"元音巨變" 並沒有怎樣更改短 I 的聲音，但是卻把長 I 的發聲位置向下大幅移動，而且把它變成了複元音，因此長短兩個 I 的音質差別很大。

3331   短 I 今天重讀時是 /ɪ/。像上面 3321 中的例字，應當讀作 /ɪl，ɪn…/。輕讀的時候，也以 /ɪ/ 為標準，但 /ə/ 也常聽見。例如 rapid，唸 /ˈræpɪd/ 較合標準，但唸 /ˈræpəd/ 亦無不可。（輕讀的 /ɪ/ 和 /ə/ 是不易分辨的）。robin 可唸 /ˈrɒbɪn/，/-bən/ 或 /-bn/。

外來字上面，末尾的 I 輕讀時唸 /i/（就像其他英文單字末尾

的 Y）。如意大利麵條 spaghetti，fettuccini，或者人名 Bellini，
Cellini，最末的音節都有這個語音。

3332　長 I 不分輕重都唸 /aɪ/。（英國字典會用 /əɪ/ 或 /ʌɪ/ 來標注出
英人與其他英語國家人民不同的口音）。

例如 dime 是 /daɪm/，paradigm 是 /'pærədaɪm/。site，line，和
sideline 分別是 /saɪd，laɪn，和 'saɪdlaɪn/。（machine 的 /iː/ 音是
很例外的）。

3333　<u>I + R</u>
後隨的 R 對長 I 的影響很小，對短 I 較大。

長 I 本身是 /aɪ/，而 ire，fire，mire 是 / aɪə，faɪə，maɪə/（美國音
是 /aɪr，faɪr，maɪr/）。輕讀時也一樣，如 wildfire 是 /'waɪldfaɪə/，
quagmire 是 /'kwægmaɪə/。

短 I 本身是 /ɪ/，但 IR 重讀是 /ɜː/，美國音 /ɜːr 或 ɝː/；輕讀是
/ə/，美國音 /ər，ɚ/。sir 是 /sɜː/，輕讀是 /sə/。

IR，ER，UR 沒甚麼分別。bird，curd，herd 有共同的韻 /ɜːd/。
但是當重讀的 IR 之後有另一個元音緊隨之時，R 前的 I 唸出短
I 的 /ɪ/ 而非 /ɜː/ 音，例如前面〈緒言〉0.6 節所舉的 miracle、
mirror、stirrup，以及 irritate、sirrah 等為數不多的字。此外，前
綴 ir-（與 il-、im-、in- 同義）照例唸出 /ɪ/ 音，儘管它不是重音
所在。（參看前面 3213 節(三)，及下面第七章。）

334 無聲的 I

在近世紀，當 I 現身於輕讀的音節內，處在 C、S、T 之後以及元音字母 A、E、O、U 之前，本身會失去語音，而前面的輔音也變了，唸作 /ʃ/。詳見第五章 5222。

就是這個原因，英文中無數的名詞後綴 -tion 和 -sion 都會唸成 /ʃ(ə)n/，讓初學英文拼音的人驚詫不已。形容詞後綴 -tious 和 -cious 也由是唸 /ʃəs/。I 之後出現 A 的後綴，形容詞性質的 -cial，-sial，-tial，都唸 /ʃ(ə)l/。名詞性質的 -cian，-sian，-tian 唸 /ʃ(ə)n/。一些專有名詞如 Asia 或 Venetia，末尾音節唸 /ʃə/。I 後是 E 或 U 的這類字也都有這個特別的 /ʃ/ 音，如 conscience，ancient，quotient；以及 Confucius，Mencius。

但這種音變只發生在輕讀音節上；如果字組是重讀的，I 就不會不發聲。例如 conscience 和 conscious 都有無聲的 I 和 /ʃ/ 音，可是 science 卻唸 /'saɪ·əns/，I 既有聲，/ʃ/ 音也不出現。又如 conscientious 唸做 /kɔn·si'ɛn·ʃəs/，字裏面的第二個 I 不發聲，其前的 T 唸 /ʃ/，但第一個 I 是發聲的，其前的 C 唸 /s/，不唸 /ʃ/。

3.4 Y

341 Y 代表一個輔音（半元音）和一個元音的語音。它的元音有長短之分，還有輕重的讀法。

3411 Y 的多重身份和功能，須連繫着歷史來說明。當初羅馬人制定拉丁字母，借用了希臘字母 ypsilon 的兩個字形，一是 U，一是

Y。前面是羅馬人用得很頻繁的字母，它代表拉丁語中那個經常聽見的後腔高圓唇元音 /u/，羅馬人就以這語音來叫這字母。後者仍舊代表希臘語所有而拉丁語所無的高圓唇元音 /y/，那是個前腔而非後腔的語音，好像今天法文的 U。羅馬人少用字母 Y，只拿它來轉寫希臘語文，並讓它保留着 ypsilon 這個名字。日後使用拉丁字母的各國仍多以 ypsilon 來呼喚這字母，英文把它叫做 Wye（/waɪ/）是比較奇特的。

3412　在古英語時代，英文曾以這字母（Y，y）來代表它所具有的七個元音之一，那正是一個等於希臘元音 Y 的前腔的高圓唇元音 /y/。比方"皇帝"、"忙碌"、"埋葬"這三個單字就是 cyng（或 cyning）、bysig、byrgan。後來英語中這個元音起了變化，在一些地區它失去了圓唇性質，變成前腔的高元音 /i/，或是前腔上不那麼高的 /e/；在另一些地區它保守着圓唇性質，可是卻從前腔撤退到後腔，變成了 /u/。從中古英語時期開始，那些原本有 Y 的英文字就紛紛改以 E、I、U 來拼寫。（有時這種單字會以甲地區的讀音配上乙地區的寫法而進入英文的主流。例如上述古英文中"忙碌"和"埋葬"兩字原是 bysig 和 byrgan，它們的後身在今天標準英文中是 busy 和 bury，兩個古文字中的 Y 都變成今文字中的 U，而 busy 的 U 唸出 /ɪ/ 音，bury 的 U 唸出 /ɛ/ 音）。

3413　後來英文常用 Y 來替代 I。（原因很有趣：I 的字形，尤其是小寫 i，本身不夠顯著，英文為求醒目，常會把它向上向下寫長一些，終於把拉丁字母中罕用的 y 借用來在某些場合代表這個元音）。另一方面，字母 E 的小寫又衍生出一個字形 ʒ（叫做 yogh，/jɒɡ/），特別用來代表 G（/ɡ/）的一些變音，其中之一是

/j/，而這個 yogh 又漸漸寫得很像 Y 的小寫 y。因此 Y 就既有 I 的元音，又有 G 的一種輔音。

342 Y 的功能與讀音

在現代英文裏，Y 的功能以及讀音，要看它出現在單字的甚麼部位而定。

3421　在字首，Y 是個輔音，唸 /j/。例如 ye，year，yes，yield，yore，young。這個 Y 的前身是 3414 節所說到的 yogh（ʒ）。這裏的例字，在古英文中原來都是以 G 開首的；像 ye 的前身是古英文的 gē，year 的前身是 gēr 或 gear。

3422　在單字的中部，Y 是在替代希臘字母 ypsilon。這也就是說，有 Y 現身在中部的單字，必定是把希臘字文字轉寫得來的。例如 myth，rhythm，mystery，dynamic，dynasty，chrysanthemum。英文的 Y 代替希臘 ypsilon 時，不理會希臘原有的讀音，而只讀如長短的 I，即是 /aɪ/ 或 /ɪ/。/ɪ/ 出現得多，/aɪ/ 很少。

3423　在字尾，Y 是用來代替 I 的，因為規範英文拼寫方法的正書家不喜歡看見單字由短小的 I 來結束。這時 Y 有兩種讀音。

（一）長 I 的 /aɪ/ 音，可在 my，thy；fly，dye，rye，sky；和 ply，apply，comply 等字上聽到。在這些字裏，Y 都是重讀的，都在開放音節內，而且前身在古英語、日耳曼或其他古語中都是長 I 或等同長 I 的音，都是字根所在。

（二）其他單字尾上的 Y，如果代表的是古語的後綴部份，讀音

就是比較輕弱的 /i/（不是 /ɪ/）。

這種類的單字數量極大，因為這種 Y 的來源很多，包括古英文後綴的 -ig（出現在 happy，chilly，jolly 等字裏）；拉丁後綴 -ium（remedy，subsidy 等字）；-atus，-ata，-atum（army，entry）；以及拉丁和希臘的 -ia 和 -eia（family，glory，biology，anatomy，sympathy，democracy 等等）。

(三) 如果所代表的不是後綴，而只是個並非重音所在的 I 音，英文字尾上的 Y 也唸輕弱的 /i/。例如 lady，jeopardy，carry，ferry，marry 等。

正書家不讓字母 I 給單字殿後，而代之以 Y；當單字因為文法需要而改變了形狀，/i/ 或 /aɪ/ 音不再露面在字的最末處之時，正書家就讓 I 重新派上用場，取 Y 而代之。所以 lady 的多數詞形就是 ladies，happy 的比較級和最高級就分別是 happier 和 happiest，ferry 的過去式就是 ferried。marry 會衍生出 married，marriage，marriageable，三個詞都沒有 Y；但 marrying 卻有 Y，顯然因為後綴 -ing 上已有 I。

第 四 章
後腔元音字母 —— A、O、U

4.1　後腔元音

411　英文元音字母 A、E、I（和 Y）、O、U 劃分為前腔與後腔兩組的
道理，以及兩組之間的種種對比，前面已有敍述（見 2.2 元音的
位置及 3.1 前腔與後腔元音）。

相對於“前顎化”的問題，前後腔元音的不同表現，對英文的拼
寫和讀音大有影響。字母 C 在後腔的 A、O、U 之前唸拉丁文中
原來的 /k/，在前腔的 E、I、Y 前就要唸成 /s/，那是一種後顎塞
音前顎化音變的結果（見前〈緒言〉章中 0.5 節）。英文學生學到
這規則時也許都不知道其間道理。前腔元音字母 E、I、Y 之前
若有 /k/ 音，須起用拉丁文絕少動用的字母 K，如 kettle，keen；
king，kite。

412　後腔元音的拼寫，不似前腔元音規矩。前腔的高元音一定用 I
（或 Y）拼寫，儘管長音在“元音巨變”後已成了複元音 /ai/。前
腔的中元音一定用 E：短音是 E；長音或是 E，或是 EE、EA、
EI、IE，必定有字母 E 在其中。

後腔元音字母的讀音顯得雜亂無章，特別是 O 和 U，主要的歷
史原因是字母 O 和雙文字母 OU 有一個長時期被使用來拼寫長

短的高後元音(即是應當用字母 U 來拼寫的語音)。由於 O 也正常地拼寫中後元音,於是一大批高後和中後元音在拼寫上無由分辨,這是深受英文學者和英文學生共同詬病的事實。

前面〈緒言〉已提到這些事實(見 0.3 及 0.4)。本章下面講 U 的 4.2 和講 O 的 4.3 節再有較詳細說明。

英人姓名和地名常會反映這個拼寫與讀音歧異的問題。比如 Hough 有 /hʌf,hɒf,hau/ 三種讀法,OU 分別讀出短 U、短 O 和長 U 經過"元音巨變"後的讀音。Houghton 的三種讀音 /'hout(ə)n,'hau-,'hɔ:-/ 又稍有異,OU 讀出低寬長 O、長 U 和複元音 OU 演變出來的讀音。美國德薩斯州的太空中心 Houston 市唸做 /'hju:st (ə) n/,但在美國別州的這個地名卻唸 /'hau-/,在英國又有 /'hu:-/ 的唸法,OU 依次是中古英語的複元音 /iu/、長 U 和高窄長 O 在現代英語中的語音。起源於"狼"的姓氏有 Wolf、Wolfe、Woulfe 三種寫法,都同樣唸成 /wulf/。"狼"是日耳曼民族姓名的重要來源,古英文史詩 Beowulf 便是以主角之名為題目的(這個名字換成當代英文就是 Bee-wolf "蜂狼")。可注意的是古英文的狼字是 wulf,不是 wolf;而今天英文的狼字仍唸出 /u/ 音,儘管以字母 O 拼寫。

4.2 U

從中古英語時期開始,後腔高圓唇元音的聲音和拼寫方法都經歷重大的變動,許多有這種語音的單字用了字母 O 和 OU(OW)來拼寫。這類單字只好放在 4.3 節字母 O 的範圍內敘述。現代英文裏,字母 U 所代表的長短元音,可以從音節形狀判別。長短的 U 不僅長度不同,音質也大異,而且各有不止一種讀音。

輔音之中，流音 R 對 U 有一定影響。U 往往沒有元音功能，它在 Q 之後只是個輔音，在 C 和 G 之後又可能只是個"硬音"符號而沒有本身的語音。這幾項我們分述如下。

421   U 的歷史問題

4211   最初，抵達英倫傳教的天主教神父採用他們所熟稔的拉丁字母來拼寫本地居民的古英語時，字母 U 所代表的古英語元音，必定與它所代表的拉丁語元音無異；換言之，古英文中的 U 代表古英語中長短一對圓唇的後腔高元音 /u/ 和 /uː/，音值與拉丁的 U 相同，與使用拉丁字母的其他西歐文字亦相近。

4212   可是到了中古英語時期，諾曼統治階層的法文影響所及，英文日漸拿字母 O 和 OU(以及 OW)來替代了 U。法文這一支拉丁的直系兒孫，為何會做這麼荒謬悖理的事呢？原因是法語的語音起了大變動 —— 長的 /uː/ 向前移，短的 /u/ 向下沉，等等 —— 語音分化了，需要多些拼寫方法來代表。中古英文之所以會仿效法文，也正是由於英語中用字母 U 標注的語音多起來：除了長短一對後腔圓唇高元音外，輔音 /v/ —— 那由 /u/ "除去聲音" (devoiced)而產生的輔音 —— 同樣會由 U 代表，因為從前 U V 就好像 I J 一樣是不分辨的；更有一件語音變動的大事，那就是自從中古英語時期開始，一系列來源互異的複元音趨向合併成 /iu/，英人也日益喜歡用 U 來寫出這個語音。為了處理這些相近的語音，英國的正音家和正書家都有倡導法文的替代方法。

4213   以 OU 代替 U，似乎是模仿拉丁長 U 與希臘 OU 互相轉換的規則；後來現代英文以 OU(OW) 代替中古英文的 U 時，總是代替長的 U。至於以 O 代替 U，在英文讀音方面沒有合理解釋可以提出，看來從前的正書家提倡這樣做，為的只是讓文字書寫較為"醒目"易讀：因為好幾個英文字母的小寫字形都有垂直短線，如 m、n、u(v 也寫成 u)、w(這個名叫 Double U 的字母常寫成兩個 U)和 i(頭上的一點會看不見)都是，把兩三個這種字母連接寫出，造成一列五六條垂直線的集合，誤讀的機會就產生了。比方說，五條直線代表的是 wu，mu，uni，nui 抑或甚麼字母組合呢？把 U 拼寫在這種直線字母之旁，整個單字會礙眼而且費解。像 win 的過去式唸 /wʌn/，有個短 U 音，若用字母 U 拼寫出來就會成了 uuun(因為 w 會是 uu)；"女人"是 /wʊmən/，用字母 U 來拼寫就成了 uuuman。因為不喜歡這樣的字形，英文就把千千百百單字中出現在 M、N、W、V 旁的 U 改為 O。今天的英文字典裏，以 WU 開始的單字只有寥寥幾個，而且都是外來字；另一方面，不少以 WO 開始的單字，像 wolf 或 wonder，都有短 U 的 /u, ʌ/ 音，它們在古英文中的字形都以 U 拼成：wulf，wunder。英國史上的清教徒領袖 Cromwell，今人用短 O 的 /ɒ/ 來唸他的姓名，但從前的人都用短 U 的 /ʌ/ 來唸，使 Cromwell 和 crumb well 相諧。那時敵對的保皇黨人飲宴之時說來祝酒的一句話是 "God send this crumb well down!"。

這些替代方法造成英文讀音上的大混亂。字母 O 一方面代替了 U，標示着後腔的高元音 /u/，另一方面仍然在標示後腔的中元音 /o/；OU 既代表後腔高元音 /u/，又代表複元音 /ou/。語音本身在時間之流中變動，單字的讀音又同時受着拼寫方法的影響，懂得拼音的人有意無意遵循字母的拼寫，唸出不同於單字本身實際的語音(這叫做 spelling pronunciation，比如看見

wonder 有個 O 在封閉性音節之內就依照典型的短 O 讀音來唸它，唸成與 yonder 可以押韻；看見 wander 的拼法，就以為與 gander 押韻）。幾個世紀下來，O 和 OU 的讀音變成多如牛毛。前面〈緒言〉0.5 節列出 OU 的十個不同讀法；本章 412 節又讓我們看見在同一個地名或姓氏中 OU 可以有多至三個讀音。學英文的人對此深感無所適從。

4214　在當代英文裏，U、O 和 OU 標示語音時，也顯露出一些分工趨勢，這是歷代正音家、正書家和編字典的人努力整理的結果。中古英文的長 U 照例是由 OU（與 OW）來拼寫，這個語音演變成今天的 /au/。像英文單字 brow，cloud，foul，how，louse，mouse，now，out，proud，south，town 等，在古英文的前身無不具有長 U（分別是 brū，clūd…sūþ，tūn）。古英文的一些短 U 單字（如 "鳥" fugol，"狗" hund，"母豬" sugu）語音演變的結果，有了長 U 的聲音，在中古英文裏改拼為 OU（OW）（成為 fowl，hound，sow）；又有些單字從外語中來到，不論原本的元音如何，在中古或早期現代英語中若已唸出與古英語長 U 相同的音，也會用 OU（OW）來拼寫。（英文的 "花" 和 "麵粉" 都可以追溯來源，經過古法文而去到拉丁文的 "花" flōs，flōr-；這兩個同源也同音的單字今天分別寫成 flower 和 flour。"時辰" hour 也可以溯源經過古法文而去到拉丁和希臘的 hora。）所有這些單字的元音今天都是 /au/。

4215　古英文的短 U，與長 U 有量的分別，一短一長，質的分別應當不大。這個英語元音，一直到中古英語大概都沒有大變化，唸做 /u/。到了近代英語初期，經過 "元音巨變" 的時代，這個語音變成在口腔中部較低處發聲的 /ʌ/，在少數情形下維持着近似 /u/ 的 /ʊ/。別處來到的元音，如果在中古英語末期時唸得與古英語短 U 相同，今天也會變成 /ʌ/ 或 /ʊ/ 的。

這個語音，在現代英文裏，用字母 U 拼寫的機會最大；像 bubble，buck，buckle，bud，budge，buff，buffalo，bug 都是例子。除了 U，字母 O 也常用來寫這個語音，理由已見前述；特別是在字母 M、N 和 W、V 之旁，O 代表短 U 音的可能性很高（前面 4213）。還有少數用 OU 拼寫的字也唸出 /ʌ/ 音，例如 touch 或 rough。

4216　今天英文的字母 U 若出現在一個開放性音節中，它照例代表中古英語後期的複元音 /iu/。例如 abuse，acute，adduce，adjudicate，allure，amuse 等等，都有這個語音。

4217　但我們須注意，來自中古英語長 U 的語音今天雖然照例以 OU 和 OW 拼寫，但今天英文字裏的 OU 和 OW 卻不一定代表中古英語長 U 演變出來的語音。因為它們還可以代表別的複元音，以及長 U 縮短後的語音。同樣，英語短 U 的音雖然會由字母 O 拼寫，但字母 O 代表元音 O 的機會更大。

4218　以上各點，將在下面分述於字母 U（4.2 之下各小節）和字母 O（4.3 之下各小節）子目中。

422　　短 U

4221　　短 U 不難認辨。字母 U 單獨出現在一個封閉音節內，就代表一個短 U。例如 bud，cup，dull，erupt 都是。

4222　　短 U 的讀音，重讀時多是 /ʌ/。例如上節的例字唸 /bʌd，kʌp，dʌl，i'rʌpt/。這是短 U 經過 "元音巨變" 後的新語音。

4223　　在較少數單字裏短 U 仍發出近乎從前的 /ʊ/ 而不是 /ʌ/。例如 bull，bush；pull，push 唸 /bʊl，bʊʃ；pʊl，pʊʃ/。/ʊ/ 是近後腔高元音，仍有圓唇性質；/ʌ/ 是中腔元音，已沒有圓唇性質。

有讀音字典給讀者提示說，若有字母 SH 或 L 相隨在後，U 唸 /ʊ/ 的機會大。這提示有待商榷。我們檢查這列單字，bull，cull，dull，full，gull，hull，lull，null，pull， 和 這 列 單 字 bush，gush，hush，lush，push，rush，會發覺唸 /ʊ/ 的只有 bull，full，pull 和 bush，push，其餘都唸 /ʌ/。唸出 /ʊ/ 的五個單字，字首都是唇性輔音 b，f，p，看來字尾有了 SH 或 L，還須在字首有唇音，才能幫助短 U 保有從前的圓唇高後語音。(即使沒有 SH 或 L 在後，B 和 P 開首的一些字也唸出 /ʊ/，如 butcher，pudding，put 等。再如 wolf，wood，wool 等字，在古英文中都有短 U，由於字首有圓唇的 W 之助，都保有 /ʊ/ 音。)

4224　　輕讀時，短 U 唸成 /ə/。例如 autumn，album；minus，litmus，rebus，或人名 Rufus，輕讀音節中的 U 都唸 /ə/。

常見的後綴 -ful (如 beautiful，awful)，一般輕讀為 /f(ə)l/，但亦

可以讀為 /-ful/。這個後綴的來源是單字 full。

在 undulate，undulous；stimulus，stimulate 等字中央的 U 是 /jʊ/；例如 undulate 是 /'ʌndjʊleɪt/。

4225　短 U 加上 R，重讀時唸 /ɜː/。美國音是 /ɜːr/ 或 /ɝː/。UR 和 ER、IR 的讀音相同。所以 fur 和 fir 同音；而 hurt 可以與 dirt 和 pert 押韻，furl 也可以與 whirl 和 pearl 押韻。

英國標準口音中，當"R 夾在兩元音間"的情況出現時(參看〈緒言〉0.6 節及下面第七章 R 部份)，R 前的短 U 若是重音所在，就會發出典型的短 U 音 /ʌ/，而不是 /ɜː/。burrow，current，flurry，hurricane 等 等 的 U 都 唸 /ʌ/；姓 氏 和 地 名 Burrel，Durham，Murray 莫不如此。不過，這只是英國的口音，美國人是以一般的 UR 讀音 /ɜː/ 來唸這些字。調味的"咖哩"英國是 /'kʌri/，在美國是 /'kɜːri/。

423　長 U

4231　古英語的長 U，後來都用 OU 或 OW 來拼寫，這個在"元音巨變"中演化成複元音 /au/ 的音，我們將在下面 4333 節內敍述。在這裏我們講的是在現代英文裏，單獨一個字母 U 在開放性音節中所代表的語音。這個語音是一群複元音(包括一個法語的高前圓唇音)在中古英語時期演化成的。

4232　現代英文中長 U 的典型讀音是 /juː/，在高後窄圓唇元音 /uː/ 之前有個滑音 /j/。例如單音節的字 cube，duke，fume，huge， mute，nuke，tune，use 等，多音節中長 U 是重音所在的 bugle，confuse，infusion，funeral，humor，minute，tulip，usury 等，都唸出這個 /juː/ 音。即使並非重音所在，長 U 也可能這樣唸，如 rescue，residue，venue 等 是 例。(cube 是 /kjuːb/；bugle 是 /ˈbjuːgl/；rescue 是 /ˈreskjuː/)

在一些情形下，諸如長 U 並非重音所在，單字的音節又多，/juː/ 中的 uː 會縮成 u 或 ʊ。例如 muse 是 /mjuːz/，museum 卻是 /mjuˈziːəm/；funeral 是 /ˈfjuː--/，funereal 卻 是 /fjuˈ---/。tubular 是 /ˈtjuːbjʊlə/。

4233　這個 /juː/ 開頭的滑音 /j/ 不很穩定。美國口音中的長 U 慣常只是 /uː/，沒有這滑音。譬如 tube，英國唸 /tjuːb/，美國只唸 /tuːb/。(YOUTUBE 在英美的唸法是明顯不同的。)

英國人口中的長 U，也會在若干輔音之後失去滑音而成 /uː/。流音 L 和 R 以及它們的組合會有這種作用，像 lute，flute，flu，fluency 等字中的長 U 都沒有滑音。fume(/fjuːm/) 有 /j/，但 flume(/fluːm/) 就沒有 /j/ 了。同樣，rude，rue，ruse，crude，true 等字的元音在英國也只是 /uː/，沒有滑音 /j/ 在前。cue(/kjuː/) 有 /j/，crue(/kruː/) 就沒有了。

字 母 J (音 /dʒ/) 後 的 長 U 都 沒 有 滑 音，June，July，jejune，jujube 等字讀音是 / dʒuːn，…ˈdʒuːdjuːb(i)/ 可證。

假如長 U 出現在 T 或 D 之後，U 的滑音 /j/ 有傾向變成 /ʃ/ 或 /ʒ/。這種傾向也似乎日益為社會接受。比如把 tulip(應當是 /ˈtjuːlɪp/) 唸 成 /ˈtʃuː-/，把 tune(/tjuːn/) 唸成 /tʃuːn/，讀音字典今天還認為不合標準；但 mature 的標準讀法已是 /-'tʃʊə/ 而非 /-'tjʊə/，maturation 和 maturity 等字也該唸成 /tʃ/ 而非 /tj/ 了。若長 U 非重音所在，如 fortune 和 nature（以及無數以 ture 結束的單字），也都該唸成 /tʃ/。

同樣，長 U 的滑音 /j/ 會因前行的 D 而趨向變成 /ʒ/。像 due，deduce（以及其他 -duce 單字），during，endure 等字，許多英人都唸成 /dʒu:.../，儘管標準唸法應當是 /dju:.../。verdure 的標準讀法已經是 /'vɜ:dʒə/，與 verger 完全相同了。residue 唸 /'--dju:/，residual 唸 /-'-dju-/，但 residuary 已變為 /-'-dʒu--/。（參看第五章 52222 "J 併合"）

4234　　長 U + R
有 R 跟隨在後時，長 U 讀音要視乎這個音節是否單字的重音所在而定。

若是重音所在，長 U 在 R 前保守着滑音 /j/。cure，during，demure，pure，mature 等等都有這個 /j/。但是 R 稍為影響長 U 的長度，使它的 /u:/ 變成 /ʊ/；加上 R 在長元音之後出現的 /ə/，上面這些字當唸成 /kjʊə, ...mə'tʃʊə/。這個 /j/ 甚至在流音字母 L 之後也還會出現，比如 lure 一般都唸 /ljʊə/。（但 allure 卻是 /ə'lʊə/。）

若非重音所在，在 R 前方這 U 典型的 /ju:/ 音弱化成為 /jə/。這裏的滑音 /j/ 通常都對前方的輔音起作用，本身是消失了，但與前方的 T 合成 /tʃ/（culture，picture 是 /'-tʃə, '-tʃə/），與前方的 D 合成 /dʒ/（verdure 是 /'-dʒə/），與前方的 S 或 Z 合成 /ʒ/（pleasure， azure 是 /'-ʒə，'-ʒəV/)。（見下 52222 節）

424   無聲的 U

U 構成幾個雙文字母 QU，GU，CU 等。U 在其中並不獨立發聲。

4241   QU 是英文承繼拉丁的的雙文字母，讀音是個圓唇的顎塞音 /kw/。詳見本書下面說字母 Q 的章節。

圓唇輔音並不罕見，學者認為印歐古語中更多。今天英文裏許多詢問詞都以 WH 拼出，語音是 /hw/（古英文的拼法 HW 更正確），與拉丁的 /kw/ 是同源。拉丁以 /kw/ 發音的詢問詞也非常多，因此特別創製這雙文字母 QU 來寫它們：qui，quae，quod，quis，quid，qua，quam，quo，quando，quantus，quare 等等。（像英文的 who，what，which，when，where 等等）

4242   英文裏的 CU 和 GU，可能是正常的輔音和元音的組合，但也可能是雙文字母而只有 /k/ 和 /g/ 音，例如在 biscuit，circuit 和 guide，guest 的情形。（拉丁系語文的國家在顎音前顎化發生過後，字母 E 和 I 前的 C 和 G 唸"軟音"了，這時如果"硬音"/k/ 和 /g/ 出現，就要把 C 和 G 改為 CH，QU，或 CU 以及 GU。英文有些字也採這樣的拼法。見下 52221 "前顎化"節。）

4.3   **O**

英文字母 O 和 E 相似，各有一個短音和兩個長音；不同的是，E 的兩長音在"元音巨變"時期上升到相同位置，兩者今天已不可分辨；O 的兩長音卻是上升到達不同的兩位置上，所以至今清晰可辨。這長短的三個 O 音大致可從拼寫方法和音節形狀辨認出來。輔音之中，流音 L 和 R 和半元音 W 對 O 的影響很大。由於歷史原因，英文有時用字母 O 替代字母 U，使 O 發出的是 U 而非 O 的語音。OU（OW）的拼法既標示古英文長 U 演變出來的音，又標示中古英語的複元音，因此今日的讀音繁多。現在分別說明如下。

431 短 O

4311 短 O 與長 O
短 O 音只出現在封閉音節中單一的字母 O 之上。如果不是單一的 O，而是雙文字母 OO 或 OA，那麼不論字母是封閉性或開放性，元音都是長 O 音。即使是單一的 O，如果音節不是封閉性，或者有個無聲 E 跟隨在音節之後，元音也是長 O 音。（參看下面講長 O 的 4321 節）

因此，of，oft，soft 都有短 O 音。to，two，toe，do，doe，ode，code，codify 中的 O 都唸長音。

短 O 伸長的情形，見下面 4313。至於長 O 縮短，也是常見，單字的音節多時就會發生。譬如 comedy，O 處身開放性音節，單字的希臘字源中的 O 也是長的，但在今天英語中卻發出一個短 O 的語音。

4312 短 O 的讀音
如果是重音所在，短 O 在英國人口中讀出一個低後圓唇的語音 /ɒ/。像常用單字 dog，stop；bottle，common，英國的標準讀音是 /dɒg，stɒp；'bɒtl，'kɒmən/。

這個元音是英美口音有明顯分歧的之處。美國人把短 O 唸成 /ɑː/，一個低後寬的語音。上面的四個常用字，美國人會唸成 /dɑːg，stɑːp；'bɑːtl，'kɑːmən/。

如果不是單字重音所在，短 O 通常會唸作 /ə/，英美口音相同。像上述單字 common 的第二個 O 就讀 /ə/。complete 和 confide 這樣的字，重音在第二音節，唸 /kəm'pliːt，kən'faɪd/，第一音節中的 O 都是 /ə/。

音節多的單字，除了有一個主要重音之外，還會有個次要重音。在這裏，短 O 也會唸出 /ɒ/。例如 ˌcontra'dict 是 /ˌkɒntrə'dɪkt/，次重音所在的第一音節 con- 是 /kɒn/。其他如 ˌcontra'diction 或 ˌcontradis'tinction 中的 con- 亦如是。（可是 con'traction 是 /kən'trækʃ(ə)n/，其中 con- 是輕讀的，只有個 /ə/ 音。con'tractor 和 con'tractual 的情形相類。）

4313　流音 L 與 R 的影響
跟隨在後的流音 L 和 R，對 O 的語音有相當大的影響。

43131　OLE，OLL，OL + 輔音
當 O 與 L 連在一起，不論音節是封閉或開放性質，O 經常會發出長音。這個長音是兩個長 O 音之一，在下面 434 節將有討論。我們在本書中把這個長 O 唸作 /ou/，這是世界上大多數說英語的人比較習慣的讀音。英國的標準讀音（RP）唸成 /əu/。

常見字裏的 cold，hold，sold，told；hole，pole，role，sole 都有這個長 O 音。這不足為奇，因為 -le 單字尾上有無聲 E，顯示前方

是長元音，而 -ld 字組也會使前面的元音伸長。（試看元音 I 的單字如 mild，wild；mile，wile 等）比較奇怪的是以 -ll 結束的 droll，poll，roll，scroll，stroll，toll 等字也唸出長 O 音（反之，mill，will 和 pill，rill，till 都唸短 I 音；pell，tell 以及許多 -ell 字也都唸短 E 音）。OL 之後有其他輔音的單字，諸如 folk，yolk；bolt，colt，holt，bolster，colster，colter，soldier，也有長 O 音。

OL 唸出短 O /ɒ/ 音的情形比較少，通常發生在多音節單字上，如 collar，college，dollar，follow，hollow 等。單音節的有 doll，moll，（Moll，Poll）。

兩個長 O 常分別拼寫為 OA 和 OO（見 432）。OAL 的字仍會唸出上述的長 O 音，如 coal，foal，goal 是 /koul，foul，goul/。OOL 的字卻唸出另一個長 O 音，如 cool，fool，pool 就是 /ku:l，fu:l，pu:l/ 了。

43132　OR，ORE，OR + 輔音

後隨的 R 會使前行的短 O 伸長，讀出 /ɔ:/ 音。另一方面，前面的 O 若是長的，後面的 R 卻會使它稍作調整，較低的長 O 會同樣地讀成 /ɔ:/，較高的長 O 也表現出這樣的傾向。R 之後如果有另一個輔音，O 仍然讀出 /ɔ:/。換言之，不管是怎樣的 O，只要有 R 跟隨，也不問再後有無輔音，只要是重音所在，就會有 /ɔ:/ 的音。

所以 or，oar，ore 是同音，for，fore，four 也同音。coarse，source，horse 同韻，divorce，perforce，recourse 也是。born，cord，norm，fort；dormant，torment；accord，export；absorbent，performance

等等單字中的 O 都唸 /ɔː/。

較低長 O 的字，oar，boar，hoar，soar 等都唸 /ɔː/。較高長 O 的字，door，floor 等也唸 /ɔː/。moor 和 poor 雖然仍以 /muə，puə/ 的讀音為主流（或因字首 M 和 P 雙唇音有影響力），但唸出 /mɔː，pɔː/ 的聲音已日漸普遍。專有名詞 Moore 常與 More 同音。荷蘭移居南非從事農耕的"波耳人"（Boer），英文唸做 /bɔː/。

O 在 R 前唸出短音，只發生在出現了"R 夾在兩元音之間"的情況下。（這讀音規則可參看前面 0.6 節及第七章 R 部份。）這時，如果 R 前的 O 是重音所在，英國口音就會發出典型短 O 的 /ɒ/ 音，borrow，coral，Dorothy，florid，horror 等字都如此。美國人並不這樣唸，他們仍唸出長音 /ɔː/。比如"明天"tomorrow 這字，我們多會像美國人一樣唸成 /təˈmɔːrou/，但英國標準口音卻是 /-ˈmɒrəu/。

4314　<u>WOR</u>

字母 W 的半元音 /w/ 改變了 OR 平常發出的後腔中低圓唇音 /ɔːr/（美）或 /ɔː/（英），使成為中腔不圓唇的 /ɜːr/ 或 /ɜː/（有些字典用符號 /əːr/ 或 /əː/）；WOR 的整體唸成 /wɜːr/ 或 /wɜː/。單字 word，work，worm，worse，worst，worship，worth 等唸 /wɜː(r)d...wɜː(r)θ/。（動詞 wear 的過去式 wore 和分詞 worn 是例外。它們的讀音似是模仿了同型動詞 bear 和 tear 的過去式與分詞 bore，tore 與 born，torn。）

在 R 之前，O 應當唸 /ɔː/ 才是正常；唸出 /ɜː/ 音的應是 E、I、U 等元音字母。所以 word 不與 cord，ford，lord，而與 herd， bird，curd 同韻；work 也不與 cork，fork，pork，而與 jerk，irk，murk 同韻。

worry 是個奇怪的字，它在美國好好地唸作 /ˈwɜːri/，在英國卻唸 /ˈwʌri/。原因是這個單字裏的 O 不是真的 O，而是 U（見下面 4316 節 "O 代替 U"）。牽涉到流音 /r/，有一條規則是英國遵守而美國不很遵守的，那就是當 /r/ 分隔兩個元音時，前面的元音縮短；因此，好像 hurry 唸 /ˈhʌri/，worry 在英國唸 /ˈwʌri/。

4315　F，S，TH 在後面

字母 F，S，TH 所發出的摩擦音，或者再加上一個其他輔音，會對前行的元音起一些作用。對 A 的作用會在下面 4.3 節見到。對 O 的作用，是使短 O 發出較長的 /ɔː/，與後隨的 R 所起的作用相似。

作用大約在十七世紀時出現，兩百年後，在廿世紀初葉，權威學者（O. Jespersen，J. Wright 輩）仍肯定 /ɔː/ 讀音正確。常用字 coffee，doff，soft，often；frost，frost，moss，loss，lost，gospel，hospital；cloth，broth，froth，moth 等等都發出這聲音。

可是，到廿世紀後期，語音變了，短 O 的 /ɒ/ 重新成為這類單字的讀音標準。coffee 又再讀作 /ˈkɒfi/，不是 /ˈkɔːfi/ 了。有些字典辭書指出 /ɒ/ 是潮流，/ɔː/ 是故舊；其他則只標示 /ɒ/，不提 /ɔː/。

4316　O 代替 U

把 O 寫出來代替字母 U，道理已說過（421 節）。古人為了避免單字中出現長列垂線而使字母難於辨別，勉強用沒有垂線的 O

代替兩條垂線構成的 U，這樣的替代自然是發生在垂線字母 W，
V，M，N 之旁。下面的常用單字，字裏頭的 O 唸成 U 的 /u，ʊ，
ʌ/，其故在此。

　　W：wolf，woman，womb，wonder，worry
　　V：above，cover，dove，love，shove
　　M：come，money，monk，monkey，some
　　N：honey，son，sponge，ton，tongue

這些單字中，一部份的前身是用字母 U 拼寫的。例如上面四橫
行的頭一個字 wolf，above，come，honey，在古英文中的前身
分別是 wulf，abufan，cuman，hunig。一部份有別的來源，比如
woman 和 womb 在古英文中原是 wifmann（等於 wife + man）和
wamb。但這些字到了中古英語後期和現代英語初期時已唸出 U
語音，若非處身 W，V，M，N 之鄰，理應用 U 拼寫的。

432　長 O

從前中古英文單用一個字母 O，就代表了中古英語中一切後腔
中部圓唇的元音。這些元音，質和量都不一致，有長短高低之
別。更早的時候，古英語裏頭後腔中部圓唇的元音，即是古英
文用字母 O 來代表的，只有長短兩個：兩者在量上有長短之
分，在質上應當是很近似，或許長的 O 比較窄些而且高些，或
許不能分辨。後來語音變動，這個長 O 略為升高；而後腔低處
的長元音，亦即古英文用字母 A 代表的低後元音，跟着升上
來。由於這些語音雖然高低長短不盡相同，但同是後腔中部的
圓唇音，中古英文一視同仁，都以字母 O 來拼寫。因此這個字
母在這裏代表着一個短元音和高低兩個長元音。（今天英文字

裏頭，唸出 /ɒ/ 音的 moss，/u/ 音的 foot，/uː/ 音的 do，/ou/ 音的 go，/ou/ 音的 rode 和 road，/ɒ/ 音的 long，它們的元音在中古英文裏全都用一個字母 O 拼出，而它們的古英文字形卻依次是 mos，fot，don，gan，rad，rad，lang，現代學者更會在中間的五個字的元音字母上加一道橫線來表示長音：fōt，dōn，gān，rād，rād。）

研究中古英語的人常用 MEō 和 MEǭ 代表中古英文 O 字母的兩個長音：ō 指源自古英文 O 那個較高較窄的後腔元音，ǭ 指源自古英文 A 那個較低較寬的。

約在十六世紀開始，出版商和正書家用種種拼寫方法，想要把這些不同的 O 音分辨開來。混亂持續了百年以上 —— 其時像"食物"一詞就可寫成 fud，fude，fode，food，foode，foade，不一而足。塵埃落定，今天英文的封閉音節裏，O 是短 O，OO 是承接 MEō 的高窄長 O，OA 是 MEǭ 演變成的低寬長 O。在開放音節裏，或音節雖像封閉然而有無聲 E 跟隨在後，O 大都唸出低寬長 O 的語音，只有少數例外。

4321　　低長 O：OA

43211　　讀音
較低較寬的長 O，我們在本書中把它唸成 /ou/。這是今天美國人的口音，也是世界上大多數英語使用者的讀法。英國的標準口音，直到廿世紀初還是如此；到了世紀中期，它漸漸變成 /əu/。今天，這 /ou/、/əu/ 之辨是美英口音差異的 指標之一，我們在廣播和影視節目上很易覺察到的。

低長 O 加上 R 的讀音問題，可參看前面 43132。

43212　拼寫

這個長 O 承接中古英文的 ǭ，在當代英文裏，可以憑正書家制訂的拼法 OA，或 O 單獨在開放性音節中，或音節後有一個無聲 E 來認定。所以這個字母本身的名字 "O"，呼喚性的 Ho!，hoe，hole，holy，homeopath，hoax 都含有這個元音。O 和 OA 更拼出一群同聲異義的字，像 cole/coal，mote/moat，rode/road…。說得快時，a loan 和 alone 難辨。

4322　高長 O：OO

43221　拼寫

中古英語時期較高較窄的長 O（ME ọ̄），上承古英語的長 O 和其他古語中類似的元音，來到現代英語時，正書家制訂給它的拼寫方法是個雙文字母 OO。這樣拼寫出來的單字很多，常見的有 book，choose，doom，food，goose，loose，moon，noon，proof，roof，shoot，tooth 等。

但是 OO 是封閉性音節內的寫法；在開放性音節中，或在字尾有個無語音的 E，這個高長 O 只以一個單獨的字母 O 寫出。由是它與上節所述低長 O 的寫法無異，兩者的分辨有些困難。單字 do，to，glove，other，mother 的元音都是這個來源。

two，who，womb 等字的情形又稍不同，它們在古英文中的前身分別是 twā，hwā，wamb，元音是 A 而非 O。古英文的長 A 變為中古英文的長 O 時，應當是低而非高長 O，不過由於前方有 W 的圓唇音影響，低長 O 更上層樓，成為高長 O。

更有些單字在古英文中原本有長 O，但發生音變之後，唸出正
常的短 U 音，於是現代英文中就轉而用 U 來拼寫。例如 gum 和
must，它們分別源自古英文的 gōma 和 mōste。

43222　讀音

中古英語的高長 O 於"元音巨變"期間，當長 U 離開原位變成
複元音後，上升到長 U 的位置，唸出 /uː/ 音。隨後這個元音在
一部份單字中縮短成為 /u/，與原來的短 U 相同。要是長 O 單字
的縮短變化發生在原來短 U 從 /u/ 變為 /ʌ/ 的潮流落下之前，這
些單字就會隨波逐流，終於唸出 /ʌ/ 音。在下面我們把這三種情
形説明一下。

（一）/uː/。大多數的 OO 單字都唸出這個語音，從 behoof，
bloom… 到 soot，tool（/brˈhuːf…tuːl/），例子不勝枚舉。不以
OO 拼寫而具有高長 O 的單字，不論是 do，to，或 whose，
whom，或 move，prove，也都如此，/duː…pruːv/。

（二）/u/。OO 單字唸出這個短音的是少數。常用字 book，foot，
good（/buk…gud/）屬此類。

（今天英文裏，判斷 OO 單字應該唸長的 /uː/ 抑或短的 /u/，
並不容易。照道理説，這取捨應當與前後語音有關係。
K 結尾的 OO 字多發出短音 /u/，如 book，brook，cook，
crook，hook，look，nook，rook，shook，（forshook），
took，（mistook）都如此，似乎顯示字母 K 的清顎爆音會
促使短音 /u/ 出現；可是，也有 gook 和一兩個 -OOK 單字

唸出長的 /uː/。拿 gook 來說吧，它給了我們怎樣的語音消息呢？它末尾的 K 若已被認為有縮短元音的作用，那麼它開首的 G 是否應當有很強的伸展元音的作用，強得足以抵銷 K 的作用有餘呢？但這樣猜想也遇到困難，因為另一個以 G 開首的單字 good 唸 /gud/，元音是短的 /u/。問題出在 good 末尾的字母 D 上嗎？D 的濁齒音 /d/ 平常只是助元音伸長而不是縮短的，看 food 和 foot（/fuːd，fut/）的對比就很明白。所以 gook 的 /uː/ 音的確費解，而高長 O 的整個縮短問題也可見是不易解決的。

不過，在語言應用的層次，這個問題或許不是太要緊。中國人一般固然不很能夠分辨這兩個語音，英美的人似乎也常有分歧，許多高長 O 的單字都同時有 /uː/ 和 /u/ 兩種讀法。）

（三）/ʌ/。OO 單字唸出 /ʌ/ 音的有 blood 和 flood（/blʌd，flʌd/）。顯然是這些單字的元音從 /uː/ 縮短成為 /u/ 時，短 U 單字如 blush 和 flush 等也唸 /u/，稍後在 /u/ 變為 /ʌ/ 的浪潮中，blood 和 flood 就與 blush 和 flush 一同變成今天的讀音。

只用單獨一個 O 字母來寫出高長 O 音的單字，如 brother，mother，other；does，done；Monday，month（/'brʌðə…mʌnθ/），也是經過上述的語音演變而得到今天的讀音。

由於同樣的演變，古英文中的長 O 單字 mōste 和 rōder 等，在現代英語中唸成 /mʌst，'rʌdə…/，並被改用 U 來拼寫成 must，rudder。

433 O 的組合：OE，OI(OY)，OU(OW)

O 的組合之中，OO 和 OA 代表高低兩種長 O，已見前敘(432 節)。OE，OI 和 OU 的詳情分述如下。

4331 OE

倘若 OE 出現在英文字的尾上，那 E 不會發聲，O 唸出長音 /ou/ 或 /uː/（亦即低的或高的長 O 音）。doe，roe；shoe，canoe 都是例子。(見前 323(四))

倘若出現在單字其他部份，OE 有可能分屬兩個音節，如 poem，poet(/'pou-ɪm/，/'pou-ɪt/；源自希臘 poēma，poiētēs，換寫成拉丁 poema，poeta)，或 orthoepy(/'ɔːθouεpi/)。

還有些單字裏的 OE 是個複元音，始源是希臘的 OI，轉換成拉丁的 OE，原本唸 /ɔɪ/。在英文裏這種 OE 只唸出 E 的長短音 /iː，ε 或 ɪ/，如 phoenix 是 /'fiː-/，oesophagus 是 /ɪ'---/，oestrogen 是 /'iː-- 或 'ε--/。

一些從前用 OE 拼寫的字，今天已改用 E 了。像 economy，ecology 和相關連的字，字源有希臘文 "家居" oikos 的成份，直至廿世紀初還寫成 oeconomy，oecology 等等。現在，字形從 OE 簡化成 E 了，讀音也就只是英文字母 E 的強弱音：/ɪ'---，ε'---，iː'---/。

4332 OI 和 OY

一般説來，OY 只出現在字尾上，在其他部份出現的是 OI。少數的例外包括 loyal，royal 等。有些字有附加的後綴，由是 OY 就出現在字中央，如 employ-ment，destroy-er 等。

OI(OY)這個雙文字母在歷史上曾有別的讀音，但今天只唸 /ɔɪ/。oil，loyal，boisterous，boy，deploy 都唸出這個音。

4333　OU 和 OW

43331　OU 和 OW 好像上節中 OI 和 OY，有明顯的分工趨勢，OU 出現 在單字的中部，OW 在尾部。

例外是有的，如 growth 和 crowd 有 OW 在中部，thou 有 OU 在 尾部。同源也同音的 flower 和 flour，中部分別是 OW 和 OU。

43332　OU(OW)的讀音繁多，教師提起都談虎色變。前面〈緒言〉舉出 九個不同讀音，計為 /au，auə，ʌ，uː，ɜː，ɔː，ɒ，ou，juː/。

這現象的起因複雜。OU(OW)的拼寫，是中古英文後期的事。 一方面，古英語中許多單字的元音，由於後隨輔音的影響，到 這時期演變成複元音。這些古英文單字裏有 OW，AW，以及 O (U) HT 的組合，來到中古英語，唸出大同小異的複元音，英人 一視同仁，都以 OU(OW)寫出；但其後它們各別發展，在現代 英語中變成不盡相同的語音。另一方面，諾曼人征服英國(這事 件是古英語和中古英語的分界)，法文開始長期影響英文，我們 在前面說 U 的歷史(421 節)，曾講到法人如何由於 U 的語音變 動，用了 OU 的拼法來代表向下移近 O 的 U，英文也因此改以 OU(OW)來代表英語中的 /uː/，不論來源是 U 或 O。事實上， 法文中的 OU 也會代表長短的 O，這些法文單字傳入英文，增 加 OU 的不同讀音。加上元音會有伸縮，又會受輔音影響，OU (OW)這個字母組合終於有今天的種種讀音。

43333　這些道理可以用〈緒言〉0.4 節列舉的例字，說明一下。

（一）house，/haus/。這是中古英語中長 U 音的例，中古英語的
這個元音經過"元音巨變"後，今天唸成複元音 /au/。house
在古英文中是 hūs，有個長 U。許多單字，在古英文中有長
短 U，或在古法文中有 O 或 U，來到中古英語中都會唸出
長 U 的音，而今天就唸 /au/ 了，例如 cow，sow，found，
town，plough，couch，doubt，dowager 等等。

（二）our，/auə/。這是中古長 U 加上 R 的情形。與 our 同韻的字
有 flour，hour，sour 等。由於 R 的影響，產生了一個後隨
的 /ə/，在拼寫的時候漸漸多寫一個字母 E，於是有 bower，
flower，power，shower，tower 等字形。

（三）rough，/rʌf/。這是中古英語長 U 音縮短的例。rough 在古
英文中是 rūh，長 U 來到中古英語中仍會是長 U，但這長音
縮短了，所以今天唸典型的短 U 音 /ʌ/；後隨的字母 H 所代
表的輔音 /x/ 當與元音縮短有關，它本身也變成了另一種擦
音 /f/。類似的字有 tough 和 enough，它們在古英文中原是
tōh 和 genōh（或 genōg，像德文的 genug），其中元音在中古
英語中已唸成長 U 了，所以拼寫成 OU，其後都縮短而發
出短 U 音，今天唸 /tʌf/ 和 /ɪ'nʌf/。

長 U 音縮短的單字很多，比如 south 有個長 U，所以唸
/sauθ/；但 southern 有的卻是短 U，所以唸 /'sʌθən/。country
和 double 等都如此。

（四）wound，/wu:nd/。有為數不多的單字，它們在中古英語時期

的長 U，後來沒有演變為複元音 /au/，而保存着 /uː/ 音直到今天，這個解作"創傷"的 wound 字就是一例。wound 字有讀音不同的兩個，一是動詞 wind 的過去式，唸 /waund/，學者以為這是仿效相似的動詞 bind，find，grind 等的過去式 bound，found，ground 而得到的讀音；另一就是這裏解作"創傷"的 wound。這個字若是名詞，古英文中的詞形是 wund，若是動詞，古英文中是 wundian，兩者都原本具有短 U，由於有 ND 相隨，在中古英語時期變長了，而拼寫成 wound。在正常情形下，中古英語的長 U 是要在現在英語中唸出複元音 /au/ 的，但是圓唇性的輔音 W 有抑制這種變動而保守 /uː/ 的功能，於是 wound 唸 /wuːnd/。（"木"和"羊毛"在古英文是 wudu 和 wull，它們在中古英語時期都有長 U 音，曾有 woud 和 woull 的拼法，也都因為有 W 在前，至今沒有變複元音。今天它們唸 /wud/ 和 /wul/。再如 womb，它在古英文中是 wamb 或 womb，若非 W 的影響，也是不應唸出今天的 /uː/ 音的。）

其他 OU（OW）字之所以仍唸 /uː/ 音，原因各異。group，soup，route 等是法語傳來的字，大抵由於輸入得晚，英語中長 U 音變的時間已過，它們就不唸成 /au/ 而仍唸 /uː/。through 今天唸 /θruː/，它在古英文中是 þurh（與德文 durch 相應），後來元音 U 和輔音 R 倒轉（這叫 metathesis），末尾的 H（/x/）失了音，U 伸長了而拼寫為 OU，這些變動與它的長 U 音得以保留不變當有關係。

(五) journey，/ˈdʒɜːni/。同樣是來自法語的字還有 journal，adjourn，sojourn 等，其中的 JOUR 部份都唸 /dʒɜː/。在字源

上言之，這 JOUR 部份就是法文的 jour "日子"，來自拉丁
文 diurnus，意思是 "日日，日間"，英文也有 diurnal 這樣的
字。這裏的 OU 原是拼寫拉丁的長 U 音，但來到英文裏，
OUR 唸出個短 U 加上 R 的音 /ɜ:/，像 blur，cur，fur。（前
面 4225 節說過，UR 還與 ER 及 IR 同音）

法國來的 courage，nourish，scourge 等字，都會唸出這個
/ɜ:/ 音。（英國人特別用 /ʌ/ 音來唸 courage 和 nourish，其間
道理見前面 4225。）

(六) ought，/ɔ:t/。ought 從前是 owe 的過去式；與 ought 押韻的
動詞過去式有 bought，brought，fought，sought，thought，
wrought 等。這些詞形在古英文裏除了開首的輔音字母相
異，後面都拼作 -OHT；到了中古英語時期，其中的字母 H
改寫為 GH，失去原先古英語中的 /x/ 音，而使元音 O 變成
複元音 /ɔu/，於是寫成 -OUGHT。所以這些字裏的 OU 與前
面(一)至(五)小節的 OU 不同，它不代表中古英語的長 U
音，而代表一個複元音。這個複元音在現代英語中又變為
單純元音 /ɔ:/。

也有一些英文字，其中的 OU 來自中古英語的長 U，而今天
唸出 /ɔ:/ 音。這些是 course，court，mourn，source 等；它們
的語音結構是在 OU 之後還有流音 R 和另一個輔音。語音
變化很有趣，在前面第一小節的單字裏，今天的元音是中古
長 U 演變成的 /au/；在第二小節，是加上流音 R 的 /auə/；
在這裏，是再加上別的輔音後的 /ɔ:/。（在上面第五小節我們
看見那些 OUR 發出一般短 UR 的語音，在這裏又看見 OUR

發出一般長短 OR 的語音。）

（七）cough，/kɒf/。cough 和 trough 今天唸出短 O 的語音 /ɒ/。
這些字與第六小節的 bought，brought 等字一樣，在中古英
語時期具有複元音 /ɔu/，所以拼寫成 OU；後來 bought，
brought 等唸出單純長元音 /ɔː/ 時，這些字的元音再縮短成
/ɒ/。它們也好像第三小節中 rough（/rʌf/）等字，在元音縮短
之時，後隨的顎擦音 /x/（在古英文中原本拼作 H 或 G）也變
成唇擦音 /f/，儘管寫成了 GH。

（八）know，/nou/。英文 OU（W）字今天唸出 /ou/ 音的很多；/ou/
是典型的長 O 音（know 唸起來和 no 相同，soul 與 sole 沒有
分別）。這些字在中古英語時期發出個複元音 /ɔu/ 或 /ou/，
所以寫成 OU（W）。它們可分為兩類，其一在古英文的前身
都有 AW 或 OW 的成份，或者是具有 W 詞幹。例如 know
在古英文中的不定式是 knawan，blow 是 blawan，而 flow，
glow 等字中間是 -OW-。soul 是 saw(o)l，slow 和 snow 是
slaw 和 snaw，tow 是 taw。那些在輕讀的第二音節唸出 /ou/
音的字，如 arrow，barrow，以及 meadow，shadow 等，差
不多都具有古英語文法中的 W 詞幹。

另一類是在中古英語時期發出 /ɔu/ 音，因為它們在後腔元
音 O 或 U 之後更有流音 L，或是 L 再加上另一輔音。這
類單字包含 bowl，mould，coulter，shoulder 等。（bowl 與
bole 同音，mould 與 mold 音義全同）

（九）Houston，/ˈhjuːstən/。專有名詞的讀音每每不易解釋。這
個位於德薩斯州的海港城，是美國太空中心，以該州富

豪政客 Sam Houston 命名。從字形看，Houston 與其他以 TON（= town）結尾的地方，原本都是由居民姓氏或某種特色得名的市鎮。（市鎮有了存在和名字後，居民也可以拿它來做姓氏；Sam Houston 的姓氏大抵因為先祖居住在某個名為 Houston 的地方。）字典説 Houston 有三種唸法，分別為 /ˈhaustən/，/ˈhuː-/，/ˈhjuː-/。假使當初聚居的家族姓 House 或 Howe，市鎮唸成 /ˈhaustən/ 是自然不過的；市鎮唸作 /ˈhuːstən/ 也只不過反映出 OU 所代表的中古長 U 音維持不變而已。但唸成 /ˈhjuːstən/ 就奇怪，因為 /juː/ 的語音來源是中古英語的複元音 /iu/，只見曾拼寫成 U 或複元音 EW，IEU 之類，不見寫成 OU。這怪事的成因，或許是地名起了不明所以的音變；又或許是當初開關的宗族姓氏中有 /ju/ 音（如 Hughes，/hjuːz/），所以唸出 /ˈhjuːstən/，但卻胡亂拼寫作 Houston。這也不值得大驚小怪，英文在十八世紀前拼寫是很隨便的。（女皇伊莉莎白一世書札中的拼寫就很有趣。）

4.4　A

A 的讀音分長短，也分輕重，而且分佈在前後腔位置上。這與它的歷史有關。它也是英語元音中最受前後兩方輔音影響的一個，前方的半元音 W，後方的流音 R 與 L，還有擦音 F、S、TH 都會令它的語音改變。偶然它也代替別的字母，因此它的讀音特別多。

441　A 的歷史

英文的 A 有個曲折的歷史進程，它的讀音因此比其他歐洲語文的 A 要多。

最初，古英語明顯地有前後兩個低元音。在後腔的一個與拉丁文 A 的讀音相同，古英文就用了拉丁字母 A、a 來代表它。在前腔的一個，語音近乎拉丁文用雙文字母 AE、ae 標注的語音，古英文也就採用這個雙文字母來拼寫。這個字母可寫成 AE 或 Æ(ae 或 æ)，今天國際音標也還用這個符號來代表低前元音。(英文有時用 Ash 來稱謂它。那名字原屬古日耳曼語 Futhark 字母系統中標注低前元音的字母。)

"元音巨變"發生前，在中古英語時期，這前後兩個低元音的長音都向上升起，短音則沒有動。(英語的短元音比長元音穩定，不受別的語音影響而自行移動的情形較少發生。)上升的兩個長元音變成了中古英文中那兩個 E 和兩個 O 中的較低者，即是 ME ẹ̄ 和 ME ǭ，日後正書家用 EA 和 OA 來書寫的。(見上章字母 E 及本章字母 O 部份)

長音離去後，前後的低元音剩下短音。後來短 A 在開放性音節中伸展，變成長元音。這就是現代英語長 A 的來源，在"元音巨變"時期它向前向上移，終於變成今天的複元音 /eɪ/。

A 的歷史有一件怪事。在中古英文裏，AE 漸漸銷聲匿跡，古英文裏面那些有 AE 的單字至此都改以 A 來拼寫，那時的人也恍惚只知有 A，不知有 AE 了。可是今天短 A 的標準讀音是 /æ/，而具有這讀音的單字經常可以上溯到古英文的 AE 字。這兩項事實，讓學者分為兩派：一派認為古英語的兩個低短元音 AE 和 A 在中古英語時期聚合為一，後來到現代英語早期才又重新分開。另一派相信，真相其實簡單些，英語的低短元音從古到今都有前後兩個，只是中古英文僅僅使用字母 A 來拼寫而已，因

為它惟統治階層通用的法文馬首是瞻，取締了古英文傳統中的
AE。我們在這裏只報導這件事，不作評判。

非獨立性的，而是受到鄰近語音影響而起的音變，A 也有過數
次。先行的圓唇半元音 W，以及後隨的流音 L，都引致 A 的語
音向上移動，這些變化將在下面講到。另一個流音 R 如果追隨
在後，就如同摩擦音 F，S，TH 等，影響 A 的前腔語音 /æ/ 伸
長向後移動，最終去到 /ɑː/ 的位置。這幾種音變先後開始和完成
在十四到十八世紀間。

英美兩國的口音，在 A 的前後腔讀音之間表現出指標差異。在
chaff，draft；glass，last；bath，rather 這三個種類的單字上，美
國人唸出 /æ/ 音，英國人唸出 /ɑː/ 來。這差異就是上段所説 A 在
F，S，TH 之前起音變的結果。根據文獻資料，這個音變完成於
十八世紀初葉，而英國大舉移民北美是在十七世紀。倘使音變
完成於大移民之前，今天英美兩國不會在這三類單字讀音上出
現這分歧；但移民潮既湧現在先，去到北美洲的英移民在這些
字上唸出的當然不是後來英國的 /ɑː/，而是早時女皇伊莉莎白一
世和莎士比亞都唸的 /æ/。

442　　<u>短 A</u>

4421　　<u>認辨與讀音</u>
　　單字重音所在的短 A 通常唸 /æ/。這是古英文字母 Æ 的讀音；
但現代英語中短 A 的來源不限於古英語的 Æ，可以是古英語和
別處來源的 A。

典型的短 A 出現在封閉性音節裏，如 as，back，flat，flatter，man，manner。在非封閉性的音節裏短 A 也經常出現，比如在多音節單字 'capital，de'capitate，'category，ˌcate'gorical 之中重音和次重音所在的 A 上。

須注意在 A 之前不是 /w/，在後不是 /l，r，f，s，θ/ 等輔音，否則不會讀出那典型的語音。詳見下面數節。

4422　**AL**

在單字的獨一音節或者末尾的重讀音節上，短 A 如果有 LL 或是 L 及別的輔音字母緊隨，在英國就會唸出長音 /ɔː/。在美國唸出的是稍低的長音 /ɒː/。（這個音變，開頭從低處的短音 /a/ 或 /æ/ 出發，中途產生了一個半元音 /u(w)/，其後複元音 /au/ 再變成長元音 /ɔː/。有些字因此除了 AL 之外又有 AUL 的拼法，如 caldron，cauldron；mall，maul。）

常見的字如 all，bald，exalt，false，halt，英國唸 /ɔːl，…hɔːlt/，美國唸 /ɒːl，…hɒːlt/。（輔助動詞 shall 的例外讀法，見下面 446 節。）

LL 或 L 加上另一輔音字母把單字結束，最能確保前面的短 A 在英國讀出 /ɔː/，在美國讀出 /ɒː/ 音。單字後方有文法後綴，通常不致改變這個 /ɔː/ 或 /ɒː/ 的讀法。比如在英國，bald 是 /bɔːld/，balder 是 /'bɔːldə/；exalt 生出的 exaltation 是 /ˌɪgzɔːl'teɪʃn/；false 生出的 falsify 是 /'fɔːlsɪfaɪ/，falsification 是 /ˌfɔːlsɪfɪ'keɪʃn/。美國人把這裏頭的 /ɔː/ 都改為 /ɒː/。

要是後隨的音節並非文法後綴，AL 就不唸出 /ɔː/，而唸出 /æ/ 或 是 別 的 音。 如 alto，ballast，calculate 唸 /'æltou，'bæləst， 'kælkjuleɪt/，L 前的 A 都唸 /æ/。

在 AL 之後如果出現 K，或出現 F，V，M 等字母的情形，L 會失去語音。-ALK 單字會唸出 /-ɔːk/，如 balk，chalk，stalk，talk 是 /'bɔːk…'tɔːk/；美國口音是 /'bɒːk…'tɒːk/。-ALF，ALVE 單字在英國唸出 /-ɑːf，-ɑːv/，如 calf，half，halve，是 /'kɑːf…hɑːv/；美國人唸成 /'kæf…hæv/。-ALM 單字唸 /ɑːm/，英美相同，如 almond，balm，calm，palm，psalm 等字大家都唸 /'ɑːmənd…sɑːm/。（但在一些地方，這失去的 /l/ 會在一些單字上重新出現。）

4423 AR

在單字獨一的或末尾而是重讀的音節上，短 A 如果有 R 或是 R 與另一輔音相隨，就唸長音 /ɑː/。英美口音在這裏是一樣的，只是後隨的 R 在英國已失了音，在美國卻保存着。（A 前有 W 的情形，參看 44254）

英國標準口音把 bar，car，far，jar，star 唸作 /bɑː…stɑː/；把 arm，barn，card，dark，hart，sharp 唸作 /ɑːm…ʃɑːp/。美國口音在 /ɑː/ 之後都加上 /r/：/bɑːr…ʃɑːrp/。

加上文法後綴，或連結另一詞構成複合詞，都少見影響這讀音。如 barmaid，barroom；stardom，starlet，starry 唸 /'bɑːmeɪd…'stɑːri/。（美國口音是 /'bɑːrmeɪd…'stɑːri/）但是 barrel，barrister，barrow；carol，carrot，carry 這類單字裏，R 前的 A 唸出短的 /æ/：/'bær(ə)l…'kæri/。（這裏有 "流音夾在元音間" 的情況，參看〈緒言〉0.6 及下面第七章。）美國人把這些字讀成 /'bɛr(ə)l…'kɛri/，有些長 A 加 R 的味道（見下 44322）。

4424   A + F，S，TH

在吐氣清音字母 F，S(或更有一輔音)及不論清濁的 TH 之前，短 A 在標準英語中唸出長音 /ɑː/，在美國英語中仍唸短音 /æ/。這兩個語音，恰巧是十七世紀英國人大舉移民北美後在英國本土所發生的一回獨立音變的起點和終點，今天英國人唸出來的是音變在十八世紀結束時的長音，而美國人仍然唸着音變前的短音。參看上面 441 節。(A 之前若有 W，參看 44254。)

這種音變不必發生在單字末尾的音節上。例如 after，ask；basket，bath，brass；cast，castle，chaff，clasp，class，英國音是 /ˈɑːftə…klɑːs/，美國音是 /ˈæftər…klæs/。

少數這類單字在英美都唸出短音 /æ/，如 aspect，bastard，lass，mass 等。class 在英美分別唸作 /klɑːs/ 和 /klæs/，但 classic 卻兩國都唸作 /ˈklæsɪk/；同樣，pass 是 /pɑːs/ 和 /pæs/，但 passage 都是 /ˈpæsɪdʒ/。

4425   WA

短 A 出現在 W 之後，讀音有這幾種。

44251   W 後面的短 A 通常在標準英語中讀出短 O 的 /ɒ/ 音，如 wad，waffle，waft，want，was，wash，wasp，watch 等唸 /wɒd…ˈwɒtʃ/。美國人讀出 /ɑː/：/wɑːd…ˈwɑːtʃ/。

即使在另一個輔音之後，W 仍能使短 A 發出這語音。swab，swan，twaddle，twat 唸 /swɒb…twɒt/。QU 的讀音是 /kw/，後面的短 A 因此也唸 /ɒ/：quaff，quantity，squalid，squander 是

/kwɒf…'skwɒndə/。美國音也當然都是 /ɑː/。

("游泳" 一詞的過去式是 swam 唸 /swæm/，違反規則。原因是 swim 與 begin，drink，sing 等屬於如一類強動詞，swam 於是依着類比原則(analogy)跟隨 began，drank，sang 唸出 /æ/ 面不唸 /ɒ/ 音。)

44252 若有顎音字母 G、K、NG、NK(/g，k，ŋ/)跟在後面，前面的 W 就失去影響力，中間的短 A 仍舊唸出的典型的 /æ/。wack，wag(g)on，wangle，wank，wax，還有 quack，swagger，swank 等等，都沒有 /ɒ/ 而有 /æ/ 音：/wæk…swæŋk/。

44253 須分辨字母 A 代表的究竟是短還是長的元音。A 若是短的，前面 W 的唇音會使它發出短 O 的 /ɒ/；但 A 若是長的，W 就不會改變它正常的發音。所以 wafer，wage，wane，waste，wave 是 /'weɪə(r)…weɪv/。

44254 當短 A 處身 W 或 QU 之後，以及 L、R、F、S、TH 等之前，即是影響力可能從前後兩方到來之時，會發甚麼音？答案如下。

(一) W + L = /ɔː/
如果短 A 之後是 L(或再加一個輔音)，不論前面是 W 抑或別的輔音，都會在標準英語中發出 /ɔː/，在美式英語中發出更低的 /ɒː/(參看 4420 節)。wall，ball，call 同韻；Walt，halt，malt 同韻；walk，chalk，talk 同韻。在這裏，短 A 因後隨的 L 而變了音，前面的 W 無特別作用。

（二）W + R = /ɔː/

這與上面（一）的情形不同。短 A 在 W 之後而在 R（或再加輔音）之前，發出 /ɔː/，英美都相同，差別只在後面有 無 /r/ 跟 隨 而 已。war，ward，warm，warn，warp，wart；warlord，wardrobe，warthog 等字，英國唸 /wɔː…；…'wɔːthɒg/，美國唸 /wɔːr…；…'wɔːrthɒːg/。在這些字裏元音 /ɔː/ 的出現是前行的 W 和後隨的 R 共同作用所致，因為若無 W 在前，它固然不會出現（見 4423），而若無 R 在後，它也不會出現的（見 4425）。

（三）W + F、S、TH = /ɒ/

這與（一）（二）都不同。短 A 之前若有 W，而其後又有 F（及輔音）、S（及輔音）或 TH，在英國就發出短 O 的 /ɒ/，在美國發出長音 /ɑː/。waft，wasp，Wath 在英國唸 /wɒft，wɒsp，wɒθ/，在美國唸 /wɑːft，wɑːsp，wɑːθ/。（waft 在英美都另有特別讀法，茲不論。）沒有前方的 W 而與上述三字對應的 aft，clasp，bath，英國唸出 /ɑː/ 音，美國唸出 /æ/。這即是説，圓唇的 W 在英國使這 /ɑː/ 變為圓唇的 /ɒ/，在美國使 /æ/ 退後成 /ɑː/。

（四）多過一個音節之時

短 A 在前有 W 後有流音 L 或 R 的情形中，如果單字的音節多過一個，在英國會發出 /ɒ/。例如有 L 的 wallet，wallop，wallow，swallow，squalid，quality 等字，以及有 R 的 warrant，warranty，warren，warrior，quarrel 等字，在英國唸做 /'wɒlɪt…'kwɒləti；'wɒr(ə)nt…'kwɒr(ə)l/。（注意 wall 有 /ɔː/ 音，但 wallet 有的是 /ɒ/。）

這裏典型短 O 的 /ɒ/ 音是 /ɔː/（"元音巨變"前的長 O）的縮短。語音作出這樣的變動並不罕見，當單字的音節增加時，重讀的元音常會縮短。學者更指出，若流音出現在兩個元音之間（所謂 "intervocalic"），前一個元音縮短是一種規律。

美國的讀音並不反映這些規則。上面的單字在美國唸作 /ˈwɑːlət…ˈkwɑːləti；ˈwɑːr(ə)nt…ˈkwɑːr(ə)l/。

443　長 A

今天英文字母 A 所發出的長音有 /ɑː/（例如 bar 的元音），也有 /ɔː/（如 ball）；但檢查 A 的歷史（441 節），可知這些都是十七、八世紀時短 A 變化的結果。在前面 442 節講短 A 時我們已討論過這種種情形，茲不贅。

441 節還又提到，古英語本來有的長 A，在中古英語時期升高成了低寬長 O（ME ǭ）。其後古英語傳下來的短 A 在開放性音節中伸展成為新的長 A，這個才是我們現在要討論的長 A。這個長 A 在十五至十七世紀"元音巨變"時期向前又向上移，最後變成今天的複元音 /eɪ/。

4431　寫法

這個在中古英語與現在英語之交出現的長 A，今天通常只用單獨一個元音字母 A 拼寫出來。認辨字母 A 是否代表這個長 A，須看它所在的音節是否開放性的；而倘若音節是在字尾，看看是否有一個不發音的 E 跟在後面。單字 a，bake，baker，fate，fatal 都是例子，它們重音所在的 A 都是這個長 A。

有少數單字裏的長 A 是用 AI 拼寫的，如 mail，raid，waist。（它們在中古英文裏分別是 māle，rād，wāst）由於長 A 與複元音 AI（AY）變成相同不可分辨已有三百多年之久，AI 的 I 也就被人目為長音的表徵了。

4432　讀音

44321　長 A 若是重音所在，今天讀 /eɪ/。輕讀的情形見下面 444。

長 A 讀音的演變，大致是從中古英語時期的低後長音 /ɑː/，先於十五世紀時移前成為低前長音 /æː/，再於十六世紀時升高成為中前長音 /eː/。這時中古英語的高低兩個中前長音 ME ē 和 ME ę̄（/eː/ 和 /ɛː/，多會分別用 EE 和 EA 拼寫）都已經升高成了高前長音 /iː/，但仍有少數特別的 ME ę̄ 單字唸着 /eː/，於是與它同音。最後，在十七世紀時，長 A 變成複元音 /eɪ/，與那些在這時也唸 /eɪ/ 的複元音 AI（AY）和 EI（EY）不可分辨。今天的英文裏，同音異義的長 A 和 EA 單字（如 brake，break）只有幾對，但長 A 和 AI 單字成對的就很多。（如 bate，bait；made，maid；vane，vain；wave，waive 等，亦請參見本章 "AI" 節內的 44521 和 44522。）

常用詞 have 的讀音 /hæv/ 與長 A 的讀法不一致，參看 4467。

44322　長 A+R
長 A 受到緊隨其後的 R 影響，降低到 /ɛ/ 的位置；在英國，R 在單字尾上已不發聲，但 /ɛ/ 的後方發展出一個 /ə/，整體變成複元音 /ɛə/。（有許多人認為前腔中部的元音可以只用 /e/ 來代表，不

必分為 /e/ 與 /ɛ/；依這種主張，今天長 A 是 /eɪ/，長 A 加 R 是 /eə/。不少字典就是這樣標示讀音的。）

長 A 加上 R，複元音 AI 加上 R，以及部份低寬長 E（拼寫成 EA）加上 R 的讀音相同。因此在這裏出現許多異義異形的同音字，如 bare，bear；fare，fair；hare，hair；pare，pair，pear；rare，rear；stare，stair；ware，wear 等等（唸 /bɛə，bɛə；…wɛə，wɛə/）。

美國的口音在末尾有 /r/。（bare，bear 唸 /bɛr/，或寫為 /bɛə/）

影響到長 A 讀音的輔音，只有後隨的 R。長短 A 比較起來，短 A 可說是易受周邊輔音的作用，後隨的 R，L 和清擦音 F，S，TH 等以及前行的 W 都能改變它的讀音；長 A 則除後隨的 R 之外，別的輔音對它都了無影響。

are 的讀音其實有些奇怪，它不與長 A 加 R 的 bare 或 care，而與短 A 加 R 的 bar 或 car 同韻。參看 4467 節。

444　輕讀

單字的重音如果不落在 A 上，A 發出的語音就不是使大勁的強音，而是少使勁的弱音。A 的弱音通常是 /ə/，有時是 /ɪ/；更弱的話，會完全失音，這時音節只靠流音或鼻音維持，更甚的是整個音節都消失了。另一方面，雖然並非重音所在，A 也能發出典型的長 A 和短 A 重讀時所發出的 /eɪ/ 和 /æ/。現在分述如下。

4441　輕讀時 A 最常發出的弱音 /ə/，可出現在單字的開頭、中間和末尾音節上。例如

（一）abridge，bacillus，career，dramatic 是 /əˈbrɪdʒ…drəˈmætɪk/

（二）company，infamous，prefatory，relative 是 /ˈkʌmpəni… ˈrɛlətɪv/

（三）national，trespass，elegant，England 是 /ˈnæʃ(ə)n(ə)l… ˈɪŋglənd/

4442　弱音 /ɪ/ 特別出現在末尾音節中輕讀的長 A 上，尤其是如果單字末尾的字母是 GE。例如 appendage，damage，envisage，village 就唸 /əˈpɛndɪdʒ…ˈvɪlɪdʒ/。再如 orange，英國標準讀音是 /ˈɒrɪndʒ/，其中 AN 唸成 /ɪn/。

4443　在一些單字裏，輕讀的 A 唸作 /ə/ 或 /ɪ/ 都無不可。

末尾音節有長 A 的單字 menace，purchase，solace；literature，private，senate 等，既可讀作 /ˈmɛnəs…ˈsɛnət/，也可讀作 /ˈmɛnɪs…ˈsɛnɪt/。

在中間音節上也會出現這種 /ə/ 和 /ɪ/ 可替換的情形，例如 miracle，oracle 和 spectacle 等字，讀成 /ˈmɪrək(ə)l…/ 固然可以，讀成 /ˈmɪrɪk(ə)l…/ 也可。literature 中的 A，和 character 的第二個 A，同樣有 /ə/ 和 /ɪ/ 兩種讀法。

4444　A 讀成 /ə/ 和 /ɪ/，是語音弱化；再進一步，A 會失去語音。

這種情形發生在含有流音字母 L 或 R，或鼻音字母 M 或 N 的音節上時，流音或鼻音最終會變成音節性輔音。像 mortal 或 natal

這種字，第二音節都可變成 /təl/ 或 /tl/；elegant 的末尾音節可變成 /gnt/，important 的變成 /tnt/。

整個音節可能失去。像 barbarous, library 這些三音節的單字，其中輕讀的 A 終於失去語音之時，單字就只餘兩音節了：/ˈbɑːbrəs, ˈlaɪbri/。

音節消失，單字重新拼寫，新字由是產生。fantasy 的中間音節失去，就生出 fancy。alive（來自 on life）失去 A，變為 live——不是動詞 /lɪv/ 而是形容詞 /laɪv/。alone（<all one）依同樣程序生出 lone；advantage 和 adventure 生出 vantage 和 venture。這樣的產物在方言俗語裏不能登大雅之堂的單字中間出現得很多，如 (a)mong，(ap) prentice…。

4445　　最後，A 輕讀時會發出長 A 重讀時的 /eɪ/ 和短 A 重讀時的 /æ/。這些都是特殊的情況。

前者如名詞 advocate 或 estimate，以及形容詞 animate 或 intimate，它們正常讀法是 /ˈædvəkət…ˈɪntɪmət/，末尾輕讀的 -ate 部份唸成 /ət/（也有人唸 /ɪt/）。可是與這些詞同源的動詞也是這樣拼寫的而多音節的動詞會在主重音之外再有個次重音，於是這些動詞 advocate，estimate，animate，intimate 就唸成 /ˈædvəˌkeɪt，ˈɛstɪˌmeɪt，ˈænɪˌmeɪt，ˈɪntɪˌmeɪt/，末尾部份是 /eɪt/。影響所及，名詞 advocate，estimate 和形容詞 animate，intimate 的末尾也模仿着唸出 /eɪt/ 音：/ˈædvəˌkeɪt…/。語音學者和語文教師都不主張這樣做，但許多人實際上是這樣唸，讀音字典也只好記錄在案，雖然會注明這不是標準讀音。

短 A 的強音 /æ/ 出現在輕讀的 A 上，頗為頻密。許多 AM 開頭的單字如 ambassador，ambiguous，ambition，ambivalent，ambrosia 等等，為首的 A 都並非重音或次重音所在，卻都不唸出 /ə/ 音而唸成 /æ/。類此單字很多。

有時 /æ/ 是有意識地讀出來，以資辨別的。例如 appose 依照規律應當唸 /ə'pouz/，但由於更常見的 oppose 已唸出 /ə'pouz/ 了，appose 只好唸成 /æ'pouz/，以別於 oppose。（apposite，apposition 與 opposite，opposition 之辨不是難題，因為這四字的字首 ap- 和 op- 恰是重音或次重音所在，兩相以 /æ/ 和 /ɒ/ 對照。）他如說損傷的 ablation，也須把開頭的 A 唸作 /æ/，方能與說奉獻的 oblation 辨別。（但英人未必很在意在讀音上分辨這些單字。縮本《牛津大字典》（SOED）把 appose 和 ablation 標注成 /ə'-/ 和 /ə'--/，任由它們與 oppose 和 oblation 同音。）

445　A 的組合：AE，AI，AU

4451　AE

44511　字母 A 和 E 寫在一起，可連接寫成 Æ，æ。這個"連體字母"（ligature）是古英文的字母之一，到中古英文時已絕跡，但是國際標音字母系統（IPA）仍然使用這個字形作一個標注語音的字母。把 A 和 E 連續寫出，然而不讓它們互相接觸，兩字母就構成"雙文字母"（digraph）AE，ae。這在今天英文字裏頭常可見到。

現代英文的 AE 繼承自拉丁文。拉丁 AE 的主要來源是轉寫希臘文的 AI。英文中的 AE，讀音與長 E 相同，今天是 /iː/；這語音常會縮短，音變若發生得早，早到英語中長 E 仍是 /eː/ 之時，今天就唸成 /ɛ/；若發生在長 E 已升到 /iː/ 之後，今天唸 /ɪ/。所以 AE 有 /iː，ɪ，ɛ/ 三個讀音。這雙文字母的書寫有時簡化為 E。

44512　含有 AE 的英文字，主要是希臘的人名和地名，或是來自希臘文的專門術語，甚少拉丁的語詞。人地名例如愛琴海（Aegean，/iːˈdʒiːən，ɪˈ-/，希臘原名是 Aigaios，拉丁轉寫成 Aegaeus，兩組希臘 AI 都換為拉丁 AE），或是那位寫伊索寓言故事的伊索（Aesop，/ˈiːsɒp/，希臘名為 Aisopos），或悲劇作家伊斯奇勒斯（Aeschylus，/ˈiːsk(ə)ləs，ˈɛ-/，希臘名為 Aiskhulos）。

術語方面，如希臘的 aisthesis “感覺” 一詞衍生的英文字就有說知覺、感性、審美，麻醉等等意思的 aesthesis，aesthetic，aesthete，anaesthesia，synaesthesia 等，字裏的 AE 可簡化為 E，讀音都不外是 /iː，ɪ，ɛ/。希臘文 “血” haima 衍生在醫學上的大量詞語，在英文中都會有 haem，hem，(a)em 的字樣——haemal，hemorrhage，anemia 等等——其中 AE 或 E 也讀出 /iː，ɪ，ɛ/ 三音之一。

有些這種來源的英文字今天不能再拼寫為 AE，只能寫 E，如物理學上的 “以太” ether（希文 aither，英文從前曾寫作 aether），或 edifice，edify 等（希文 aidis 是 “建築物”）。

4452　　AI（Y）

44521　　來源：AI 和 EI
　　　　中古英文有 AI 和 EI 兩種組合，它們的來源是古英文的長短 Æ 和 E 連結着輔音 H，HT 和 G（已經前顎化），還有越洋來到的一些古法文和古挪威文的語音組合。在中古英語中後期十三、四世紀時，這兩個組合的語音已近似到不可分辨了。

AI 的拼法（在字尾是 AY）成了主流，原本用 EI（EY）寫成的單字多改以 AI 寫出。例如今天的 rain 和 way，在古英文中的字形是 regn 和 weg（與德文無別），中古英文曾把它們分別寫成 rein 和 wey。（地名"挪威"今天是 Norway，可是形容詞"挪威的"仍然用 EG 或 EY 寫成：Norwegian，Norweyan。）指"軌道"的 rail 是拉丁 regula 變成古法文 reille 後再變成的，指"衣着"的 rail 卻是來自古英文的 hrægl。

現代英文中，EI 的拼法保留在一部份單字裏，其中許多都來自法文：reign，feign，vein，survey，obey 等。來自古英文的有 eight，weigh，neigh，neighbour 等。有些字有兩種拼法，但讀音是一樣的，如 grey 和 gray。

44522　<u>讀音</u>

445221　AI 和 EI 的讀音在中古英語後期匯合後，至今唸着 /eɪ/。到了現代英語早期，長 A 的語音移前並且上升，最終也變成同樣的複元音（見前 44321）。今天，AI（EI）和長 A，重讀時同音，輕讀時也差不多。

例如以流音 L 結束的單音節 AI（EI）字，bail，hail，kail，mail，pail，sail，tail，vail，veil，wail 都與 ail（/eɪl/）同韻。而 AI 與長 A 同音，ail 和 ale 完全相同。下面這些含有長 A 的字，與上列相同對應的 AI 字都是同音字：bale，hale，kale，male，pale， sale，tale，vale，wale。

445222 AI 加上 R 的讀音，在英國是 /ɛə/，在美國是 /ɛr，ɛɚ/。這與長 A 加 R 是一樣的（見 44322）。許多含有 AIR 和 ARE 的單字都是同音字，如 fair，fare；flair，flare；glair，glare；hair，hare；pair，pare；stair，stare 等。are 若不是變了音（見 44322），應當唸起來與 air 無別。

445223 AI（EI）的語音若因故縮短，會變為 /ɛ/。例如 again 今天都唸 /ə'gɛn/；唸作 /ə'geɪn/ 雖然也不算錯的，但總是不尋常了。against 的情形相同。say 是 /seɪ/，但 says 和 said 都縮短成 /sɛz/ 和 /sɛd/。they 的受格從前拼寫作 theim 或 thaim，但由於縮短，終於改寫為 them。這些縮短多開始於讀音弱化。

445224 輕讀的時候，AI（EI）好像長 A 一樣，會唸出 /ɪ/ 和 /ə/；進一步弱化，更會失去語音而讓音節內的流音 L 或鼻音 N 成為音節性輔音。forfeit 和 surfeit 的第二音節都唸 /-fɪt/。bargain，chaplain，certain，mountain，foreign，sovereign 唸作 /'bɑːrgɪn…'sɒvrɪn/。不過，這些帶 AIN 或 EIGN 的單字唸成 /-ən/ 也可以；Britain 更只應唸成 /'brɪtən/。saint 平常唸 /seɪnt/，但作為宗教上的尊號時，由於重音移到後隨的姓名上，本身弱化成 /s(ə) n(t) /，如 Saint John 是 /s(ə)n'dʒɒn/。（聖徒尊號為信眾採用作姓名時，重音位置和語音還會變動，St. John 變成 /'sɪndʒən/，St. Clair 變成 /'sɪŋklɛə/，St. Leger 更成了 /'sɛlɪndʒə/。）

那些已改變成 EN 的字，如 barren（中古英文作 barain）或 sudden（從前在法國是 sudein 或 soundain），不會唸出 /ɪ/，只會唸出

可 有 可 無 的 /ə/；/'bær(ə)n，'sʌd(ə)n/。已 改 寫 成 EL，AL，LE 的 字 同 樣 只 會 唸 出 /(ə)l/；如 apparel（原 是 apareil），arrival（arrivaile），battle（bataille），今 天 唸 /ə'pær(ə)l，ə'raɪv(ə)l，'bætl/。

4453　　AU（AW）

44531　　來源與拼寫

現代英文的 AU，與中古英文的 AU 一脈相承。中古英文的 AU 有種種來源，包括古英文、古挪威文、古法文和諾曼法文的長短元音 A、AE、EA 與輔音 G、W、H 和 HT 的結合。在現代英文中，AU 是一般拼法；在單字末尾以及字母 K、L、N 之前，這雙文字母須改寫為 AW。

寫成 AW 的例字，有 draw，flaw，law，paw，saw，shaw，thaw 等；K 跟隨其後的有 hawk，mawkish，squawk；L 跟隨其後的有 crawl，shawl，sprawl；N 跟隨其後的有 brawn，dawn，lawn。可是如果 N 之後更有 T，元音就不拼寫為 AW 而拼寫為 AU，如 daunt，flaunt，haunt。

別的輔音之前的正常拼法都是 AU，如 fraud，aught，taught，naughty，maul，cause，laurel，sausage，nautical，mausoleum。

44532　　讀音

445321　　自十六七世紀下來，AU（AW）的普通讀音都是那後腔中低圓唇的長音 /ɔː/，約莫是中古英語低寬長 O 的語音。上面的例字，從 draw 到 mausoleum，唸做 /drɔː…mɔːsə'liːəm/。美國口音唸出更低

一些的 /ɒ/，或更是非圓唇性的 /ɑ:/；/drɒ:.../ 或 /drɑ:.../。

在標準英語中的另外兩個讀音是 /ɑ:/ 和 /æ/。

AU 在英國還是個複元音（約莫是 /æu/）的時代，有些單字中的 AUGH（T）組合裏，GH 唸出 /f/ 之時，AU 失去 U 的圓唇音而唸出短 A 的 /æ/，其後伸長，到十八世紀時變成了 /ɑ:/。因此，今天標準英語把 laugh，laughter，draught（＝draft）這些字唸成 /lɑ:f，'lɑ:ftə，drɑ:ft/。美國人卻保守着英國在十八世紀前的 /æ/ 而把這些字唸成 /læf.../。英國有地區方言把 slaughter 等字唸成 /'slɑ:ftə/ 之類。

445322 除此之外，法國來了一大批單字，裏頭的 AU 連結着鼻音 M 或 N，也發生多讀音的問題。先滲入英語詞彙中的法文單字，來自征服英國的諾曼人，他們所說的法國方言（字典稱為 Anglo-Norman，簡寫 AN）與法國中央地區的主流法語不盡相同。在中央法語裏，與諾曼法語中的 AUM 或 AUN 單字同源同義的字，沒有 U 所代表的圓唇音，因此在拼寫時沒有字母 U，只有 AM 或 AN 而已。這些中央法語的單字後來在爭衡中佔了上風，在法國以及稍後在英國，都一步步取代那些諾曼方言的單字。在中古英文各處，包括在英國文學之父喬叟（G. Chaucer）的書頁上，充斥着往日諾曼法文的 AUM 和 AUN 拼法；但在現代英文裏，這種拼法只在少數單字上負隅頑抗，其餘的都已變成我們熟習的 AM 和 AN。

這類法國進口的單字今天有 /ɔ:，ɑ:，æ/ 三個不同讀音。包含 AUM 和 AUN 組合的單字，如上述 brawn，dawn，daunt， haunt，以及 haunch，lawn，pawn，avaunt，jaundice 等，仍唸出 /ɔːn/ 音（美式是 /ɒn，ɑːn/）。有少數單字是 /ɔːn/ 和 /ɑːn/ 都可以，如 laundry，staunch 等。常用字 aunt 的標準讀法卻只是 /ɑːnt/，美國人唸 /ænt/。

跟從了中央法語讀出 /ɑːn/ 或 /ɑːm/ 的英文字都改用 AN 或 AM 的拼法，如 advance，advantage，branch，chance，chant，command，demand，dance，example，grant 等。標準英語把這些字唸成 /əd'vɑːns…grɑːnt/。英文中寫成 AN (M) 而唸出 /ɑːn (m)/ 的單字，都是這類法國的舶來品。美國那邊用 /æ/ 音來唸這些字，法國味失去了。

更有許多改用了 AN(M) 拼寫的單字，用了 /æn(m)/ 的唸法，如 abandon，ample，brandish，champion，flank，lamp，language，languish，lantern，ramp 等等。在這些單字上法語可説是歸化英語了。而由於 /æ/ 是英語共同的短 A 音，這些字在美英兩國都唸成 /ə'bændən…ræmp/。

446　怪異讀音

本節討論一些含有字母 A 或 EI 組合（等同 AI）的單字，它們的讀音顯然違反規則，原因與地區方言、語音分化及互相影響有關。許多都是"張冠李戴"，以一種寫法代表了另一種讀法。

4461　Thames

流經倫敦的泰晤士河（R. Thames）讓許多初學英文的人唸錯。正確的讀音是 /tɛmz/，字裏的元音字母 A 唸出短 E 的 /ɛ/。其所以如此，乃因這河向來除了有個土名 Temes 之外，又有個拉丁的洋名 Tamisia。今天的讀法遵循土名 —— 第二個元音脫落了，末尾的 S 唸濁音 /z/；但寫法卻跟隨拉丁名字，所以元音字母寫成 A。（至於今名中的字母 H，就像人名 Thomas 或 Anthony 的 H，是胡亂寫上去的。）

4462　any 和 many
這兩字的 A 都發出短 E 的音：/'ɛni, 'mɛni/，不是短 A（/æ/），也不是長 A（/eɪ/）。

44621　any 在古英文的前身是 ænig。這樣的一個字在中古英文時期理應變為 any；但中古英語的方言裏，除 any 外，還出現一個同義字 eny。今天的 any 繼承了前者的寫法和後者的讀音。

44622　many 在古英文的前身是 mænig。這個古字變成現代英語的 many 是正常的；可是讀音應當是 /'mæni/ 才對。事實上，manifold 也的確唸 /'mæni-/。many 之所以會唸出帶短 E 音的 /'mɛ-/，實因受了古英文的另一個字 menigu 的影響。menigu 是名詞，意思是"大數量"（multitude），與 many 相近，因而有語音模仿。今天 many 還有 a great many 這樣的表達方法，反映出 menigu 的影響力。

4463　father 和 water
這兩個單字的英美讀音並不對應，原因是兩字先前都有長 A 和短 A 兩種讀法。

44631　father 在英國是 /'fɑːðə/，在美國是 /'fɑːðər/，第一個音節同是 /fɑː/。

在英國的標準語中，father 與 rather，path，bath 等字都含有短 A，這短元音在 TH 之前伸長唸出 /ɑː/。這是十八世紀的音變，發生在英人大舉移民北美之後（見前 4424）。所以在美國 rather，path，bath 都唸出短 A 在音變前的 /æ/ 音。那麼，father 在美國為何卻又不唸出 /æ/ 音呢？看來十七世紀時英國移民帶到美洲去的 father，具有的 A 不是短的，而是長的。（這個具有長 A 的 father 字在今天英國方言裏還有 /ˈfeːðə/ 的讀法。）

44632　　water 在中古英語中也有含長 A 與短 A 的兩個字。在美國，water 與 wad 和 watch 都唸出 /wɑː/，由於 wad 和 watch 都有短 A，water 也當有短 A。在英國，標準語把 wad 和 watch 都唸出 /ɒ/ 音，但 water 卻唸出稍高的長音 /ɔː/。這樣看來，英國標準語中的 water 來自從前含長 A 的那個字。

4464　　aye 和 aisle
這兩個字依照拼寫法都應當發出 /eɪ/，卻發出 /aɪ/ 音來。

44641　　aye 有兩個。第一個是副詞，意思是"永久"；讀音有 /eɪ/ 和 /aɪ/ 兩個，前者很規矩，後者則大概是跟從了第二個 aye 字。第二個 aye 等於"yes"，會議中表決時口頭表示贊成的呼喊聲，語音是 /aɪ/。這讀音的來源不很清楚，有人以為那其實是 I（好比說"我（贊成）"），而 aye 或 ay 的寫法就是把 I 的複元音拼寫出來。

44642　　aisle 唸 /aɪl/。它的來源是法文 aile，這樣的字來到英文裏唸成 /eɪ/ 比較正常。aisle 的一個同音字是 isle，雙方都具有個不發音的字母 S，儘管兩字不同義 —— 一是"走道"，一是"島" —— 但是在英人心目中它們有些關係。isle 來自法文 ile，其中並無字母 S。不過，無聲的 S 殊不罕見(如 demesne)，加插入字中似無不可。由於拉丁文"島"字 insula 有 S，古英文的"島"iegland 變成現代英文的 island，法文的"島"ile 也變成 isle。最後 aile 變成 aisle。

4465   either，neither；height，sleight
這四個含有 EI 組合的字，在標準英語中唸出的不是 /eɪ/ 而是 /aɪ/ 音。

44651   either 在現代英語的方言中有 /'eɪðə/ 和 /'iːðə/ 的讀法，在標準英語中則唸作 /'aɪðə/。這個字可以追溯到古英文 ǣgþer，今天 either 的寫法和方言中 /'eɪ-/ 的讀法都很合理；在中古英文裏又有 ēther 的字形出現，因此 /'iː-/ 的讀法也有道理。標準語中的 /'aɪ-/ 讀法顯然另有來源，只是沒有文字資料可供深究。neither 的演變過程與 either 應當相同。

44652   height 和 sleight 從前有近似 /eɪ/ 的讀法，今天唸出 /aɪ/ 音，學者猜想是分別模仿了意思相近的 high 和 sly。

4466   quay 和 key
這兩個字都不會唸作 /keɪ/，而唸作 /kiː/。

quay 的來源是古法文 kai，key 是古英文 cǣg，這樣的來歷，今天理應唸成 /keɪ/ 才對。/kiː/ 的讀法，學者都以為該在英國方言歷史上找原因，但究竟如何，尚無定論。

4467　are，have，shall
　　　這三個極常用的字，在英美的標準語中都讀出與拼寫方法不一
　　　致的語音。我們在這裏須引用一個 "重新重讀" (re-stress) 的觀
　　　念來說明其間道理：這些常用字由於用得極多，而且經常是在
　　　輕讀的情形中使用，久之失去重讀的音；等到需要重讀之時，
　　　它們發出的不是從前的重讀音，而是一個新的讀音。新的重讀
　　　音通常是短音。

44671　are 應當與同樣具有長 A 和 R 的字如 bare，care，fare 等同韻
　　　才對；歷史文獻也的確有這樣押韻的記錄。但是經過頻繁輕讀
　　　而變弱之後，這個字在 "重新重讀" 的過程中得到一個新的短
　　　A 重音，於是與它同韻的就不是 bare，care，fare 等字，而是
　　　bar，car，far 等字了。

44672　have 原本與 behave 同韻，唸出長 A 的音。但在輕讀變弱之後，
　　　它從 "重新重讀" 中得到新的短 A 重讀音：/hæv/。

44673　shall 的短 A 原本在流音字母 LL 之前變成後腔中低圓唇音 /ɔ:/，
　　　於是與 all，ball，call 等字同韻。但經常的輕讀讓它變成 /ʃəl，
　　　ʃə 或 ʃl/ 這樣的音，等到 "重新重讀" 時，它得到的新重音也是
　　　個短 A，不過，這個短 A 不受流音 LL 的左右而維持着 /æ/ 音，
　　　於是 shall 就唸出 /ʃæl/。

第 五 章

英語輔音

5.1　種類

英語輔音有種種性質和種種變化，要討論這些問題，須先將輔音分為不同類別。分類可以依照發聲的器官和部位、方法、以及聲音的性質來進行。

511　器官類別

依器官與部位劃分後，輔音的種類就以獨特的器官與部位命名。因為語音發聲牽涉的器官不止一個，那些與多種語音都有牽涉的器官，如肺、氣管、聲帶、口腔、舌，自不必在命名中露面。譬如舌頭這個無聲不與的器官，常常就是言語的代名，當然不會用來特指某一個語音。（英文的"舌"是 tongue，也作"語言"解。拉丁"舌"是 lingua，linguistics 由此而來；lingua 演化成法文的 langue，生出 language。希臘文"舌"字是 glotta，glottology 也是指"語言學"，polyglot 則是"通曉多語之人"。）

以獨特器官與部位命名的輔音，有唇、齒、顎、喉、鼻等種類。本書在下面也將這麼樣把輔音分開來講。這些種類慣常以源自拉丁的詞語來指示和形容：labial, dental, alveolar, palatal, velar, guttural, laryngeal, nasal 等。

512　方法類別

依發聲方法劃分，輔音有"塞音"和"連音"兩大類。發聲時，肺中空氣從閉塞的氣管中突然迸出，產生的是塞音；反之，若氣管事先並非完全閉合，產生的輔音就是連音了。塞音即是爆音，來自拉丁的詞是 occlusive 和 plosive，英國的本土詞是 stop；連音是 continuant。本書把塞音集中在下面第六章，有十二個字母歸屬在這裏。

5121　連音還可以分為由摩擦而生的"擦音"（fricative），和非由摩擦而生的"近音"（approximant）。字母 S、Z 和字母組合 SH 的讀音是擦音；其他鼻音和流音等是近音。

5122　以塞音開始而以擦音結束的叫"塞擦音"（affricate）。英文的 J 於今發出這樣的語音。還有些組合，如 GE、DGE、CH、TCH 等，也發出這種聲音。

513　音質類別

輔音的音質也可以據以分類。按照聲音的聲和氣，輔音可以劃分為"有聲"和"無聲"，以及"送氣"和"不送氣"的對立類別。

5131　語音發聲時，肺中氣體沿氣管（trachea）進入到口腔之前，要經過喉嚨（larynx），在這裏的聲帶（vocal cord）如果顫動，那語音就是有聲的（voiced）；聲帶若不顫動，語音就是無聲的（voiceless）。本書也會沿襲中國傳統聲韻學的方法，把這兩者分別稱為"濁音"與"清音"。

元音都有聲，都是濁音，因此也不必提起。輔音是清是濁，常有問題出現，詳見以下各章節。

5132　語音發聲時必有肺中氣體排出於口鼻腔之外，但是排出的份量可多可少，這個多少之別造成語音性質上"送氣"（aspirated 或 aspirate）和"不送氣"（unaspirated）的對立。

相同的拉丁字母，在不同的語文中送氣的情形可能不一樣。比如英文與法文就是。詳見塞音各節。

5.2　變化

在輔音的眾多變動中，下述種類具有普遍性，變動結果在英語的聲韻臉譜上留下觸目的線條和色彩。

有幾項變化之理，能把它們概括起來。

521　同官性質

在變動之前與之後，舊與新輔音的發音牽涉相同的器官，這種類音變叫做"同官性的"（homorganic。詞由 homo "相同" 與 organ "器官" 合成。）

歷史語言學上最膾炙人口的"古利穆聲律"（Grimm's Law。按 Jacob Grimm 也有譯名為 "格林"），所規範的是印歐語和日耳曼語（"第一變換律"）、以及日耳曼語和德語（"第二變換律"）的同源詞（cognate）之間，唇、齒、顎三類輔音的同官性變動。有些不合古氏聲律規定的事例，後來由韋那（K. Verner）提出一條規則來解釋，這規則叫"韋那聲律"，它所規範的也是同源詞的同官性變動。再後更有一位自然科學家和數學家格拉斯曼（H.

Grassmann)提出一條規則來解釋這些變動中違反古氏聲律的一批古印語和希臘語的詞，是為"格拉斯曼聲律"。

這幾條聲律講到的是古語音的變動。"第一變換律"是距今二、三千年前原始日耳曼語(英、德、荷及北歐多國國語的共同祖先)從原始印歐語(日耳曼、斯拉夫、拉丁、希臘、印度、伊朗等等的共祖)演變出來的情形；"第二變換律"是其後千多年德語又從共同日耳曼語演變出來的情形。"第一變換律"的變動發生在英語誕生之前，英語聲韻的形成與它有關係；今天我們仍可從這裏看見英文與古時的希臘拉丁以及現代的法、意諸國語文在聲韻上的對應。"第二變換律"讓我們看見英文與德文的對應。

5211　古利穆聲律

古氏的聲律可用下面三個九宮格子，表達得清晰醒目：

	唇			齒			顎			清濁氣			
IE	p	b	bh	t	d	dh	k	g	gh	T	M	A	氣
Gmc	f	p	b	th	t	d	h	k	g	A	T	M	濁
G	b_v	f_{pf}	p	d	z_s	t	g	ch	k	M	A	T	清

這幾個圖形的文字意義是這樣的：

52111　(一)左起三圖分別是唇、齒、顎音的同官性變動。九宮格內的字母，是拉丁字母或其他轉換(transliteration)所代表的語音。第一橫行是印歐語(Indo-European, IE)；第二是日耳曼語(Germanic, Gmc)；第三是德國語(German)。直行反映這三種語言間輔音的變換。一、二橫行間的聲律是"第一變換律"(First Sound

Shift）；二、三橫行間是"第二變換律"（Second Sound Shift）。

52112　我們略舉數例說說輔音轉換的情形。若以拉丁和英語代表印歐古語和日耳曼語，那麼名詞"父親"在這三橫行中就現身為 pater、father、Vater，頭一個字母的變換模式與左起第一圖的第一直行同為 p、f、v。同樣，數目詞"三"在這三種語言中是 tres、three、drei，為首輔音變換起來是 t、th、d，與第二圖第一直行無異；而"二"（duo, two, zwei）和"十"（dectm, ten, zehn）的變換模式則為同圖第二直行的 d、t、z。

印歐古語和日耳曼語之間的變換比較整齊；日耳曼語和德語間的變換較常欠缺準確的對應。

52113　（二）最右的圖是左方三圖的總結。九宮格中的 T、M、A 三字母分別代表清塞音（tenuis）、濁塞音（media）、送氣音（aspirate）。規律性顯現出美感，令人詫異。

52122　　韋那聲律
　　這聲律出自韋那（Karl Verner）的一篇論文，他在文中檢討一些印歐和日耳曼同源詞違反古氏聲律的情形，發現重音位置所在能夠決定輔音的清濁。這聲律顯示重音的前後位置與同官性清濁變化的關係。

52121　韋那聲律的內容比較複雜。聲律管到的是古日耳曼的三個擦音（5211 節三個九宮格內第二橫行左方第一格）和 s；依聲律規定，這些擦音和 s 出現在字首時是清的，出現在另一清音之旁也是清的，出現在古印歐同源字的重音之後也會是個清音，可是倘若出現在這個重音之前，這三個擦音就是濁音，而 s 會變為 r(這叫做 rhotacism，意譯是"轉換成 r")。這些濁音可以是濁擦音，但也可以變為濁塞音。日耳曼強動詞的過去多數式和被動分詞常會帶着這個濁輔音或 r。

52122　拿動詞的詞形來作説明比較麻煩，倒不如再取前面 52112 節舉以為例的名詞"父親"來説。前面拿了拉丁 pater、英語 father、德詞 Vater 做例子，指出第一個輔音的 p、f、v 轉換模式符合古氏聲律；但是第二個音節的開首輔音就不行，它們的替換模式是 t、th、t，與齒音九宮格的第一直行並不吻合。其實在古英語中"父親"是 fæder，第二個輔音是 d，而 d 對應德文 Vater 的 t 是符合第二變換律的(齒音九宮格中第三直行)。不過，"父"在原始印歐語中詞形的輔音結構應當是 p-t- 這樣子(因為拉、希、梵分別是 pater、patēr、patr)，為甚麼在古英語的演變結果會不如古氏聲律所料，不是 f-th-，而是 f-d- 呢？韋那聲律給我們作答道，如果原始印歐語中"父"的重音，並非落在第一音節(好像拉丁、英語、或德語)，而是落在第二音節(像希臘和梵語，這正是現代學界的公論)，那麼第二個輔音在原始日耳曼語中就應當演變成濁擦音，這濁擦音在日耳曼西支的古英語中會現身為濁塞音：d。

52123　韋那聲律所規定 s 變為 r 的事例，古英語中不罕見，但留存到今天的只有一個，那就是"是"的過去式：單數式是 was，多數式卻是 were。("是"由多詞互補而成，其中一詞是古英文的 wesan)

5213　　格拉斯曼聲律

格拉斯曼(Hermann Grassmann)的規律説，遠古原始印歐語的語詞若在相連接的兩個音節中都有送氣輔音，這些語詞演化成古希臘或者古印度語時，在前的輔音會失去送氣性質，變成不送氣輔音。

這條規律所規範的語音變化與英語沒有關係。格氏當年研究這個問題，出於對古氏第一變換律的疑惑，而研究發現這條聲律，證明第一變換律在這些具有連續兩個送氣輔音的語詞處其實並沒有失效，只是希臘和梵語這兩支印歐語起了語音變異而已。這條聲律值得一提，在於它所觸到的也是同官性變動，是送氣音與不送氣音的同官性變動。這種音變還又是一種異化性音變(下面 523 節)。

522　　同化作用

"同化作用"是 assimilation，與 similar 都來自拉丁形容詞"相似"similis。在語音學上，這詞泛指一個語音變化成與相鄰語音更相像，或者説，變化後比從前具有更多相鄰語音的特質。

這種變動現象在元音和輔音身上都會出現。在元音那邊，後腔元音移動成為前腔元音的變化(Umlaut, front mutation)就是例子。像 man 生出 men，或形容詞 full 生出動詞 fill，皆因古語的詞形之中，後隨的部份內有前腔元音 /i/ 或半元音 /j/，引發了同化作用。輔音同化的情形，以下分題來講。

5221　輔音引起的同化

由其他輔音引發同化性音變，有些在字母拼寫上頭明白表現出來；另有一些，拼寫並無反映，但是清楚存在於口語之中。前者的情形，英文之中廣為使用的拉丁前綴正合說明。

52211　拉丁前綴 ad-, sub- ob-, con-, in-, inter-, per- 等，末尾輔音同化的情形不盡相同。

I.i　AD- 的 D 會因為後隨語音而變為 C、F、G、L、N、P、R、S、T 等，如在 accept、affect、aggression、ally、annihilate、appear、arrive、assist、attempt 中。此外，在 Q 前 AD 變為 AC：acquire；在 SC 之類組合前先去 D：ascend、aspect。

I.ii　SUB- 的 B 會變為 C、F、G、M、P、R 等：succeed、suffer、suggest、summon、support、surreptitious。

I.iii　OB- 會同化為 OC-、OF-、Op-：occur、offer、oppose。

II.i　CON- 和 IN- 相似，只會同化成另外三個詞形。CON- 在流音前變為 COL-(collect) 和 COR-(correct)；在唇音前變為 COM-(combine、commit、complete)；在其他語音前都是 CON-(concur、condition、confer、congest...)。另外在元音和 GN、H 前失去 N：coalesce、coexist、cognate、cohabit。

II.ii　IN- 同樣會變為 IL-(illogical)、IR-(irregular) 和 IM-(imbibe、immature、impel)。別的情形下是 IN-：inactive、incubate、indent、ineffable...。

II.iii　源自希臘文的SYN- 會變為SYM-(symmetry)和SYL-(syllogism)。

II.iv　INTER- 的 R 只會變成另一個流音 L：intelligent、intellect。PER- 同樣只會變成 PEL：pellucid。

看這幾類前綴，在 I 類裏頭 /d/ 和 /b/ 都很容易被同化成別的語音。在 II 裏頭，同化作用過後，前綴末尾只會是鼻音 /m/、/n/ 或流音 /l/、/r/。這讓我們看見，在這種作用中元輔音也與一般輔音不相同。

52212　英語語音在日常口語中因同化作用而變動，經常並不如實反映在字母拼寫之上。前綴 IN- 的 N，在 material 這樣的單字前同化成 M，於是有 immaterial；在"囚犯"inmate 中，IN- 在文字上沒有變動 —— 在語意上受到強調，得到重音 —— 留心讀出時是 /ˈɪnmeɪt/，但是在普通口語中會是 /ˈɪm-/。

對照着"門診病人"out-patient 的是 in-patient，這字慢讀時是 /ˈɪnˌpeɪʃənt/，主重音在第一音節，第二音節有個次重音；快讀時它變成 /ˈɪm--/，與"不耐煩"impatient 的讀音 /ɪmˈpeɪ-/ 差別只在重音位置之上。同樣，input 的 /ˈɪn-/ 也會自然而然唸成 /ˈɪm-/。

鼻音 /n/ 受到後顎音 /g/ 或 /k/(字母是 C 或 K)同化時，會唸出另一個鼻音 /ŋ/ 來(/n/ 和 /ŋ/ 的發音位置分別是前顎和後顎)。所以 UN 組合在 under 唸出 /ʌn-/，在 uncle 卻唸出 /ʌŋ-/。uncover 或 include 這樣的字，其中 N 都在口語中有成為 /ŋ/ 的傾向：/ʌŋˈkʌvə, ɪŋˈkluːd/。sing 的 NG 代表 /ŋ/，singer 唸 /ˈsɪŋə/；可是 finger 唸 /ˈfɪŋgə/，頭一個音節是 fin-，其中字母 N 的音 /n/ 在 /g/ 之前同化成為 /ŋ/。sprinkle 的 N 也同樣是因為後隨的後顎音而變成 /ŋ/。化妝品牌 Fancl 在英文口語中是 /ˈfæŋkl/。

N 還可能受後顎音在前方的同化而唸出 /ŋ/ 來。bacon 的正式讀法是 /ˈbeɪk(ə)n/，但英美都會在平常交談中把它唸成 /ˈbeɪkŋ/。

reckon、recognize 等字都會有 /ŋ/ 出現。

5222　前顎化與噝音化

"前顎化"是 palatalization（palate 是前顎，前顎音是 palatal），"噝音化"是 assibilization（噝音是 sibilant）。開頭"噝音"專指 /s, z/，但"噝音化"一般泛指產生噝音以及其他擦音和塞擦音的同化作用音變。"前顎化"説的是後顎音向前移動的變化，這種變化結果也製造出擦音和塞擦音，因此也是噝音化的種類。不過，前顎化在英語語音演變史上的地位，比其他噝音化變動緊要得多，值得分開來説。語言學界過去都用"前顎化"之名講論這個問題。

52221　前顎化

前顎化説的是清和濁後顎塞音 /k/ 和 /g/ 的變動。這一雙顎音發聲時，舌面的一部份與上顎的一部份，配合氣管衝出的氣體，製造出爆發的語音。這舌與顎配合發聲的位置，與後腔母音 A、O、U 的發聲位置相近，所以顎音和後腔母音連接發聲總不會出問題；但是當顎音連接着前腔母音 E 或 I 時，顎音的發聲位置就須稍向前移。對於一些語言，這發聲點移前亦無妨，顎塞音照常發聲（例如德語用塞音 /g/ 唸出男女人名 Georg 和 Angela，用 /k/ 唸出"教堂"Kirch 和"乳酪"Käse）；但在另一些語言裏，顎音發聲點稍向前，遲早要發出不是爆發性的塞音，而是塞擦性或者摩擦性的連音（英語與德語同屬日耳曼系的兩支，但英語用塞擦音 /ʤ/ 和 /ʧ/ 來唸 George, Angela, church, cheese）。這時舌面會很接近前顎，或更作出短暫的接觸，這種變動因而有"前顎化"之稱。

前顎化變動有清楚的文字記錄。在不同時代，清塞音 /k/ 在歐洲多地前顎化成了清塞擦音 /tʃ/，但也有變成 /ts/ 的。/tʃ/ 音在多數地區留存下來，包括英國、意大利、西班牙等；但是在法國，這語音簡化成了 /ʃ/。/ts/ 出現在法國和西班牙的部份地區，後來簡化成 /s/。在書寫方法上，/k/ 在拉丁文是慣用字母 C 來代表（K 罕見使用），前顎化而產生的 /s/ 音，法文和西班牙文仍舊用 C 代表（限制在 E 和 I 之前），諾曼人並把這個拼寫方法引入英文中，於是英文也有個唸 /s/ 的"軟 C"。英國本土古英語前顎化所產生的 /tʃ/，就如同西班牙的同一塞擦音，用 CH 來拼寫；這個雙文輔音字母(digraph)本是法文的寫法，只是法語中的 /tʃ/ 簡化成了 /ʃ/，於是在法文中 CH 的讀音是 /ʃ/。意大利那邊又不同，意語中 C 在 E 或 I 前的 /tʃ/ 音仍然由 C 代表；後腔元音 A、O、U 前若有 /tʃ/ 音出現，意文就用 CI 代表，CI 這時是個雙文輔音字母了。

字母 G 和 /g/ 音的問題，與 C 和 /k/ 相近，但不完全平行。濁顎塞音 /g/ 變成濁塞擦音 /dʒ/ 是普遍性的，在法國這音又簡化成 /ʒ/。但在英語中，"硬 G"的音 /g/ 除了會前顎化成為"軟 G"的音 /dʒ/ 外，又有一種變化是成了半元音 /j/（發聲時舌面靠近前顎，但沒有阻塞也沒有圓唇性質），而以字母 Y 來寫出。今天英文中許多個用 Y 寫出來的單字，古時都用 G 拼寫，如 yard(<OE geard)、ye(<ge)、year(gear)、young(geong)。yellow(黃色) 在古英文是 geolu，與德文 gelb 同源，也反映出與"金子"(gold) 的關係。

語音改變有它的時代，同一語音現身同一情況之中，在這個時代之前未嘗改變，在這之後也不再改變的。前顎化的浪潮到來時，前腔元音 /i/ 和 /e/ 之前的清濁顎塞音 /k/ 和 /g/ 變動了，/ki、ke；gi、ge/ 等語音漸漸在語言中銷聲匿跡，語言的文字書寫方法也作出調整。浪潮過去後，清濁顎塞音又會再出現於前腔元音之前，因為新的音變會重新製造出這樣的語音組合，同時，具有這種語音組合的單字也會從外地傳入。當大眾口中再次發出 /ki、ke；gi、ge/ 等聲音時，文字怎樣應付呢？善後工作的方法，各國語文不太一樣。遇到 /k/ 出現在字母 E、I 之前時，英文拔擢拉丁素不垂青的 K 來書寫（kin、kill；keep、kennel）；法國和西班牙用上 QU（這個組合這時沒有了拉丁 QU 的圓唇音）；意文用 CH（因為意國未嘗使用這個雙文字母來拼寫前顎化塞擦音 /ʧ/，現在不會造成誤會）。而當 /g/ 出現在 E 和 I 之前時，法西兩國都寫下 GU 來代表（這也僅只是個雙文輔音字母，其中 U 並非元音），意國寫 GH。

英文在這裏亂起來。G 發音時軟時硬（/ʤ/ 在 gin、gender；/g/ 在 girl、get）。gill 的軟硬讀音代表了不同意義的東西；Gill 和 Gimson 這些名字都有軟硬的不同讀法。英國偶然也仿效外國，用 GH 和 GU 來代表 /g/（gherkin、guest）。詳見下面第六章。
（俄文的齒音 D、T 在前腔元音 E、I 之前也要發生一種前顎化音變。俄文字母中有兩個無聲的符號 ъ 和 ь，其中 "硬音符號" ъ 提示 "前面字母並無因為 E、I 在旁而前顎化了"，"軟音符號" ь 則提示 "前面字母雖然沒有 E、I 在旁但已經前顎化了"。）

前顎化的影響非常巨大。英國和南歐拉丁系各國的語音面貌都變了。前面〈緒言〉0.5 節所述及的西洋餐飲名稱，諸如 baguette、chianti、chocolate 和 cioccolate、ciabatta、quiche、spaghetti 等，寫法和讀音都與這種音變有關係。本身是日耳曼系語言的英語，由於前顎化的變音較多，與別的日耳曼語形成顯著的對照。姓名裏頭有許多事例，像上面提到的 George 和 Angela 便是。德國名字 Carl (Karl) 開頭的塞音 /k/，對照英國 Charles 的塞擦音 /ʧ/ 和法國的擦音 /ʃ/；聖經名字"約翰"在德國的 Johannes 中以半元音 /j/ 開始，這個半元音在英國 John 中前顎化成了 /ʤ/，在法國 Jean 中成了 /ʒ/。丹麥哲學家祈克果的姓氏 Kierkegaard，其中 K 和 G 都保存着塞音性質，與英國的 Churchyard 好像風馬牛不相及，其實兩字同源，Churchyard 的前身是 Cyrcegeard，原本具有同樣的塞音。

52222　J 併合

"J 併合"是噝音化或前顎化的另一個重要種類。這種語音變化的特點是有半元音 /j/ 在起着作用，由於 /j/ 是希伯萊第十字母 Yod (或 Jod) 的語音，音變的一個稱謂是 Yod coalescence，又叫做 coalescent assimilation。

英文的這種音變只發生在 T、D、S、C 帶領着 I (偶然是 E) 和 U 的情況。字母 I 所代表的元音，若由於身在另一個元音之前或者是別的緣故而減弱，就成為半元音 /j/；而現代英文的 U 發出的聲音不外是 /juː、ju、或 jʊ/，總是有半元音 /j/ 帶頭。當齒音 /t、d/ 與 /j/ 連結時，發生的語音變化是 /tj/ → /ʧ/ 和 /dj/ → /ʤ/，其中那新生的塞擦音 /ʧ/ 還會簡化成 /ʃ/。另一方面，當 S 和 C 前顎化後所共有的噝音 /s/ 與 /j/ 連結時，又發生 /sj/ → /ʃ/ 的變化；而 S 若發出濁音 /z/，與 /j/ 連結就產生 /ʒ/。綜合起來説，I、(E)、U 跟隨在 T、D、S、C 之後，英文會發出 /ʧ、ʤ、ʃ、ʒ/ 四種聲音，四種都具有圓唇性質。

522221 四種聲音之中，/ʃ/ 出現最多。令所有初學英文的學生一頭霧水的後綴 -tion 讀音，至此解謎：這裏頭的 TI 唸出 /ʃ/，O 減弱成 /ə/，甚至可能消失，讓 N 成為元輔音，所以 TION 唸 /ʃ(ə)n/。類此的其他後綴甚多，計有 -tious、-teous；-tial、-tian、-tiary、-tiate；-tient、-tience；-sion、-sia、-sial、-sian；-cial、-cian、-cious、-cean、-ceous 等等，單字的數量鉅大。含有 SU 的後綴也會發出 /ʃ/ 音，如美國人唸 sensual、sensuous。

522222 其他三種，/tʃ/ 出現在有 TU 的後綴 -ture、-tuous、-tual 等上頭；/dʒ/ 在有 DU 的 -duous、-dual、-duate 上；/ʒ/ 在 -sure，以及一些 -sion（vision、division、occasion）和 -sual（visual、casual）上。

522223 英語中的 J 併合是迄今尚在進行的變動。半元音 /j/ 對前頭的齒音和噝音是否已起作用，是否已產生圓唇的擦音或塞擦音，在一些單字身上爭議不絕。educate 中的 DU 應唸作 /dju/ 還是 /dʒu/ 呢？這問題也出現在 due、duly、duel、dune、during 和 endure 等字上。同樣，tune 和 tuna 所具有的是 /tu:、tju: 抑或 tʃu:/ 呢？保守的力量與變動的趨勢常在爭衡。英國的 RP 口音一方面對上了社會下層的市井口音，另一方面又對上人多勢大的美國口音。在 gradual 或 graduate 上，大家都把 DU 唸成 /dʒu/；來到 credulous 時，一般人也唸出 /dʒu/，可是 RP 是 /dju/。Asia 和 Asian 在英國美國都唸出圓唇的 /ʃ/ 或 /ʒ/，但 Malaysia 和 Malaysian 在美國唸出 /ʒ/，英國人卻會認為 /z/ 更正確。美國口音中 J 併合走得較遠，美國人多把 immediate 唸成 /-'-dʒət/，有些人也叫土著紅印人做 /'ɪndʒn/。

522224　俄文也有這類音變。俄人姓名經過字母轉換成拉丁時，齒音 T、D 之後若有 I（或 Y）、E 相隨，會發出 /tj/ 和 /dj/ 的聲音。因此，俄總統 Putin 的姓氏譯為"普京"相當好，勝過譯為"普丁"，但或許仍不及"普勤"貼切。Borodin 舊譯"鮑羅亭"，"亭"字雖雅，但聲音不如"金"字接近。男人名字 Dimitri 和 Vladimir 有譯成"季米特里"和"弗拉基米爾"的，都不錯。作家法捷耶夫（Fadeyev）的名字譯得好，"巴斯特納克"（Pasternak）的"特"字不如改為"切"。

523　異化作用

在語言研究上，"異化"（dissimilation）說的是在一個字裏面，兩個相同的或具有共同性質的語音起了分化，其中之一變成了別的語音。這種現象不如同化那麼常見。

有些例子比較容易說得清楚。pebble 在古英文的前身是 papol，裏頭的第二個 P 變成 B。（兩個 B 的寫法由於前面的元音是短的；第二音節裏的 L 已是個元輔音，現代習慣就寫成 LE。第一音節內的 A 改為 E，大概是個方言問題）。pilgrim 來自拉丁的 peregrinus，第一個 R 變成 L。（歐洲語文仍有稱"進香客"為 peregrine 的）。purple 在拉丁原是 purpura，在希臘文中也有兩個 R。turtle 的情形相似，拉丁文是 turtur。說明較費功夫的是 marble。這個名詞在希臘和拉丁中的詞幹都是 marmor-，在古法文中變成了 marbre 的形狀仍有兩 R，而 B 出現了（這語音會在 M、R 之鄰產生，也非罕見，參看第六章說 B 各節）；再下一步，第二個 R 變成 L，結果是 marble。按英文裏的名詞雖是 marble，形容詞卻都有兩 R 的詞形：marmoreal、marmoraceous、marmorate；這情形就像那與 purple 相關的形容詞 purpureal 仍包含着兩個 R。

這些例字顯示，異化發生之時，語音變動有同官性質。R 和 L 都是流音；P 和 B 都是雙唇音。前面格拉斯曼聲律規範希臘和印度古語中送氣音變成不送氣音，也是同官性變動。

5.3　生與滅

輔音會冒出來，也會消失掉。這些生與滅的事件都出現在特定語音環境裏。證據可在文字拼寫上得到。

新輔音出生的現象較少見，留待專門敍述各輔音的章節細說。舊有輔音消失是很普通的事。下面列舉一些項目，幫助我們少唸錯。

（一）字尾 B 的聲音失落在 M 之後，如 lamb、climb、comb、thumb。

（二）G 的聲音失落在 N 之前，如 campaign、deign、foreign；benign、sign；impugn。

（三）字首 K 和 G 失音於 N 之前：knave、knell、knit、know；gnash、gnome。

（四）GH 常失音：bough、plough、though、through；aught、bought、caught、fought。

（五）L 失音於後腔元音 A、O 之後及唇音 M、F、V 與顎音 K 之前：calf、halve、calm、talk；holm（Holm、Holme、Holmes）、folk。

（六）N 在字尾 M 之後：autumn、damn、solemn。（但 /n/ 出現在 autumnal、damnation、solemnity）

（七）在字首的 PN、PS、PT 組合，P 在希臘原文有語音，在英文卻沒有：pneumonia、psychology、pterosaur、Ptolemy。

（八）R 在字尾以及輔音之前，英國人不唸出來，美國人唸：are、bar、car；art、bart、cart。（order 在英是 /ˈɔːdə/，在美是 /ˈɔːrd(ə)r/）

（九）T 在 S、F 後及 L、M、N 前：castle、chasten、Christmas、often、soften。

（十）W 在幾種情形下都會失音：

　　（A）在字首 R 之前：write、wright、wrong。

　　（B）在輔音之後元音 A、O 之前：dwarf、sword、two。（so 在古英文原是 swa）

　　（C）在複合名詞第二部份開首：Greenwich、Warwick。

第 六 章

唇齒顎音 —— B、C、D、F、G、K、P、Q、T、V、X

6.1　唇齒顎音綜述

本章討論的字母共十一個，數目冠全書各章。這些字母的語音，發聲時不只需要舌頭和聲帶，還使用了唇、齒、顎，牽涉的器官也多過後面講輔音的各章。

611　這十一個字母組成了英語純正輔音的大本營。英文輔音字母雖有廿個之多，可是第八章所講的半元音(J、W、Y)本來是元音變化所成，第七章的流音和鼻音(L、R、M、N)是具有元音能力的元輔音，只有末章的嘶音和喉音(S、Z、H)可與本章的輔音站在一起，與元音對立。

這些純正輔音對元音的影響最小；使元音發生依附性變化的是半元音和元輔音。當我們要檢查元音的獨立性變化時，最適宜搬出來比較的是含有這些純正輔音的音節。

612　英語塞音的大本營也在本章。英語輔音分為塞音(stop, occlusive, plosive，即"爆音")和連音(continuant, spirant)兩類，第七章的流、鼻音和第八章的半元音都屬連音中的近音(approximant)，第九章的嘶音和喉音屬連音中的擦音(fricative)。本章中字母除了 F 和 V 外，都是塞音。

英語是日耳曼語。日耳曼語從原始印歐語演化出來時，少了一些塞音，多了一些擦音。這類擦音的一部份收在本章中以利敍述語音的道理。

613 唇、齒、顎塞音有多種。依照發聲時聲帶有無振動，這些塞音先分開成為無聲的清音(voiceless)和有聲的濁音(voiced)；其次依照發聲之際有無用勁吐送肺中氣體，塞音又分為有吐氣(aspirated)和無吐氣(unaspirated)兩種類。兩者合起來，塞音就有四類；若以清濁辨別有無聲帶振動，再用"氣音"之名標示有無大股氣體吐送，四類塞音就是"清、濁；清氣、濁氣"四者。

614 印歐語言在這上頭的表現各異。印度的梵語是四者俱備；古希臘語少了"濁氣"音。拉丁只有清濁兩種；現代南歐拉丁系語言類多如此。英語所屬的日耳曼系語言中，清塞者一般都是氣音，濁塞音則不是。若以唇音為例，梵文有 p、b、ph、bh；希臘有 p、b、ph，沒有 bh；拉丁本身只有 p、b，現代法、西、意諸國語文亦然。英文雖然採用拉丁字母 P 和 B 來代表英語中的清濁兩個唇塞音，但英語只有濁的唇塞音與拉丁的相同，英語的清唇塞音比起拉丁的 P 來其實是多了送氣的。(只有在噝音 S 之後，英文的清塞音 P、T、K 失去了吐氣性質，才與拉丁的 P、T、K 相若。詳見下面各節)

這段的意思可以畫成這樣的一個表：

印歐語言唇齒顎塞音比較

	清	濁	清氣	濁氣
梵	△	△	△	△
希臘	△	△	△	
拉丁	△	△		
英		△	△	
------	---	---	---	---
中	△		△	

615　［上表中橫斷線下是中文漢語的情形，中文拉丁化問題可拿來作個比較。漢語有些方言有濁的塞音，但主流的普通話沒有，只有吐與不吐氣的清塞音。是這個原因，從前英人 T. Wade 和 H. Giles 兩人制訂而得到廣泛使用的中文拉丁化方法（所謂 Wade-Giles System）避開不用拉丁字母 B、D、G，只用 P、T、K 來代表中文的唇齒顎清塞音，再用 P'、T'、K' 代表相對應的三個氣音。兩氏的方法把"北平"和"大同"寫成 PEIP'ING 和 TAT'UNG —— 但地理名稱省去標注符號，兩城市就是 Peiping 和 Tatung。今天的"漢語拼音方案"把拉丁字母盡量利用，並不排除 B、D、G，但賦予它們有異於拉丁的音值。於是北平和大同成了 Beiping 和 Datong。］

616　減少發聲的突然，增加持續性，塞音就變成連音。語言史上，日耳曼語從印歐語演變出來時，一些塞音依照古利穆聲律的第一變換律變成了擦音：p → f，t → θ，k → x。現代英文用 F、

TH、H 代表的擦音就是這樣來的。

塞音和連音的互變不是現在英語的特色，不過，知道這種現象，對語言的演變史更能了解，對一些外語的語音也會更易把握。在下面幾節中我們會看見一些事例。

唇、齒、顎的塞音各有相對應的擦音。在拉丁字母 P、B、T、D、K、G 所代表的六個塞音中，對上了 T、D 的是清濁擦音 /θ、ð/，兩者在英文裏都用 TH 寫出。對上 P 的是 F，這擦音原本是雙唇的；對着 B 的是 V，可注意的是 V 除了代表原來拉丁文中的圓唇近音 /w/ 和變出來的唇齒擦音 /v/ 之外，更代表雙唇擦音的 /β/（更早的符號是 ƀ）。對上 K 的是清顎擦音 /x/（德文 CH），還有喉音 H；對上 G 的是濁顎擦音 /ɣ/（更早的符號是 ǥ），這音也用 G 來代表。（這裏的標音符號多是希臘文字母，其中 ɣ 是 Gamma 圖案化而成。早一代的符號有時是在拉丁字母身上添加一道橫槓，如把 b、g 寫成了 ƀ、ǥ。）

6.2　唇音 P、B、F、V

621　英文的唇音

拉丁字母 P 和 B 是兩個對立的清濁雙唇塞音，在英語中它們更有一重吐氣與否的對立。事實上英美國民主要是憑吐氣特色來分辨這兩個語音，不是憑清濁。PH 是換寫希臘吐氣音字母 Phi 的雙文字母（digraph）。

F 和 V 在現代英文中代表兩個對立的清濁唇齒擦音。從前，當 /f/ 從原始印歐語的 /p/ 演變出來時，它像 /p/ 一樣是個雙唇音，後來變成唇齒音了。（這是世間語言中許多雙唇音變化的共同趨勢。）至於 /v/，作為拉丁文裏的半元音，它是高後圓唇元音 /u/ 經過"除去聲音"（devocalization）變成的，仍具圓唇性質，但後來也再轉變成不圓唇的唇齒音。拉丁的元音 /u/ 和半元音 /v/ 共同用一個字母，早時是尖的 V，後來有圓滑的 U；英文在十七世紀時才把 U、u 劃給元音，V、v、ʋ 給輔音。古英文根本不用 V，只使用 F：古英文的 F 若處身單字中部元音之間，就會發出濁音，其後在中古英文裏就會給寫成 V。

622　P

英文 P 的正常讀音是個雙唇、吐氣的清塞音。不論出現在英文單字的頭、中、尾任何部份，P 的語音都是 /p/。若是跟隨在噝音 S 之後，P 的讀音會失去吐氣性質，驟聽起來像 B，但這樣的讀音也算是 /p/。換句話説，P 的不吐氣語音也屬於音素 /p/，是 /p/ 的一個異體，不是這音素之外的語音。消除了吐氣性質後，英文的 P 仍與 B 不一樣，因為兩者還有着清和濁的對立。

6221　[在唇、齒、顎三種清塞音上面，由於英語有日耳曼語的吐氣特色（見前 614 及 621），英文採用拉丁字母 P、T、K 來代表這三語音，IPA 標注它們時也用 /p、t、k/，難免造成困惑，因為拉丁字母 P、T、K 同時代表拉丁以及後世拉丁系語言的唇、齒、顎清塞音，IPA 亦以相同的 /p、t、k/ 來標示，但學習過法、西、意文的人都會知道，那是一系列不吐氣的清塞音。比如説，聽見法國人説 père，我們會覺得挺像英文的 bare，因為我們中國人習慣了以吐氣與否來分辨 P 和 B，而不是以清和濁。我們疑心 père 是否真正有個 P，又應不應該標注成 /p/。這疑惑可以從英文的 P 跟隨在 S 之後的情形來破解：英文的 P 這時失去了吐氣性質，變成與法文的 P 無異。英文字 spare 和 despair 之中在 S 之後的 -PARE 和 -PAIR 部份，驟聽也像 bare。法文的 père 就是這樣的情形。英文 spare 和 despair 都有字母 P 和語音 /p/，法文 père 也有；P 是個雙唇清塞者，有吐氣和不吐氣的讀法，兩者都是音素 /p/ 的異體。]

6222　英文的清塞音 P、T、K 在 S 之後失去吐氣性質，變成近似 B、D、G 的語音；另一方面，英文濁塞音 B、D、G 又似乎從不在 S 之後出現。這兩種現象或許有些語音學上的關係。來自古英文的土著單字裏頭，沒有看見 SB、SD、SG 的拼法。(有這幾種拼法的都是外來字，如長老教會的 Presbyterian 來自希臘文 presbyter，disgrace 來自法文，可上溯到拉丁的 gratia。不過，外來前綴 dis- 得到廣泛應用後，局面變了，當今有 SB、SD、SG 的單字頗有一些是用了土著英文字做主幹的，如 disown、disbelief、disgruntle 等。)

6223　失音
英文裏的 P 在一些輔音之前失去語音。

(一) 最多見到的情形是在 PN、PS、PT 等組合裏。這些組合是希臘文的特色，英文承接了希臘語詞，漸漸不唸出開首的 P。許多含有 pneumo-、pseudo-、ptero- 的科技用詞都是例子，讀音是 /nju:-、sju:-、tɛ-/。

(二) 在 PH 拼寫出來的 /f/ 之前 P 同樣失音。寶石 sapphire 唸出的音是 /'sæfɑɪə/，沒有 P 的音。希臘時女詩人 Sappho，以及 sapphic、Sapphism 等字在英文裏都少了 P 的語音：/ˈsæfoʊ…/。

(三) 還有一種情形是後面緊接着 B：cupboard /ˈkʌbə(r)d/，raspberry /ˈrɑːzbəri/。

6224　轉化

P 和 B 容易互相轉化。cupboard 和 raspberry 失去 P 音於 B 之前，當與此有關。上一章 523 節述及 pebble 來自古英文的 papol，是 B 代替了 P 而完成異化。現代的 lobster，從前是 loppester。cobweb "蛛網" 一詞中的 cob，來源是 "蜘蛛" cop 或 attercop（< 古英文 "毒蛛" attorcoppe）。

P 亦可能是 B 變成的。purse 的前身是 burse——許多與 "錢（袋）" 有關的字仍有 burse 字樣，如 bursar、imburse、reimbursement 等。gossip 本來是 god-sibb。（閒話產生在 "主內親戚" 之間？）

P 和 B 的轉化是清和濁的雙唇塞音之間同官性轉變。pebble、lobster、cobweb 這些字裏頭，P 轉化成 B 發生在單字中央部份。這是有道理的，因為字的中部有元音為鄰，是個有聲環境（voiced environment），有利於無聲輔音轉化成有聲。在 purse 和 gossip 的情形，B 轉化成 P 於字首和字尾。在字尾上濁輔音轉化成同官的清輔音（所謂 "unvoicing of the final consonant"）是歐洲多國語言所共有的現象。獨有 burse 轉化成 purse 難於了解；學者也未能作出好的解釋，只能猜測會不會是同義字 pung 或 pusa 影響，那是兩個很偏僻的字。

6225　　添加
P 會無中生有，在一些情形中冒出來。

(一) 在一些英文字裏，P 沒有聲音。原因是這些單字初在英文
　　出現時，並沒有字母 P 和 /p/ 的語音；是日後正書家和文法
　　家從字源處考慮，把 P 加入。/p/ 的聲音當然也加了進去，
　　只是不一定保得住。在中古英文出現的 bankrout，後來改寫
　　成今天通行的 bankrupt，我們唸出 /'-rʌpt/，/p/ 保存着；但
　　receipt 唸 /-'siːt/，P 沒有聲音。

　　[receipt 的來歷是這樣的，拉丁動詞 capere "拿、抓" 有
　　個現在式詞幹 cap-（可以變成 cip-），還有個過去分詞的
　　詞幹 cept-。從這動詞衍生的一群詞語，傳入英文中有
　　conception、deception、reception；又有 conceive、deceive、
　　receive（這裏頭唇音字母 P 已在法國變成唇音字母 V）；還
　　有 conceit 和 deceit 這時 V 已消失）。receit 同樣來到英文之
　　中，但文法家把 P 加入以恢復拉丁本字的過去分詞原貌。
　　這 P 最初大概曾唸出來，但今天是個無聲字母了。]

6226　　(二)出現在 M 與 S 或 M 與 T 之間
　　P 既為雙唇吐氣爆音，在 M 的唇音和 S 的氣音或是 T 的爆音中
　　間，有個很自然的位置，因此不論在拉丁文或者本土英文中，P
　　都會在這裏冒出來。不過，儘管冒出來，這樣的 P 常常不發聲。
　　英文字 empty —— 古英文的記錄有 æmetting 和 æmtig 兩個字
　　形，中古英文只是 emti，可見現代英文在 M 和 T 間加添了一
　　個 P —— 今天唸作 /'ɛm(p)ti/，裏面的 /p/ 可有可無。許多動詞的
　　過去式或者過去分詞，如 jumped、pumped，讀音是 /dʒʌm(p)t、

pʌm(p)t/，/p/ 常常略去。

Thomson 和 Thompson 是一個姓氏（Thomas 的後代）的兩個異體，兩者都含有一個可唸可不唸的 /p/ —— 名家 J. C. Wells 的高見是 Thompson 有 /p/，但略去不妨；Thomson 雖無 /p/，但添加 /p/ 於 M 與 S 之間亦不妨。Samson 與 Sampson，Simson 與 Simpson 的情形莫不如此。在這樣的語音環境中，/p/ 給予聽者的印象根本是微乎其微的。

這樣的 P 也是拉丁文的常客。拉丁動詞中，過去分詞的詞尾一般有個 T，如果動詞詞幹末尾是 M，P 就有機會迸出於 M 與 T 之間。例如 sumere "取" 的現在式詞幹是 sum-，過去分詞的幹就是 sumpt-，所以英文既有 assume、consume、presume、resume 等動詞，又有 assumption、consumption、presumption、resumption 等名詞，其中的 P 都可發聲亦可不發聲。講 "買東西" 的動詞 emere，現在式幹是 em-，過去分詞幹是有 P 的 empt-。耶穌教義裏的 "救贖" 是 redeem，那是 em 加上前綴 red（= re）而成；redemption、redemptive 是過去分詞構建的。"顧客" emptor 也是分詞詞幹構成。這幹還產生了含有 "先發制人" 意思的 pre-emption 和 pre-emptive，以及"反構"（back-formation）產生的動詞 pre-empt。所有這些單字裏頭的 P 都是可隨意發聲或不發聲的。

6227　PH

這個組合是拉丁文用來換寫希臘吐氣字母 Phi 的雙文字母。希臘語中，Phi 本是個雙唇吐氣的清爆音，與英語的 P 相同；後來起了變化，從爆音變為擦音，等於拉丁文的 F 了。用 PH 拼寫的單

字都是出生於希臘，但在拉丁文中已扎了根；後來語音變得與 F
無異時，古法文多把它們改寫為 F；但來到英文裏，文法家又要
恢復古典語文的 PH 寫法。比如 pheasant 在傳入英文之前，在主
流法文和諾曼法文的字形已是 faisan 和 fesaunt，英人後來才把 F
又改回希臘的 PH。"幻想"在英文有 fantasy 和 phantasy 兩個字
形，許多相關的詞也都有 F 和 PH 對立的寫法。（不過，簡化出
來的 fancy 不能寫成 PH，"高深"的詞如 phantasmagoria 等也不
能寫成 F。）

PH 和 F 所共有的 /f/ 音向來都是個唇音(labial)，但也起過
變動。初時它是個雙唇音(bilabial)，但今天已變成唇齒音
(labiodental)，由下唇和上齒列配合發聲。有些字因此出了些問
題。比如 symphony 的拼法顯然成於 PH 還是雙唇音的時代，
因為前綴 sym- 只放在雙唇音之前，如 symbol、symmetry、
sympathy。唇音變動後，前綴應當作些調整。意文 sinfonia 的寫
法與語音配合得更好。

6228　　PH 偶然會發出別的聲音，不是 /f/。
　　　　一種情形是，PH 只是 P 和 H 湊巧碰在一起，兩字母並不構成一
　　　　個雙文字母。例如 shepherd 是 /ˈʃɛpəd/，沒有 /f/。這是因為這個
　　　　詞是 sheep "羊" 和 herd "牧人" 的連體而已，其中 "羊" 的元音
　　　　從長 E 縮短成為短 E，而 "牧人" 的 H 這時失了音。其他例字
　　　　有 haphazard (hap + hazard)、uphill (up + hill)等。

　　　　另一種情形是那些帶着兩個相連接的吐氣輔音的希臘字，如
　　　　diphthong、diphtheria、naphtha 等。這些 PHTH 古時是兩個相
　　　　連接的吐氣塞音，今天變成兩個擦音了。有些人，特別是學

界中人，喜歡把頭一個擦音 /f/ 唸成塞音 /p/，上述的三字就是 /'dɪpθɒŋ、dɪp'θɪərɪə、'næpθə/。這樣的讀法反映出一些 "異化作用"（dissimilation，見上章 523）的道理。

623　B

英文裏 B 的語音是 IPA 系統中 /b/ 所代表的雙唇濁塞音。這個語音在單字的開頭、中部和末尾都會出現。下面的段落講述它的失落和增生的情形，以及與其他語音的特殊關係。

6231　失音

英文中 B 不發音的情形有幾種。

（一）單字末尾的 MB 組合裏，B 沒有聲音。lamb、bomb、comb、dumb、tomb、womb 等字的讀音是 /læm … wu:m/。這些單字中，多個本是有 /b/ 音的，我們從字源可以知道。比如 lamb 在古英文裏的寫法已是 lamb，其他一些古代日耳曼語文也有這個字形；bomb 上溯法、意、拉丁的字形，全都有 B 在 M 後。現代英文仍在這些字尾寫上 B，但不讓它發聲了。今天 bomber、climber、comber 等字的第二音節只是 /-mə/，而由 dumb 而來的 dummy 根本不寫 B 了。

這個失音現象引誘英國人自作聰明在字尾 M 之後加添個字母 B。doom 曾因此有個 doombe 的寫法；solemn 由於失了末尾的 /n/，也曾寫成 solembe。一批在字尾 M 之後加添了無聲 B 的新字誕生出來，並且流傳至今：crumb、limb、numb、thumb 等等（它們在古英文的前身是無 B 的 cruma、lim…）。今天無 /b/ 音的 MB 單字蔓衍，因為既有失落了 /b/

的字，又有從未具備過 /b/ 的字。

(二) 有些單字中部的 B 不發音，如 debt、doubt、subtle 都是。
這些字來自拉丁，在古法語中發生失音的事，來到英文字
彙之時已不具備古典字源的全部語音。比如 subtle 在拉丁
的前身是 subtilis，但傳入英文之前在古法文裏是 sutil，已
經沒有 B，自然也沒有 /b/；今天英文 subtle 的讀音 /'sʌtəl/
所繼承的是古法文 sutil 的語音，字母 B 的添加是日後文法
家們考慮到拉丁字源的所作所為，奈何 /b/ 音仍引不進來，
不然就是引進後又流失了。來自 subtle 的 subtlety 同樣少了
/b/，但直接跟從拉丁的 subtility 卻是有的。

6232　增生

B 冒出於唇音 M 與兩種流音 R 和 L 之間。這現象在英文的土著
單字以及從法文輸入的單字上，都可見到。

(一)　M 與 R 之間

B 迸出於 M 與 R 之間，和 D 綻放在 N 與 R 之間的道理相同。
英文的 slumber 有 B，但是同義的 sloom、德文 Schlummer 以及
其他中古日耳曼語文的同義詞，都沒有 B。ember 在古英文的前
身，以及其他古日耳曼語中的同義詞，都沒有 B。中古英語時期
開始從法文傳進來的一些字，它們的拉丁前身本來沒有 B，例如
chamber，拉丁原形是 camera。number 的源頭是拉丁 numerus，
但是法文中湧現了 B 而成 nombre，傳入英文的諾曼法語詞形則
為 numbre。英文的"數目"雖是有 B 的 number，（簡寫 no. 則
來自主流法文詞形 nombre），然而與數目有關的許多單字，諸
如 numerous、enumerate、innumerable 等等，在 /m/ 和 /r/ 之間都

不見 /b/。拉丁文的"記憶"是 memor，具有前綴 re- 的動詞就是
rememorari，從這動詞的詞幹 rememor 產生了有 B 的 remember。
但是説及記憶的其他單字如 memory、memorial、memorable、
memorandum 以及 commemorate 等等，全都沒有 B。

（二）　M 與 L 之間

英 文 bramble 在 古 英 文 的 前 身 是 bremel。nimble、shamble、
thimble 的古英文前身全都有 M 和 L 而無 B。在拉丁文那邊，
humilis 變成古法文的 (h) umble，在英文裏就是 humble —— 但
直接來到英文中的 humility 和 humiliate 仍然沒有 B。從拉丁的
tremere（那是 tremendous、tremor、tremulous 等字的來源）出發，
更強的動詞 tremulare 產生古法文有 B 的動詞 trembler，傳入英
國就成了 tremble。

6233　與其他唇音的互換
B 與其他唇音會互相轉換。B 與 P 的轉換曾在前面 6220 節提到；
與 V 的轉換，請參看下面 6254 節。

624　F

字母 F 可以追源到拉丁，但不能更上溯到希臘，因為古代希臘
語沒有唇擦音，希臘字母中也因此沒有代表這樣語音的字母。

英文 F 的音標是 /f/，代表一個吐氣的清唇音，與 V 的語音恰好
是清濁對應。在古代，不論是在拉丁或者古英文裏面，F 都應當
是雙唇音，但後來演變成了唇齒音，由下唇和上顎齒列配合發
聲。

6241　拼寫

英文有單獨的 F 和成雙的 FF 兩種寫法，同樣代表 /f/ 音。單一的 F 可出現在單字的任何部位；成雙的 FF 不出現在字首，只出現在中部或尾部。在尾上出現時，F 和 FF 分別提示前方的元音是長抑或是短的，如 roof 的元音是長口，riff-raff 的兩元音都是短的。

6242　F 與 V 的轉換

英文名詞的字尾若是 F(e)，多數式就須寫成 -VES，這是普通常識。life、wife、loaf、leaf 的多數式分別是 lives、wives、loaves、leaves，初中生大抵都已知道。多數式詞形有 S 結尾，這是一般性規則；但是把 F 改換成 V 又是甚麼規則呢？説"生命"，名詞是有 F 的 life（唸做 /laɪf/），動詞卻是有 V 的 live（/lɪv/），形容詞又是有 V 的 live（可是唸 /laɪv/），這裏頭 F 與 V 的變換有個道理嗎？

道理的源頭在古英語的語音和古英文的拼寫方法。古英文不使用字母 V，只用 F（見前 621 節）；而古英語的語音，雙唇擦音在字首和字尾都是無聲清音，但在字的中部卻因為受元音影響而變成有聲濁音。於是在古英文中出現了這樣的一條規律；字母 F 在字的首尾兩端唸 /f/，在中部唸 /v/。從中古英語時期開始，英文就使用 F 和 V 兩個字母來分別拼寫這兩種不同情形下出現的 /f/ 和 /v/ 音。因此，從古英文 lif 來的名詞今天寫成 life（末尾的無聲 E 是正書家放進來的，其目的為提示前頭有個長元音）；動詞 live 在古英文的前身是 lifian，中部的 F 自然應當唸出 /v/ 音來（live 末尾的無聲 E 是字母 V 的附屬物，並無提示元音長短的作用，詳見下面 6251 節）。形容詞 live 的由來稍複雜，它是

alive 失去了頭部而成的（這種變動叫 aphaesis）；alive 在古英文的前身是個副詞片語 on life，其演化過程與 on fire 或 on shore 變成 afire 或 ashore 相似。古英文的片語 on life 中，名詞 lif 因為身為前置詞 on 的受詞而有了格尾，成為 life，這時夾在兩個元音 I 和 E 之間的 F 濁化成 /v/ 音，於是今天的副詞 alive 和形容詞 live 都有了字母 V 和 /v/ 音。

（在一般名詞上，單數尾部的 f 之所以會變換成多數尾部的 ves，是因為古英文名詞多數式的幾種格尾裏面，-as 是大宗，中古英文因而把 -as 弱化而成的 -es 普遍化，用作名詞多數式的共同結尾。在 -es 之前的 F，夾在元音之間，當然就唸出濁音 /v/。這樣，life（古英文 lif）或 wife（古英文 wif）在中古英文中的多數式就是 lives 和 wives，具有兩個音節。再後，末尾音節的元音 E 失去語音；今天的 lives 和 wives 儘管寫來看似仍有兩音節，實際上只唸出 /laɪvz/ 和 /waɪvz/。）

6243　只是英文並不完全遵守規則。字母一旦寫上，不一定容易更換。"葉子"leaf 的多數形式雖然依規矩變成了 leaves，但是表達 "多葉" 和 "無葉" 的形容詞究竟應當是 leafy 和 leafless，還是 leavy 和 leaveless 呢？今日通行的是有 F 的前兩字；不過，有 V 的後兩字其實也曾通用過來的。roof 的多數詞形今天是 roofs，但 roves 同樣也通行過，至今尚未完全絕跡。有權威性的讀音字典只列出 roofs 這個詞形，可是給了 /ruːfs、ruːvz/ 兩種讀音，實堪玩味。

6244　有些應當以 F 結束的單字，今天的尾巴是 VE；又有些末尾應當是 VE 的字，卻以 F 結束。數目詞 "五" 和 "十二" 在古英文裏是 fif 和 twelf，後來它們變成 five 和 twelve，學者以為原因是它們帶着格別尾巴的詞形 fife 和 twelfe 出現得頻密，有 /v/ 音的讀法終於佔了上風，使這兩字寫成今日的形貌。不過，fifty、fifteen、fifth 以及 twelfth 卻把 F 保存下來，沒有 /v/ 音和字母 V。

字尾本來應當是 /v/ 音和 VE 拼法，結果卻出現 /f/ 和 F，sheriff 就是一例。sheriff（英國民選或皇帝任命的地方官吏，美國的警長）在古英文的前身是 scir-gerefa，scir 獨立演變成現代英文的 shire，gerefa 獨立演變成 reeve，其中的 F 在 E 和 A 之間唸出濁的 /v/。scirgerefa 全個字會變成今天的 sheriff，字尾不見 VE 而出現 FF，頗為費解，有人猜想是 bailiff 的影響所至。bailiff 是 sheriff 之下小吏，字源是拉丁的 bajulivus，但在古法文中已演變成 bailli 和 baillif。

6245 弱化

F 的清擦音 /f/ 是個強音，變弱之時會走向濁的 /v/，更進一步就徹底失音了。

中古英語和現代英語早期，F 失音的事屢見不鮮。有些單字裏的 /f/ 音是因為字母 F 尚在而恢復的；有些則連 /f/ 音連 F 字母一塊兒失去。Hasty、tardy 等字的前身都有 F，它們在古法文裏原是 hastif 和 tardif 或 tardive，在醫藥的術語中 tardive 仍是個可用的英文字。house wife 在古英文是 huswif，這個詞也演變成 huzzif 和 huzzy、hussy（有貶意）。錢幣 halfpenny 唸作 /ˈheɪp(ə)ni/，省略了 /f/ 音。

6246　常用詞 of 源遠流長，相當於拉丁 ab、希臘 apo、梵文 apa 和哥特 af。它有多種詞類的用處，由於經常不是語句的重心，語音自然弱化，唸成 /ɒv/，其中的 F 唸 /v/。

當意思需要強調時，F 會刻意唸出 /f/ 音，漸漸一個變體產生了，那就是唸 /ɒf/ 的 off。

當 of 進一步弱化時，會唸作 /əv/，再失去擦音而成了 /ə/。書寫方面，of 的字形多會保留着；在少數一些固定的文字組合上，這個只餘 /ə/ 音的 of 會寫成 o'，如 o'clock（= of (the) clock）、Will o' the Wisp 以及由父祖名字寫出的姓氏（所謂 "父名" patronymic），諸如 O'Donald（= Donaldson、MacDonald）或 O'Neill（= McNeill、Neilson 以及長 E 縮成了短 E 的 Nelson）。

625　V

英文字母 V 今天發出的是濁的唇齒擦音，這也就是英文的 IPA 注音符號 /v/ 所代表的語音。拉丁文的半元音 V 本是元音 U 除去響亮聲音而成，U 是個高後圓唇的元音，所以 V 仍具有圓唇性質；但英文裏的 V 已變成一個由下唇和上齒列配合產生的濁擦音，不具圓唇性質，與 F 所代表的唇齒清擦音相對。

6251　字形與拼寫

在拉丁，不論是那個高後圓唇的元音 /u/，或由它脫音而得的半元音 /v/，都只用同一個字母來代表。這個字母可以寫成有尖角的 V，也可寫成彎彎的 U，兩者同樣既代表元音，又代表半元音。

在英文，這字形的選用曾有過一些規則，那就是讓尖角形字母出現在字首，彎曲形字母出現在中後部份。這樣，今天的 us、use 和 divide、love，曾寫成 vs、vse、diuide、loue。

又由於 /v/ 之後必有元音出現，/u/ 後通常不會有，於是英人心中湧現一條規則，那就是不管它寫成彎的 U 或尖的 V，/v/ 後必須有元音字母相隨。因此，若 /v/ 附在字尾上，正書家照例給寫上一個無聲的 E 來應付這條規則。（廿世紀時由 revolution 簡化生出的 rev 是個例外，這時正書家的時代已過去了。）V 後的無聲 E 並不表示前頭的元音是長的——試看形容詞 live 和動詞 live 同形，而元音有長有短。

6252　英文中 /v/ 音的本土來源，是古英文中那些用字母 F 拼寫的清唇擦音。古英語的發音方法，當 F 所代表的清唇擦音出現在元音與濁輔音之間時，就要受影響而濁化，唸成 /v/，其後中古英文開始用字母 V 來拼寫這種語音（參看前面 6242）。因此，英文的本土單字裏頭，/v/ 音正常出現在字的中部，不在字首和字尾。有些單字由於形音的變動，本來在中部的 /v/ 音會來到字尾，但一定不會去到字首。

不過，在今天的英文裏，V 在單字的各部份都可能出現。一方面，大量從法文和拉丁輸入的單字，並不受上述限制。另一方面，本土的英文字彙也有些地區方言成份，這種單字的頭上可能有 V。例如英文的 "狐狸" fox 是個古英文裏頭規規矩矩的字，"母狐狸" 卻是逾矩的 vixen，原來英文在這裏採納了一個肯特地區的方言字。

6253　失音

處身兩個元音之間，而且本身又不屬於重讀的音節，V 這時就要弱化，終至消失。

這種情形很常見。常用的小詞 even、ever、never、over 都因此會失音，唸成了 /iːn、ɛɜ、nɛɜ、ouə 或者 ɔːə/，並且產生了 e'en、e'er、ne'er、o'er 這些有趣的寫法。計較音節數目的詩歌尤其喜歡這種寫法。

V 失音的事例非常多，往往聲音既失，字母也不寫了，證據湮沒，一些事實和道理就看不見了。woman 原本有清清楚楚的"女人"字樣，古英文的字形 wifmann 是"女" wif 和"（男）人" mann 結合而成，但由於字母 F 的 /v/ 音失落了，F 也消失，字在中古英文裏曾寫成 wimman；等到元音 I 受圓唇性質的 W 和低後元音 A 的影響而變成高後元音 /u/，而法國傳入的書寫方法要把 W、M、N 等字母旁的 U 換成 O，woman 之形出現，當初"女"的語意與 wif 的形音關係就不見了。kerchief 為甚麼是"頭巾"？這字在古法文裏是 couvrechef，字義好比中國婦女戴的"蓋頭" —— "蓋"的動詞為 couvrir，"頭"是 chef —— 在中古英文裏曾有 coverchef 的寫法；V 失音後，字母不見了，元音變動而拼寫成 E，這時字首的 /k/ 音依規例就不能仍用 C 來寫，而須改為 K，於是成了 kerchief。"頭顱"在古英文是 heafod，字中央的 f 當然是個 /v/ 音，在中古英文裏字形變為 heved，V 消失後成了 hed，其中的元音是個低長 E，進入現代英語後正書家把字形訂正為 head，再後元音縮成短 E 的 /ɛ/。有了這樣的寫法和讀音，這個字讓人很難看見它與古代日耳曼語中 hobid 之類的"頭"字有同源關係，又與拉丁的 caput 是多麼相像。再如 lord

這個字，其"主人"或"爵爺"之意已夠體面，但是在基督教的語言裏，它專門用來指基督耶穌和聖父上帝，更是神聖無倫。可是這個比 god 字更崇高偉大的 lord 字有個很平庸的來歷，在古英文裏它是 hlaford，由 hlaf（今天的 loaf (of bread)）與 weard（今天的 ward）兩字合成，意謂"麵包掌管"。（lady 的前身則為 hlafdige，"麵包搓製人"。）hlaford 中部的 /v/ 音失落後，字形收縮調整，終於變成今日 lord 的形貌。這樣變化之後，當初用糧食控制來表達權威的構詞心思就不可復睹，亦甚可惜。

6254　V 與其他唇音的互換

V 與 F 的互換，前面講 F 時已有敍述（6242、6243 節）。

V 與 B 的互換，在不同的日耳曼語言間常可見到。同屬於日耳曼兩支的英德兩種語言間；當英文出現 V 時，德文同源字會出現 B。英文的常用動詞 live 和 love，對應德文的 leben 和 lieben；其他如 drive、starve、weave 等，對應德文 treiben、sterben、weben。德文的 haben 等於英文的 have，而 have 在古英文中原是 habban。英文 weave 有 V 無 B，然而"織品"卻是 web，與德文 Webe 很接近。web 在當代英文中專指結成的網，在古時它其實泛指紡織品；從前英國待字閨中的女子每以紡紗織布的詞語稱之為 spinster 和 webster，只是 webster 廢棄得較早。

6255　在西班牙文，V 與 B 的互換性很高。字首上，V 和 B 發出相同的雙唇塞音，IPA 的 /b/ 代表這個語音；在字的內部夾在兩元音之間時，V 和 B 又一同發出雙唇擦音。這個雙唇擦音，因為它與雙唇塞音 /b/ 相對應，只有塞擦之別，語言學界過去用 /ƀ/ 來標示，近年則又改用希臘字母 Beta 的小寫字形 β。由於 B 與

V 互換性高，西班牙文的專有名詞每有 B 和 V 兩種寫法，如 Cordoba/Cordova，或 Habana/Havana。

西班牙文是當今世上重要語文，廣泛使用於西國和中南美洲廣大地區，不時現身英文之中，它的讀音不應忽視。鄰近美國的小國 Cuba，當地以及南美諸國的人都把它叫做 /'kuβa/，很像粵音"古華"，普通話可譯為"古瓦"；過去"古巴"之名是依據英語讀音譯成的，並不妥當。Venezuela 開頭的 V 應當唸 /b/，"委內瑞拉"的"委"字不如改為"本"或"卑"。西班牙省份 Valencia 的代表球隊給中文報紙和電視台稱為"華倫西亞"，其實這個省份在西班牙人口中叫 /ba'lenθja/ 或 /ba'lensia/，我們稱它為"巴倫西亞"會更好。Villarreal 也不應是"維拉里亞"，而是"比耶里亞"。

西班牙和南美洲許多男人叫做 Pablo，包括著名畫家 Picasso、大提琴家 Casals，以及得到諾貝爾獎的智利左派詩人 Neruda。Pablo 中的 B 應當唸出雙唇擦音 /β/，但英國人慣把它唸成雙唇塞音 /b/。按這個名字來自聖經中的使徒保羅，在英文是 Paul。

6256　英文一些含 V 的字，來自法文，字源是拉丁，而那些拉丁字並沒有 V，只有塞音 P 或 B。這不足怪，拉丁好像其他印歐古語，充斥着塞音，擦音很少。

英文 govern 是古法文送來的字，古法文的字形是 governer。這字的前身在拉丁文是 gubernare，B 的聲音在法文中變成了 V 的聲音，法國人又把 V 之前的 U 依慣例改寫為 O。拉丁 gubernare 的主要部份是由希臘動詞 kubernan 轉寫而成，這是一個希臘清塞音 K 轉換為拉丁濁塞音 G 的例。希臘 kubernan 的來源是名詞 kubernos，指一個引領船隻航行危險水道的領航人或 "帶水"；這個希臘字若依傳統方法轉寫出來就是 cybernos，今天資訊科學和網絡工程上的 cyber 字樣由此而來。govern 的語意從卑微的 "帶水" 逐步提升，變成 "管理" 和 "統治"，名詞 governor 終於成了 "總督"。governor 對應拉丁文中從動詞 gubernare 產生的 gubernator，所以今天英文說及總督的形容詞是 gubernatorial。

tavern 是小酒館，tabernacle 是聖經中猶太人的 "約櫃"，基督教有時用這字指存放聖物的地方。兩字乍看是南轅北轍，但卻有同一來源，那就是拉丁文 taberna，本意是一間木構小屋，羅馬人其後用以指旅舍和酒帘。在古法文裏，這字變成 taverne，B 變成 V 了。taberna 加上拉丁文表示 "細小" 的後綴 culum 來指 "營帳"、"木櫃" 等，日後演變成 tabernacle，B 仍保留着。

說到病人康復，日常用語是 recover，深一些的動詞是 recuperate。這兩字其實來歷相同，都是拉丁動詞 recuperare。從歐洲文藝復興時期開始，古典語文的語詞會直接進入英文詞彙，這時拉丁文 recuperare 的分詞幹 recuperat- 就變成英文的 recuperate；但更早時，拉丁演變成古法文，recuperare 變成古法文的 recoverer，其中 P 變成 V 了，而 U 改寫成 O。當代英文中 recuperate 的 U 仍唸出古典的 /uː/，recover 中代表 U 的 O 則唸出典型英語短 U 的 /ʌ/。

6.3　齒音 D、T、TH

631　D

英文字母 D 的語音是個濁塞音，聲音爆發出來之前舌尖頂住上
顎齒齦。這語音在國際音標系統中用拉丁文的小字母 d 來代表，
其他音標系統亦多如此。由於發聲牽涉牙齒，這語音一向以牙
齒來稱謂；過去的習慣，D 和 T 的聲音 /d/ 和 /t/ 叫做 "齒音"
（dental），TH 的聲音 /θ/ 和 /ð/ 叫做 "齒際音"（inter-dental）。
近年語音的描述更加細緻，D 與 T 由於接觸到牙齦，有時改稱
為 "齒齦音"（alveolar），而讓 "齒音" 之名保留給 TH 的語音。
不過，許多時候，把 /t、d、θ、ð/ 四個語音籠統稱為 "齒音"
（dental），也有方便的好處。

字母 D 和語音 /d/ 有種種變化，時生時滅，以下分開來敘述。

6311　動詞後綴

現代英文規則性動詞的過去式和過去分詞，是把現在式或不
定式加上後綴 -ed 或 -d 而成；例如 amass 需要加上 -ed 而成
amassed，amaze 則只需加上 -d 而成 amazed，就是過去式和過去
分詞的詞形。這後綴代表一個齒音（齒齦音），其為清的 /t/ 抑或
濁的 /d/，視乎前面的語音是清是濁而定。由於英文拼寫習慣，
除了極少數例外，這個後綴總是寫成 -ed（這裏的 E 一般而言是
無聲的）或 -d，因此字母 D 在這裏就既可能代表清音 /t/，也可能
代表濁音 /d/。再以上面舉的例字來說，amass 的末尾聲音是清的
/s/，amassed 就唸出 /əˈmæst/，尾上的 D 對應清音 /t/；amaze 的
末尾是濁音 /z/，amazed 就唸 /əˈmeɪzd/，D 對應濁音 /d/。

與 amassed 的情形相同，kissed 唸 /kɪst/。美國加州一家橘柚營銷公司以 Sunkist 為名，用意在誇耀所銷的水果生長在陽光充沛的地方，是"太陽親吻過"(sun-kissed)的優良物產。

6312 D 的增減

63121 字尾上的增減

英文有少數單字，由於過去在尾上失去了字母 D 而有今天的字形；又有一些單字，今天的字形是由於過去有字母 D 增添到字尾上。

前者如"草坪"lawn，早期英文的字形是 laund。又如 groin，古英文是 grynde，後來中古英文寫成 grinde。

後者如今天的動詞"擊、打"pound，古英文是 pūnian，其中並無 D。"借"lend 的 D 也是來歷不明，古英文的前身是 lænan，意義相近的同根詞是 loan，兩者都沒有 D。

sound 字最易教人想到"聲音"，不過，指聲音的 sound 本來沒有 D。英文的幾個 sound 字之中，一個是指良好健康或別種狀態的形容詞，這字在古英文是 gesund，與德文 Gesundheit 同源，字母 D 出現其間。一個是指一條窄長水域，來自古挪威文 sund，也有 D。一個是說"探測"的動詞，學者溯源到拉丁文"海波"unda，D 也出現。只有指"聲音"的 sound，來自拉丁名詞 sonus，詞幹只是 son-，不見 D；變成古法文名詞 soun，也沒有 D。中古英文得到這個古法文的名詞，仍寫成 soun。從 sonus 來的英文形容詞 sonorous 也沒有 D。

63122　特別環境中出生

D 和 /d/ 音會出生於特別的語音環境中。就如同字母 B 會出生在鼻音 M 和流音 L、R 之間（見 6232 節），D 也會出生在鼻音 N 和流音 R 間。

tender "嫩、柔、慈愛" 來自法文 tendre，字源是拉丁文中沒有 D 的 tener，D 出現於 N 和 R 之間。拉丁名詞 genus "種" 的幹是 gener-（generous、generate 等等許多字的來源），它既變成文學上說體裁種類的 genre，也變成指 "性別" 的 gender，這時 N 和 R 間多了個 D。

西洋神祇和星辰的名字也可為例。星期四 Thursday 是日耳曼雷神的日子，這雷神的英文名字叫 Thunor（縮短了就成為 Thur），而名詞 "雷暴" 和動詞 "行雷" 之為 thunder，實在只是在雷神的尊號中，N 和 R 之間多出了一個 D 而耳。星期五 Friday 屬於日耳曼女神 Frei，但是在法國那邊的羅馬神話傳統中，這天屬於金星（所以叫 "金曜日"）和星主維娜絲 Venus，拉丁文稱這天為 "維娜絲之日" Veneris Dies，法文把這個詞縮併為 Vendredi，在 Venus 的詞幹 Vener- 裏頭 N 和 R 之間出現一個 D。

63123　輔音群內 /d/ 失落

語音 /d/，不論是由字母 D 代表，或者是存身在字母 G 的塞擦音 /dʒ/ 之內，都會在口語中消失於 N 和 L 與其他輔音之間。/d/ 消失後，文字寫法如前不變。

像 friendly 或者 friendship，口語中容易少了 /d/ 音；讀音字典會加上括弧，或印成斜形意大利體，以示這個 /d/ 音並非必定

有 —— /'frɛn(d)li/ 或 /'frɛnʌli/。standby、standpoint、standstill 盡皆如此。

grand 和 hand 的複合詞都有這問題。grandpa、-ma、-child、-son 這些常用詞沒有 /d/，只唸做 /'grænpa…'græsʌn/。grandmother 好像 grandma，沒有 /d/；但是 grandfather 中 /d/ 可有可無，與 grandpa 的情形相異。至於其他 grandparent、-sire 等詞，字典標示為 /'græn(d)-/。

hand 的複合詞中，handkerchief 沒有 /d/，讀音 /'hæŋkətʃɪf/ 讓人看見由於沒有 /d/ 阻隔其間，字母 N 直接受 K 的語音影響而發出後顎位上的 /ŋ/ 而不是較前的 /n/ 音。handsome 也沒有 /d/，只是 /'hænsəm/。但是 handbag、-barrow、-bell、-book 和 handcart、-clap、-cuff，以及 handful、-gun、-shake 等等，讀做 /'hæn(d)bæg… 'æn(d)ʃeɪk/，/d/ 音有無都不算錯。handle 和 handwritten、handwriting 這些詞卻必須有 /d/，唸 /'hænd(ə)l…/，似乎因為 L 和 R 具有元輔音的特性，不同於一般輔音。

"軟 G" 的濁塞擦音 /ʤ/，在 N 和 L 後會失去 /d/ 而只餘 /z/ 音。這情形好像 CH 所代表的清塞擦音 /ʧ/ 會在 N 和 L 後失去 /t/ 即只餘 /ʃ/（見下面 63213）。過去有一段時間，英人在口語中把 bilge、bulge、indulge 這類字唸成 /bɪlʒ…/，把 change、range、hinge、danger 唸成 /ʧeɪnʒ…'deɪnʒə/，是很平常的事；但近年這種傾向似已見收斂。

6313　同化性音變
英文字母 D 會因為同化作用的緣故，發出的語音從塞音 /d/ 變為
塞擦音 /ʤ/。語音的同化性變化，講輔音的第五章中 522 節有整
體說明，其中 52222 "J 合併" 直接講到 D 和 T 發出塞擦音的變
動過程。T 的變化影響更大，在 6323 節有詳細敘述，可與本節
互相參考。

"J 合併"（Yod coalescence）的現象，是半元音 /j/ 跟隨在 D、T、
S 等輔音之後，發生音變，生出一種既非 /j/ 也非原來輔音的新
語音。以 D 來說，音變先生出 /dj/，再變成 /ʤ/，即是英文的"軟
G" 和 J 的音。半元音 /j/ 可以是元音 I 減弱的結果，也存在於現
代長 U 的開頭 —— 因為現代長 U 是個前輕後重的複元音 /juː/，
是中古英語的一些複元音演變成的。（見第二章 2.5 節所述英語
元音的演化）。所以 D 在 DI 和 DU 的組合裏都可能唸出 /ʤ/ 音。

63131　DU 的組合如果出現在單字的後綴部份，/ʤ/ 的讀法是普遍接受
的。例如 -dual（individual 是 /--'-ʤu(ə)l/）、-duary（residuary，/-'-
ʤu(ə)ri/、-duate（graduate）、-uous（arduous）、-dure（verdure 與
verger 同音）。

如果 DU 不出現在後綴，而在單字的主幹上，是重音的所在，
這時英國的標準讀音主張唸出 /dj/，但承認口語有 /ʤ/ 的傾向。
像 due、duel、duke、during、endure，或者 Dewey、deuce，都
有這樣的讀音。due 是 /djuː/ 和 /ʤuː/；deuce 是 /djuːs, ʤuːs/。

63132　DI 的字，如 immediate，仔細讀是 /ɪ'miːdiət/，隨便說就是 /-'-ʤət/。
immediacy 也會唸成 /-'-ʤəsi/。

632 **T**

英文 T 的讀音與 D 相對應，兩者是一清一濁的塞音，發聲前舌尖接觸上顎齒齦。國際音標系統用拉丁小寫字母 t 代表這個輔音；學術界稱它為齒音（dental）或齒齦音（alveolar）。前面講字母 D 的 631 節可以參考。

英文 T 是具有日耳曼語言特色的"氣音"，發聲時大力吐氣；在這方面與 D 相反，而與 P 和 K（C）相似（參看本章開頭的"綜述"以及講"氣音"的 613、614、615 各節）。好像 P 一樣，英文 T 在 S 之後會失去吐氣性質，這時就與法、西、意諸國的 T 無異。（見講 P 的 622、6221、6222 節）

描述英文 T 的音素 /t/ 包含了幾個重要的異體，一是 T 在單字字首和音節開首的音，一是 T 在 S 後的音，一是 T 在 R 前的音。例如 till 和 until 是 /tɪl, ən'tɪl/，still 和 instill 是 /stɪl, in'stɪl/，trill 和 nostril 是 /trɪl, 'nostrɪl/；不難聽出這三種 /t/ 的聲音並不完全相同。

6321 **失音**

T 在下面這幾種情況中都沒有聲音。

63211 （一）夾在 S、F 之後和 L、M、N 之前，標準英語中的 T 並不發聲。（參看上章 5.3 節（九）條）

(i) 在 S 和 L 之間，如 bristle、bustle、castle、thistle、whistle 的讀音是 /'brɪs(ə)l…'hwɪs(ə)l/

(ii) 在 S 和 M、N 之間，如 Christmas 是 /'krɪsməs/，chestnut 是

/'ʧɛsnʌt/。又如 chasten、fasten、listen、moisten 是 /'ʧeɪs(ə)n... 'mɔɪs(ə)n/。Christian 的 T 並 沒 有 失 去 語 音，但 同 源 的 christen 只 是 /'krɪs(ə)n/，christendom 只 是 /'krɪs(ə)nd(ə)m/，都沒有 /t/。

(iii) 在 F 和 N 之間，如 often /'of(ə)n/，soften /'sof(ə)n/。

63212　(二)早時包圍在輔音之中的 T 就會不發聲。單字如 bankruptcy、roastbeef，或 者 短 短 的 facts，字 內 的 T 都 失 了 音 —— 那 時 roastmeat 和 rosemead 想必難以分辨。這種傾向後來已受糾正；但有些字裏的 T 今天仍沒有讀出，如 mortgage 只 是 /'mɔːgɪʤ/。男裝的背心 waistcoat 是 /'weɪs(t)koʊt/，T 可省略；傳統的讀法更是簡單，/'wɛskɪt/，這是上流社會接受的。

63213　(三) L 和 N 後 CH 的 /ʧ/，在口語中會失去了 /t/ 而只餘 /ʃ/ 音。單字 belch、fikh、milch-cow，以及 bench、drench、quench 等，都曾經依此唸成 /bɛlʃ...kwɛnʃ/。這潮流大致已過去了。(參看上面 63123 節內 D 失音的說明，內有 "軟 G" 的 /ʤ/ 失去 /d/ 而成 /ʒ/ 的情形)

6322　T 的變化
　　　T 曾有下述幾種變音。這些變化，有語音問題，也有單純是書寫的問題。

63221　(一) T 變為 D
　　　今天末尾是 D 的一些字，從前末尾是 T 的聲音，例如 card、diamond 或 jeopardy，從古法文傳入時是 carte、diamont、jeu

parti。這清濁音的變動當與重音傳移有關係。

63222　（二）T 變為 R

這種事例在英國方言調查中常有發現，但在標準英文中，重要的例字只有"湯粥"pottage 變為 porridge。

（pottage 和 porrintge 外貌差異較大，讀音 /ˈpɒtɪʤ/ 與 /ˈpɒrɪʤ/ 其實很相近。英國方言調查發現這樣子的 /t/、/r/ 轉變都發生在輕讀的部位。英文 pottage 在古法文的前身是 potage /poˈtɑːʒ/，那樣的讀音當不易變成 porridge）

63223　（三）T 變為 TH

這變動有兩種：

（i）　一般人不會知道，也不必知道，英文的一些序數古時的後綴只有 T 音，後來模仿別的序數而以 TH 結尾，屬這類的序數計有 "第五"、"第七"、"第十一"、"第十二"，它們在古英文中後綴是 -ta，在中古英文是 -te，但現在已變成 -th，顯然是模仿了 "第四"（fourth，中古英文 fourthe，古英文 feortha）等序數的字形。像 fift、sevent 那樣的字形到十七世紀方才從正規英文中絕跡，地區方言可能至今保留着。

（ii）　從古典語文傳入的單字裏，英人屢將 T 改寫為 TH。比如 author 和 anthority 在拉丁是 auctor 和 auctoritas，其間並無字母 H；傳入英文之先，兩字在古法文也只是 autor 和 autorité。今天英文中這兩字有 TH，而且有 /θ/ 的讀音。這問題很大，下面說 TH 的 633 有詳細說明。

63224   ST 出現字尾上

英文有些字末尾會搭上 S 和 T，結果是意義相同的長短兩字形並存。常見例子有前置詞 amid 和 amidst，among 和 amongst。

T 會攀附到單字末尾的 S 之後。說吊升活動的動詞和名詞 hoist，前身是一些方言至今仍在使用的 hoise。連詞 while 是名詞變成的，後來產生了一些副詞如 somewhiles 和 otherwhiles，連詞 while 也有了 whiles 的形狀，這時 T 再搭上來就成了 whilst，今天 while 和 whilst 兩形並存。前置詞 against 的前身是副詞 again，這詞在古英文的形狀是 ongægn，到中古英文時已變成 agen，而因為是副詞，又帶上副詞後綴 -es（即是名詞單數屬格的格尾），成為 agenes，這時 T 攀附上來，終於有了 against 的形狀。

unknown 是個很普通的形容詞，較為古雅而罕用的同義詞是 unbeknown，末尾加上 ST 就是第三個形容詞 unbeknownst。今天 unbeknownst 用作副詞的次數更多，這或許與它的 ST 尾巴有些關係。

6323   同化性音變

英文的 T 發生過很重要的音變，語音從齒齦塞音變成塞擦音和擦音；初學英文的學生遇到那一大群須要用 /ʃ/ 和 /tʃ/ 音讀出的 -tion 和 -ture 字時，想必曾為之瞠目結舌。這種叫做 "J 併合" 的同化性音變，上一章內 52222 節已有說明，本章講 D 時也提及這些道理（見 6313）。英文字母之中 D、T、S、C 四個有這種音變，其中牽涉到單字數目最多的，是本節的 T。

英文中 T 的 "J 併合",是 /t/ 音與跟隨的半元音 /j/ 合成了 /tj/,
接着更變成 /tʃ/,即是 "教堂" church 中 CH 的讀音。半元音 /j/
可以是元音 I 減弱而成,但是亦出現在當代英語中由複元音變成
的長 U 頭上;所以在輕讀的 TI 和 TU 組合之上,都會出現這個
塞擦音。在 TU 處這個新生的 /tʃ/ 音就留駐下來了;在 TI 處它
還發生後續變化,脫去了 /t/ 而成 /ʃ/。

63231　所以含有 TU 的後綴,-ture(如 picture /'pɪktʃə/)、-tuous(virtuous
/'-tʃuəs/)、-tual(spiritual /'-tʃu(ə)l/)都有 /tʃ/ 音。

63232　含有 TI 的後綴,除了極少數,都唸出 /ʃ/ 音。TI 之後是 O 的後
綴 -tion 和 -tious 唸 /ʃ(ə)n/ 和 /ʃəs/。caution 和 cautious 是 /'kɔːʃ(ə)
n, 'kɔːʃəs/。拼法稍有不同 -teous 在美國同樣是 /ʃəs/,英國那些比
較挑剔的人要唸成 /tiəs/;比如 piteous 就有 /'pɪʃəs/ 和 /'pɪtiəs/ 之
分 —— gaseous 也有美英不同的 /'gæʃəs, 'gæsiəs/。

TI 之後是 A 和 E 的後綴更多,諸如 -tial、-tian、-tiary、-tiate、
-tient、-tience、-tiency 等。正常情形下 /ʃ/ 音會出現,如 martial
/'mɑːʃ(ə)l/、Martian /'mɑːʃ(ə)n/、tertiary /'tɜːʃ(ə)ri/、initiate(動詞)
/ɪ'nɪʃieɪt/、quotient /'kwoʊʃ(ə)nt/、patience /'peɪʃ(ə)ns/、sufficiency
/sə'fɪʃ(ə)nsi/。

"基督徒" christian /'krɪstʃ(ə)n/ 的讀法稍為特別,字中的 T 沒有
失音(參看前面 63211(ii),christen 和 christendom 的 T 都失音),
也沒有發出 /ʃ/ 音。這可能因為 T 前有 S 的緣故。

633　　TH

6331　　寫法

英文的 TH 有兩重意義，一是代表英語中比較獨特的一雙語音；一是把希臘文的氣音字母 Theta(θ)轉換成拉丁文。

英語有一雙清濁擦音，用舌尖與上顎齒列配合發聲，從前曾叫做 "齒際音"（interdental）。這對語音在今天 IPA 系統的符號是 /θ/ 和 /ð/；在從前古日耳曼的 Futhark 字母系統裏，代表的符號是 þ，叫做 Thorn。當年天主教士來到英倫，使用拉丁字拼寫當地的古英語時，面對這一雙古典拉丁和希臘語文都缺乏的語音，無計可施，只得把 Thorn 的符號保留下來使用。þ 是早期英文所採納的兩個古日耳曼字母之一，與 TH 在英文中共存，直到十七世紀。

中古英語時期，諾曼書記錄士們開始用 TH 代表英語中這一雙齒音。TH 本是羅馬人從前用來換寫希臘字母 θ 的，在古典希臘語中 θ 是個吐氣的清齒塞音（很像今天英文的 T /t/），後來日漸變動，讓諾曼文士覺得把 TH 移來代表英語的齒際音亦無不可。由於 T 和 H 都是拉丁字母，þ 卻不是，共存了二三百年後，þ 終被淘汰。

移用轉換希臘文 Theta 的 TH 來拼寫英文裏頭日耳曼字母 Thorn 的語音，也不無缺憾。其一就是讓人忘記了古典時期 Theta 是個塞音而不是連音，也看不見它與希臘文 Tau(τ)有一個吐氣與否的對立關係。

6332 **讀音**

英文 TH 的基本語音是清齒際擦音，IPA 符號是 /θ/。正常情形下，在單字開頭的結尾，TH 都發出這個清音，但是在單字中部，受到鄰接的元音和濁輔音影響，它變成濁齒際擦音，即是 IPA 的 /ð/。（這種情形可與 F 的變動比較，見 6242 "F 與 V 的轉換"。古英文的 F 基本上是個清唇擦音，但是在單字中部會受環境影響變為濁音，與 TH 的轉變相似。不過，濁化了的 F 在中古英語時期改寫成 V，TH 則不論清濁都只有一種拼寫法。）

字首和字尾的 TH 唸 /θ/，例如 thank、think、three、thorough；和 both、health、south、worth。 在中部唸 /ð/， 如 fathom、heathen、mother、without。名詞單數的 cloth 有 /θ/，多數 clothes 和動詞 clothe 都有 /ð/，因為古時這兩個字的語尾都有元音。clothing 和 clothier 也有 /ð/。

63321 濁音 /ð/ 也可能出現在單字的兩端。這種異常情況，主要是重音失去的結果。像 than、then；the、this、that、these、those；thou、thee、thy、they、them 以及 though、thus 這些冠詞、代名詞、連詞等等，由於使用得極為頻密，在語言中失去了單字的重音，TH 就從清音變成濁音。thin 好像 think，有 /θ/；但 thine 卻好像 thy 和別的 TH 代名詞，有的是 /ð/。（with 也極常用，所以尾上的 TH 會唸 /ð/。）

63322 清音 /θ/ 出現在單字的中間部份，有兩種情形。一是來自古典語文的詞語。十六世紀後英國的古典學術教育與研究漸見活躍，希臘羅馬單字流入英文詞彙，英人敬重這些字，把其中的 TH 一律以較為費勁的 /θ/ 音來讀出。atheism、catholic、ether、 sympathy 等等都屬這一類。（ether 的 /θ/ 對照着本土單字 either 和 neither 的 /ð/。）

另外一些字是因為前綴和後綴加入，將原在兩端的 TH 推入字的中部，但 TH 保守着原先在字首和字尾的 /θ/ 音。例如 think 和 thought 有 /θ/，於是 bethink、methink 和 bethought、methought 也都唸 /θ/。earth 有 /θ/，於是 earthen 在中部的 TH 也唸 /θ/。

6333　與其他齒音的轉換

63331　TH~T

有些英文字寫出 TH，卻唸出 /t/ 音，彷彿是以 T 寫成的。其實那個 /t/ 音可能更正確。但是由於拼寫方法的緣故，許多這些 TH 字都唸出 /θ、ð/ 音。

從中古英語後期開始，英文把拉丁希臘詞語，特別是古法文傳來的詞語，動不動就用 TH 來替換其中的 T，因為 TH 有對應轉換希臘字母 Theta 的傳統，這樣做可使詞語帶上希臘文化的氣味。羅馬大將安東尼的名字本來是拉丁文 Marcus Antonius，英文卻把它寫成 Anthony；新的讀音隨之而來，今天儘管字典會指出這名字應當是有 /t/ 的 /'æntəni/，小名 Tony 是 /'touni/，也只有 /t/ 音，可是 /'ænθəni/ 的讀法已深入人心，不易拭去。這種作風製造出不少新字形和新讀音。拉丁文 auctor 和 auctoritas 在古法文中演變成 autor 和 autorite（現代法文 auteur 和 autorité），來到英文中就改寫成 author 和 authority —— 似乎有心想追溯到希臘的 authentēs。panther 和 throne 等字，在希臘原文有 Theta，可是傳入英文之前在古法文中已簡化成 pantere 和 trone，英文從古法文處得到的也就是這些字形和 /t/ 音，然而其後用 TH 重新拼寫，今天也就唸出 /θ/ 來。拉丁文名詞 antephona 原是教堂信眾的啟應對唱，後來泛指昂揚的歌曲，傳入古英文變成 antefn，到現代英文時期，唇音 F 和鼻音 N 併合成為鼻音 M，又把 T 改為 TH，終於有了 anthem。

英文有幾個 TH 字發出的聲音是 /t/ 而不是 /θ、ð/。薄荷屬的百里香 thyme 是 /taɪm/，與 time 同音，唸出 /θ/ 音就錯了，儘管這種植物的希臘原名有 Theta。女子名字 Esther 只是 /'ɛstə/；男子名字 Thomas 只是 /'tɒməs/。Thomas 的簡稱是 Tom，沒有 H；在歐洲的一些語文中這位使徒的名字寫成 Tomas、Tomé 等。asthma 和 isthmus 中的 TH 可唸成 /θ/、/t/，或略去不唸。

英國的泰晤士河叫做 /tɛmz/ —— 請注意泰晤士河(R. Thames)與泰晤士報(Times)並非同名。加拿大的同名河流也這樣叫；美國康州的同名河流則有 /θeɪmz/ 和 /tɛmz/ 兩種叫法。英國泰晤士河的寫法和叫法有此差別，實因來路不同。千年前這河在古英文的文獻中記錄為 Temese，今天讀音 /tɛmz/ 中的 T、E、M 都已在案，後半的兩個 E 雖失，卻亦起了作用，使 S 濁化成 /z/ 了。Thames 的寫法則來自河的拉丁名字 Tamisa，近代英人保留這個高雅名號的元音 A，又把 T 改為 TH 以加添希臘色彩。虛榮心的結果，這河讀做 /tɛmz/ 並不符合拼音規則，康州的叫法 /θeɪmz/ 比較合理。

最後，英文本身的 TH 和 /θ/ 也會自然變成 T 和 /t/。英文 nostril 的構詞方法與中文 "鼻孔" 相同，前半 nos 對應 "鼻子"（nose < OE nosu），後半 tril 是古英文的 "孔洞" thyr(e)l 演變出來的，古

時的 TH 變成今天的 T。

63332　TH~D

現代英文裏有些 TH 本來是 D，又有些 TH 變成了 D。有些字有 TH 和 D 兩種拼法，出現在不同的社會和地域方言上。

（一）father、mother；wither、thither、whither；weather、wither 等字，今天有 TH，古時卻有 D。在古英文中，這些字的前身是 fæder、modor...。（今天英文 father、mother、brother 三個字內的齒音相同，古英文 fæder、modor、broþer 的齒音並不一樣，然而卻與德文 Vater、Mutter、Bruder 正好相對應。）

（二）fiddle、rudder、spider 都有 D，但這些字的前身 fithele、rother、spithre 只有 TH。又如 bedlarn 的意思是 "瘋狂"，英人用它來說極度喧嘩混亂的場合，這是因為從前倫敦的 "伯利恆聖瑪利醫院" 是一間很大的瘋人院，英人口語把 Bethlehem 中的 TH 唸成 D，並將第二、三音節合併，就成了 Bedlem 或 Bedlam。

（三）有些英文字在古英文裏含有 rth 的組合，在當代標準英文裏或變為 rd，或仍是 rth。在地域方言中情形可能正好相反。拿 burden、murder、farthing、further 四字來說，在古英文裏它們是 byrþen、morþor、feorþung、furþor；前兩字在今天標準英文裏必定用 D 來拼寫，許多地區性方言卻用 TH，而伊莉沙白時代戲曲家往往兩種寫法都不避，莎士比亞的戲文既出現 burden 和 murder，也出現 burthen 和 murther。farthing（"四分一（便士）"）在標準英文是用 TH 拼寫的，約在百年前英國所有的主要地區方言卻都唸出 /d/ 音，寫實性

小説裏頭的 "鄉下佬" 總是説 farding。

6.4 顎音 CGKQX

641 英文的顎音字母

當代英語只有 /k/ 和 /g/ 兩個後顎塞音,然而表達這清濁兩音的字母卻有 C、G、K、Q、X 五個之多。兩個主要原因,一是拉丁字母有個怪異傳統,有些悖理之事發生後,沒有改正過來,也不會作全盤的調整。一是後顎音前顎化現象(palatalization)在使用拉丁字母的西歐多國語言上先後發生,包括英國在內,這番影響深廣的語音變動迫使各國在文字書寫上頭作不止一回變革,其方法互相影響。

6411 後顎濁塞音 /g/ 的拼寫,是上述五字母中單獨由 G 承擔的,情況稍為簡單。只是這個語音的變化也頗可觀,爆音變成塞擦音和擦音之外,還變成半元音。讀音也有不一致的情形,詳見 646 節。

6412 其餘 C、K、Q、Y 四字母,都拼寫後顎清塞音 /k/。前面第一章敍述拉丁和希臘字母系統時,對這四字母都有説明。X 是拉丁承接希臘傳統的一個雙輔音字母,語音 /ks/,後半是噝音,前半就是後顎清塞音。Q 是希臘所無的拉丁字母,它出場時必有字母 U 作伴,兩字的組合代表 /kw/,那就是具有圓唇性質的後顎清塞音。K 最簡單了,拉丁文在這上頭搬來了希臘的 Kappa (K),那是希臘文代表後顎清塞音的字母。只是拉丁承受了希臘的 K,卻少派用場,原因是羅馬人做了件怪事,他們把希臘文的第三字母 Gamma (Γ) 變成 C，又在上頭加添筆劃製出 G，讓它們代表後顎的清濁兩塞音。不言而喻，四字母之間有種種重複。

6413　後顎音的前顎化運動是語音史上的大事，本書的〈緒言〉和第五章 52221 節都有敍述。這番語音變動在西歐各國語言間產生了一些擦音和塞擦音，各國為表達新語音制定新的注音規則；運動結束後，顎塞音重新在前腔元音身邊露面時，文法家又各出奇謀來書寫。拼音方法複雜起來，動用的字母除上述五個外，H 被用來用去，I 和 U 借來作無聲的符號，QU 失了圓唇性質，K 再獲重用，與 C 分庭抗禮，不一而足。

本章把這一切的問題分撥在 CGKQX 五字母名下討論。

642　C
　　C 是個很特別的字母，它的來源和經歷都不尋常。羅馬人以希臘字母作藍本制訂拉丁字母，他們在對應 Gamma (Γ) 的第三順位上放置 C，開頭讓它代表後顎塞音，不論清濁 —— 所以拉丁文有些清濁塞音混淆的事；羅馬男人通行的名字 Gaius，簡寫為 C，不是 G。後來羅馬人要辨別清濁，就在 C 之後製造出字母 G 放在第七順位，讓這兩個字母分別代表清濁顎塞音。這一來，C 就與拉丁繼承希臘 Kappa 得到的字母 K 完全重合，產生兩字母代表同一語音的謬事。這裏頭的問題留待下面 6422 節詳述。

C 所代表的清塞音 /k/，在英語本身以及與英語關係密切的西歐語文上，發生了叫做 "前顎化" 的同化性前移音變。變動產生的新語音，需要新的拼寫方法來表達，C 這時候或是要同時代表

不止一個語音，或是要與別的字母配合來代表。運動過去後，
顎塞音在前腔復辟，又需要新的拼寫方法來作善後工作，這時
C 多會退位讓賢，由別的字母來承擔重任，但在少數情形中 C
仍能夠出一份力量。下面 6423 節對這一切會有條理交待。

6421　讀音：/k/ 和 /s/
學生們開始學英文不久，啟蒙老師就曉諭要學會分辨 C 的兩個
主要讀音，一個好像字母 K，一個好像字母 S。怎麼辨別呢？
老師說，在元音 A、O、U 前面的 C，與 K 同音；在 E、I 前面
的 C，與 S 同音。老師或許還會講出，與 K 同音的 C 一般叫做
"硬 C"，與 S 同音的 C 叫做 "軟 C"。

這兩個讀音背後的道理就是前顎化現象。古典拉丁文的 C 讀音
與 K 完全一樣，所謂 "硬 C" 正是這個後顎清塞音，它在國際
音標 IPA 中的符號是 /k/。C 的前顎化音變在下一節有個總結，
但我們在這裏可以先把在法國發生的一個種類講一下，這種變
動讓 /k/ 先變成塞擦音 /ts/，再失去塞音而成擦音 /s/，這就是"軟
C" 了。在古法文，這硬軟兩個 C 音 /k/ 和 /s/ 都由字母 C 代表，
法國人並不多使用別的字母或符號，他們只憑着 C 後面的元音
來判斷 C 的軟硬性質：元音是 E 和 I，C 是軟的；元音是 A、O、
U，C 是硬的。法國人從諾曼第渡海征服英國，就把這套讀法傳
授給英國人，所以至今英文還是這樣讀出兩個 C 音，老師們也
教導學生憑後隨的元音來斷定 C 應當唸硬抑或唸軟。

英文老師也許沒有為同學解釋，為甚麼 E、I 這一邊和 A、O、
U 那一邊的元音會在這裏有不相同的作用。這個元音發聲的前
後問題，可參看第二章 2.2 "元音的辨別與分析"，其中 2213 有

元音位置的簡圖。

6422　　C 的前顎化

C 的前顎化問題，説的是後顎清塞音 /k/ 前移變動的事。前面第
五章講述同化作用時，已在 52221 節把整個前顎化問題説了一
回，在這裏我們把其中 /k/ 的變動總結如下。

64221　C 所代表的 /k/ 既是後顎輔音，當它和後腔元音（也叫後顎元音）
A、O、U 結合時，語音很穩定。在所有使用拉丁字母的歐洲語
文中，C 在 A、O、U 前必定發出 /k/ 音，自古迄今，毫無例外。
但是當 C 和前腔（前顎）元音 E 與 I 結合時，它的 /k/ 音會向前
移，終於在歷史上某一時代變成在前顎位置發聲的輔音。這個
新輔音，在英國以及與英語關係密切的南歐國家，主要是塞擦
音 /tʃ/ 和 /ts/。/ts/ 出現在法國和西班牙，其後失去塞音那部份，
只剩擦音 /s/（這 /s/ 音在西班牙一些地區又變成 /θ/）；這就是上
節抽出去説明 C 有硬軟兩讀音的那種前顎音變。產生輔音 /tʃ/ 的
音聲，在法國、西班牙、意大利都有發生，英國也在古英語時
代發生了。在法國，這種塞擦音隨後又失去塞音變成 /ʃ/。

64222　這些新輔音怎樣表達呢？諸國的方法有兩種，一是不作任何變
動，由得字母 C 同時代表原來的 /k/ 和新生的輔音。法國和西
班牙就是這樣面對 /s/ 音的出現，兩國的 C 都是在後腔元音前
唸 /k/，在前腔元音前唸 /s/；意大利的態度亦然，它的 C 在 A、
O、U 前是 /k/，在 E、I 前是 /tʃ/。英國的古英文同樣讓 C 在這
兩種情況中唸出 /k/ 和 /tʃ/。另一種方法是把字母 H 連在 C 後
構成 CH，讓這個雙文字母代表新輔音。法文和西班牙文都在

袖手不理 /k/ 成為 /ts/ 再成為 /s/ 的變動之後，便用這個 CH 方法來拼寫另一個前顎化的產品 /tʃ/（這個塞擦音日後在法語中簡化成 /ʃ/，在西班牙則仍是 /tʃ/）。英國古英文中在 E 或 I 之前唸出 /tʃ/ 音的 C，到了中古英語時期紛紛改寫為 CH，原因當然是統治階層所使用的法文影響所致。

64223　C 的 /k/ 音前移產生新語音和新拼寫方法的情形，大致就是這樣。不過，這前顎化的故事還有下一半。音變的潮退落之後，漸漸地，/k/ 音重又在前腔元音 E 和 I 之前冒現出來，這輔音此時當如何表達呢？意大利語文並不煩惱，因為早時 E 和 I 前的 /k/ 移前變化成 /tʃ/ 時意文風紋不動，未作任何書寫的調整；現在它在 C 後加上 H，構成雙文字母 CH 來拼寫這個 E 和 I 前的新 /k/ 音。法文和西班牙文都不能這樣做，因為在 E、I 之前這兩種語文的 CH 會唸出 /tʃ/ 或 /ʃ/，單獨的 C 會唸出 /s/（或 /θ/）；結果它們借用拉丁文的雙文字母 QU，但是不讓它發出圓唇的 /kw/，而只發出 /k/ 音。英文的辦法，我們都知道，就是起用拉丁傳統閒置的字母 K，拼出 kick、kindle、keg、kettle 這樣的字，還有 Kim、Kelly 等名字來。

6423　CH
CH 是西歐語文廣泛使用的拼寫單位。（西班牙文把它視為獨立字母，而不是兩字母的組成的 "雙文字母" digraph。西班牙文字典設立 CH 的一章，次序排在 C 之後，D 之前。）

英文中遇到的 CH 有幾種不同讀法。〈緒言〉0.5 節以 chelate、cheese、chemise、che 四字為例，指出 CH 可唸出 /k、tʃ、ʃ/ 三種聲音。這三種其實都與 C 的前顎化音變有關係，我們在這裏分別說一下。

64231　/ʧ/ 是 C 前顎化的最普通產物，在英、法、西、意各國語言中都出現。如果我們覺得英文裏面的 CH 正常讀音就是 /ʧ/，那是因為土著英文字裏的 CH 是這樣讀的，而且眾多的外來單字在本土化或英語化後也就是這樣讀。

〔土生土長的英文字，若在今天含有 CH，在古英文裏必定在 C 之後有前腔元音 I 或 E。〈緒言〉舉的例字 cheese，在古英文是 cese。child 古時是 cild；chill 是 ciele。今天有 O 的 choose 本來是 ceosan；有 A 的 chalk 是 cealc，與拉丁文"石子"calx 和"鈣"calcium 有血緣關係。chap 是 chapman 簡化而成，與"便宜"cheap 都關連着古英文"小買賣"ceap 和"做買賣"ceapan，拉丁文"小店主"caupo 是這些英文字以及德文 Kauf、Kaufmann、kaufen 等字的共同始祖。元音為 U 的 church，在古英文的文獻裏有 cyrce 和 cirice 的寫法，cirice 的 CI 和 CE 當是 church 中兩個 CH 的由來。但 church 的 U 卻是從較早出現的 cyrce 裏來的，這裏的 Y 接近 church 的希臘原文 kuriakon（doma）"主之堂"的元音 U psilon。古英文的 Y 後來在不同地區變成 U、I、E，在 church 身上我們又一回看見一個含有古英文 Y 的單字後來得到甲地的字形和乙或丙地的語音，與 bury 或 busy 的情形一樣。〕

64232　/ʃ/ 是在法國那邊 C 前顎化產生了 /ʧ/，再失去其中的 /t/ 而成的。法文的 CH 至今唸出這個擦音。法文在英語史上的地位十分重要，因為法國的來人曾統治全英，在英國上層社會文化中留下許多文字。許多這種法文字含有 CH，〈緒言〉舉出的例字是 chemise，那是女性襯衫，有錢人家婦女有種種款式的襯衫，有 chemisette 和 chemiloon 的名稱，都有 CH。英國的大家閨秀外出，全程陪伴照顧的年長婦人叫 cheperon，出入乘坐兩(或四)匹馬拖的輕型馬車叫 chaise and two(或 four)，交際場合喝的香檳酒是 champagne，前來追逐的男士是 chevalier，他們獻殷勤的作風是 chivalry，所有這些英文字裏的 CH 都是 /ʃ/。閨秀的芳名也可以是 Charlotte、Charmaine、Cheryl、Michelle；即使是 Rachel，也可以採法式有 /ʃ/ 的讀音。

64233　/k/ 是意大利文 CH 在 I、E 前的讀音，是 C 前顎化結束之後的善後措施(見 64223)。〈緒言〉和第五章講前顎化時提到一些飲食的詞語，更多的例子可以在藝術和音樂的範圍找到，那些是意大利貢獻巨大的領域。繪畫和雕塑大家 Michelangelo，音樂家 Cherubini 的名字上 CH 都唸 /k/。

CH 的 /k/ 音另一來源是希臘文第廿二字母 X (Khi)，前面〈緒言〉0.5 節已講過。這字母的讀音與希臘文 Kappa 同是後顎清塞音，但更多了強力吐氣的性質，現代語言學界把它轉寫為 kh，過去拉丁傳統因為避開 K，是用 CH 來轉寫的。這 CH 雖說是希臘吐氣音，與英文用 C 或 K 來代表的 /k/ 音其實沒有分別，因為英語的後顎清塞音也是吐氣的(見本章 614 節的分析)。英文的 CH、C、K 常代表同一個 /k/ 音。"基督"和"基督徒"在古英文經籍裏寫成 Crist 和 Cristen，喬叟(Chaucer，屬中古英語時代)的詩裏也是這樣寫的。Christ 和 Christian 的字形是模仿拉丁文聖經的寫法。

6424　**C 與 K**

在同音的拉丁字母 C 與 K 之間，羅馬人盡量使用 C，K 只留着來轉寫少數的希臘字。這種做法成了傳統，拉丁語文演化出來的近代語文如法、西、意等，都是蕭規曹隨，趨 C 而避 K。今天法、西、意文字典中，K 的一章或者是完全空白，或者僅有寥寥十數字而已。

64241　英語的歷史上，古英文完全不使用字母 K。現代英文的 back, book, brook, make 等字，在古英文是 bæc、bōc、brōc、macian，都不見 K。kin 和 king 從前是 cyn 和 cyng（cyning）。

中古英文開始使用 K 來拼寫。推動這種變革的力量主要是古英語後顎音前顎化，因為字母 C 越來越不足以表達各種情形下的 /k/ 音。喬叟介紹那一群要到坎特布雷去的進香客時，說內有一僧人和一廚子，他寫的兩字已是 monk 和 cook；早時在古英文裏，這兩字是 munuc 和 cōc，都是無 K 而有 C 的。K 後來使用得越見廣泛，在字首出現得不及 C 多，在字尾卻是後來居上。這兩個字母如何分工合作，請看下面講 K 的 643 節。

64242　在希臘字母轉寫問題上，對應 Kappa 和 Khi（即 Chi），當代學術界用拉丁字母 K 和 KH，過去用的是 C 和 CH。（見前 1321）

許多通行的英文字是古法轉寫得來的。"海洋" ocean、"景色" scene，還有無處不見的 cyber，若經當代學術方法轉寫，會是 okean、skene 和 kuber(n)。這樣的字形，讀音就大不相同了。

6425 特別讀音
下面幾個帶 C 的字，由於歷史原因，讀音並不正常。

64251 indict（/ɪnˈdaɪt/）和 indictment 中的 C 都沒有聲音這顯得異常，因為 interdict 和 verdict 的 C 都唸出 /k/ 音：/ˈɪntədɪkt, ˈvɜːdɪkt/。

原來在中古英語時，這三字分別是 endite/indite、entredite、verdit(e)，它們都是古法語和諾曼法語傳進來的字，其中已沒有字母 C 和 /k/ 音。日後英國學者和教師認識到這些法國字，就像 dictum 或 dictionary，來源是拉丁動詞"說"dicere 的過去分詞詞幹 dict-，於是把它們改寫為 indict、interdict、verdict，並讀出 C 的 /k/ 音來。無奈這個 /k/ 音在 indict 中又站不住腳，因此今天仍是往日 indite 的讀法。

64252 同樣原因，victual 唸 /ˈvɪt(ə)l/，沒有 C 的 /k/ 音。

這字來自拉丁 victualia，主要部份 vict- 是"食物"victus 的幹，亦即是"生活"vivere 的過去分詞詞幹 vict-。在古法文中，這字的外形已變成 vitaille，早期現代英文把它寫成 vittel，寫法與今天的讀音很對應。victual 的 C 和 U 都是後世英人復古的舉動，只是讀音無法恢復。

64253 ache 唸 /eɪk/。CH 發出 /k/ 音，彷彿是個希臘字轉寫出來的。

這其實是個土生土長的英文字。現代學者在古英文中追尋根源，發現有趣的事。ache 的前身，名詞是 æce，動詞是 acan。æce 的 C，在 E 前，後來發生前顎化音變，從 /k/ 變成 /tʃ/，在中古英文裏已寫成 eche 和 atche，再後寫成今天的 ache。

acan 的 C 則因為是在 A 前，能夠保存 /k/ 音，中古英文的寫法已是使用字母 K 的 aken，這樣的字形，撤掉動詞的詞尾，長 A 和 K 在當今英語中當然就是 /eɪk/ 了。所以，這個字今天的情形是，不論名詞或動詞，都具有了古時名詞演化出來的外形和動詞演化出來的語音，而兩者不甚對應。

643　K

拉丁字母 K 的形與音都繼承希臘的 K(Kappa)，由於拉丁文有 K 和 C 兩字母同樣代表後顎清塞音 /k/，而羅馬人偏重 C，K 一向被閒置。英語的歷史上，古英文奉行拉丁文規則，只用 C 而不用 K 來拼寫。可是由於古英語的後顎塞音有前顎化變動，C 不能夠獨力代表所有的 /k/ 音，中古英語時期開始看見 K 出來分擔一部份拼寫的責任。(參看講字母系統的第一章、綜述輔音的第五章，及本章講顎塞音的相關部份。)

6431　K 和 C 分工

現代英文使用 C、CH、K 與 CK、QU、X 來表達 /k/ 音，其中最多用的要算 C 和 K。這兩字母怎樣分工合作，既要看 /k/ 音出現的位置是在字或音節的頭上抑或尾上，也要看結合的元音是前腔還是後腔性質。鄰近的輔音比較不要緊，不過也非毫無意義。

64311　在音節頭上

(一) C 在後腔元音 A、O、U 前是 /k/，在前腔元音 E 和 I 前是 /s/。這是後顎塞音前顎化後的讀音規律。C 在 car、cost、cut

或 recall、become、discuss 這種字裏都讀出 /k/；在 cell、cite 或 recess、docile 中都讀出 /s/。concern、recalcitrant、circumstance 這些字裏，C 的 /k/ 和 /s/ 兩音都出現。

(二) 前腔元音 E 和 I 前的 /k/ 音須用 K 寫出：keep、kept、keen、ken；kill、kiln、kite、kine。

64312　音節頭上的 /k/ 音前後若有別的輔音，有這幾種寫法。

(一) /k/ 之前有字母 S、C 和 K 分工的方法不變，即是由 C 帶領 A、O、U，由 K 帶領 E、I。例如 scabbard、scallop、scandal；scold、scope、scourge；sculpt、scum、seuttle；另一邊則為 skein、skeleton、sketch；skill、skim、skin。

(二) /k/ 之後有 L 或 R，這時不論元音性質，/k/ 音一律用 C 拼寫：clad、crave；clement、cream；climb、crisis；close、cross；club、crumple。

(三) 若是(一)和(二)的情況同時出現，/k/ 處於嘶音 S 之後和流音 L、R 之前，這時的書寫方法與(二)同，即是一概用 C：scramble、screen、scribe、scroll、scrub。流音 L 在這位置出現的字較罕見，但醫學上有 scleritis 和 sclerosis 等。

64313　在音節末尾

(一) 前面的元音如果是短的，/k/ 音會寫成 CK：back、hack；deck、neck；brick、sick；cock、flock；duck、pluck。

(二) 元音如果是長的，/k/ 音會寫成 K：cake、make；beak、eke；dike、like；oak、look；duke、rebuke。

(三) K 也寫在輔音之後。輔音可能是音節性輔音 N、L、R 和嘶音 S：bank、plank；milk、silk；clerk、pork；ask、desk。

64314　音節末尾有兩種情形會沿襲拉丁方法，用 C 來表達 /k/ 音。

（一）一種是在 I 之後，如 sceptic、mystic、rhetoric、stoic 等。這種 -ic 的來源是拉丁文 -icus 和希臘文 -ikos，英文也曾用 -ik、-ick，和採自法國的 -ique 等寫法。-ique 在當代英文中仍會出現，會發出 /iːk/ 的聲音，與 -ic 有分工的情形，如 critic /ˈkrɪtɪk/ 是批評者，critique /krɪˈtiːk/ 是批判性著述。

（二）第二種拉丁寫法是在末尾的 T 前用 C 代表 /k/，如 act、fact；reject、defect；inflict、predict；concoct；duct、deconstruct。這種 -ct 是拉丁動詞過去分詞詞幹末尾的語音結構。（act 是動詞"行事"agere 的過去分詞 actus 截除語尾 -us 而成。）

64315　K 和 C 分工有不少例外，許多是有緣故的。英國通行 sceptic，這是拉丁原來的拼寫，其中 C 在 E 前仍有 /k/ 音；但美國傾向用 K 取代而寫成為 skeptic。至於在 C 的地位上出現 K 的 skull 或 skunk 等字，可能是受到別的語文的影響。

6432　K 與 C 在希臘文的轉換上也有爭衡 —— "心"應當寫成 psyche 還是 psukhe，等等。第一章 1321 節和本章內講 C 的 642 節各處已有較詳細說明。

6433　失音

英文字首的 kn- 組合（古英文的 cn-）今天只讀出 /n/，/k/ 已經失落了。knack、knapsack、knave、knead、knee、kneel、knife、knight、knit、knob、knock、knoll、knot、know、knuckle 等等全都以 /n/ 音開始。（英語的 KN 和拉丁、希臘的 GN 有幾個很重要的詞根。）

K 在字的中部也有失音情形。ask 的過去式和過去分詞 asked 唸 /ɑːs(k)t/，這 /k/ 一般不會唸出來。罵人的話 blackguard 是 /ˈblægɑːd/ 或 /ˈblægəd/。taken 可以讀成 /ˈteɪkən、ˈteɪkn、teɪn/，小說戲劇有 ta'en 的寫法。make 的前身在古英文是 macian，這個弱動詞的過去式和過去分詞是 macode 和 macod，其所以在現代英文裏會成為 made，皆因中間 C 的 /k/ 音已失，音節也縮減了。

644　Q

Q 在拉丁文裏必定有 U 相伴，如影隨形，QU 成了一個雙文字母（digraph），代表 K 的圓唇音。拉丁傳統的語文都這樣使用這個字母，包括法、西、意、德等；但在別的語文裏 Q 是可以獨行的。（開羅 Cairo 在阿拉伯文是 Al Qahira。漢語拼音也單獨用 Q）。英文裏只有 QU，沒有單 Q 出現，然而這些 QU 不一定有圓唇性質。

6441　歷史與性質

本書第一章講拉丁字母系統時對 Q 有作介紹。這個字母不曾在希臘字母中露面，到拉丁文才入場，羅馬人總是把它和 U 寫在一起，共同代表具有圓唇性質的 /k/ 音。圓唇在印歐語言中是很普通的性質，唇、齒、顎都有圓唇音，古時更是普遍。可是拉丁文只讓圓唇顎音有特別寫法。

[拉丁文給予圓唇顎音特別處理，似是因為一群極其要緊的語詞帶有這個語音的緣故。拉丁字典中 Q 部份的單字並不多，其中動詞和名詞甚少，多的是副詞、形容詞和連接詞，尤其是用於詢問的詞。這些使用來求取資訊的詞是生活中不可缺少的。比如科學研究有 "定性" 和 "定量" 兩個重要方向，英文

qualitative 和 quantitative 兩字與 quality 和 quantity 同源，源頭是拉丁文 qualis "怎樣的？" 和 quanto "有多少？"。新聞報導消息時，須能說出一連串 "W 問題" 的答案，那就是 when? where? what? who? 以及 how? 這串求取真相的詢問詞，在拉丁文中都以 QU 開頭。其他這些 WH 詢問詞都有 /hw/ 音（在古英文是拼作 HW 的），與拉丁 QU 的語音 /kw/ 對應，/k/ 與 /h/ 的變換符合古利穆第一變換律（IE k → Gmc h），可見兩者同是源出原始印歐語的語音。英文的 when，在古英文是 hwanne，拉丁是 quando，今天南歐諸國有 quando、cuando、quand 等寫法；英文的 what，古英文是 hwæt，對應拉丁的 quid 或 quod；英文的 who，對應拉丁的 quis。沒有了 QU 字，拉丁就沒本領做求知識的語言工具了。]

6442　語音變動

QU 在拉丁文的正常讀音是 /kw/，現代語文使用拉丁字母的也經常這樣讀。可是早在羅馬時代這個圓唇顎音在特別語音環境中已會變動，拼寫方法也因而改變。後來，拉丁演化出來的近代歐洲語文又再有變動。

64421　拉丁文裏 QU 在一些語音之前，特別是高後或中後元音之前，會變成 CU，表示圓唇顎音 /kw/ 中的 /w/ 變成了元音 U。（半元音 /w/ 是元音 /u/ 除去響亮聲音而成，/w/ 變為 /u/ 就是響亮度恢復，這是常有的現象）。英文名詞 cook "廚子" 和動詞 cook "炊食" 來自拉丁名詞 coquus 和動詞 coquere，coquus 也寫成 cocus，coqwuere 的過去分詞幹是 coctus，都以 C 代替了 QU。拉丁一個很重要的多用途字是 cum，它的另一種寫法是 quom。

英文"每日"是 quotidian，前身是拉丁 quotidianus，但這個拉丁字的標準字形今天已改為 cot(t)idianus。

這種變換對英文而言也值得注意。拉丁一個重要的動詞是被動型的 sequor、sequi、secutus sum，意思是"陪伴、跟隨、追趕"，詞的兩個幹分別是帶有 QU 的 sequ- 和帶有 CU 的 secut-。前者所產生的現在分詞幹 sequent-，是英文 sequence、consequence、subsequent 等字的骨幹；後者加上前綴，構成 execute、persecute、prosecute 等字。這些 QU 字和 CU 字是同根所生，是有密切關切的；像 sequential、consequential 和 consecutive 等字常會被字典拿來互相說明，不是沒道理的。sequence "貫數"是成串一一跟隨的數字，executive "行政人員"和 prosecutor "控訴官"則是在"跟進處理"一些事務或罪案的人——他們在 follow、follow up、follow through。除了"起訴"，prosecute 也解作"追逐"，與 pursue 相同：這絲毫不足為怪，因為 pursue 這個法文字的來源是拉丁 prosequi——前綴 pro- 加上 sequi。

64422　在南歐的近代拉丁系語文中，拉丁原來的 QU 寫法和 /kw/ 讀音都起了變化。語音 /kw/ 有時維持不變，有時失去圓唇性質而成了 /k/，有時成了濁音 /g/；QU 的寫法大多數時候一仍故舊，儘管語音已變，但亦會因應新的語音而換上字母 C 或 G。基本詞彙中，拉丁"四"是 quattuor，在近代語文裏變成 quattro（意）、quatre（法）、cuatro（西），其中意大利仍有 QU 和 /kw/，法國雖有 QU 卻只唸 /k/，西班牙仍有 /kw/ 然而改變拼寫方法，用上 CU。拉丁"五" quinque 變成 cinque（意）、cinq（法）、cinco（西），在這裏可見到拉丁開首 QU 的圓唇顎音 /kw/ 失去了圓唇性質而成 /k/，改寫為 C，再因為處於前腔元音 I 之前而有前顎化音變，在

意大利唸出 /ʧ/，在法國和西班牙唸出 /s/。（拉丁的第二個 QU 在這些近代語文中保存得稍好，有着 /kw/（意）或 /k/（法、西）。法文"五"是 cinq/sɛ̃k/，字母 Q 竟破例單獨出現；不過，"五十"在法文裏卻是 cinquante /sɛ̃kɑ̃:t/，其中的 /k/ 音仍拼寫成 QU。）

6443　英文中的 QU

英文裏面帶有 QU 的字，源頭差不多都是拉丁文，其中一部份是中古英語時期從法文傳入的，另一部份是現代英語時期直接從拉丁得來的。英文 QU 的兩個讀音與這兩個來路大有關係。

（一）/k/。法文中 QU 原來的 /kw/ 音普遍失去圓唇性質，一些從古法文來的英文字也把 QU 唸成 /k/。例如 burlesque、critique；conquer、conqueror；coquette、etiquette（演化成 ticket）；以及 quay（與 key 同是 /ki:/）。

（二）/kw/。今天英文裏的 QU 大多數發出這個圓唇後顎清塞音。從拉丁直接到來的字固然如此，經過法文而來的字亦類多如此，其中有些字是在傳入英文之時古法文仍把 QU 唸作 /kw/，有些卻是英國人讓它們恢復了古時的圓唇音。

有許多單字，法文後來由於語音已變而把寫法也改了，但英文卻把兩者都好好保存着。鵪鶉 quail 的來源是古法文的 quaille，這個字在現代法文中已變成 caille，唸 /kej/，英文的 quail 仍有 /kw/ 的聲音。square 也是從古法文來的，拉丁文的名詞"方塊"是 quadrum，動詞"造成方塊"是 exquadrare (ex + quadr (um) + are)，這字在古法文中已變成 esquarre，傳統英文的字形就是 square；但在法文之中它其後拼寫隨着讀音改變，成了 écarré，今天只是 carré。

645 X

英文字母 X 是拉丁第廿一字母，前面第一章講拉丁字母系統時已作介紹。這字母的讀音來自希臘第十四字母 Xi（形象與中文"三"相似），而字形則來自希臘第廿二字母 Khi（或 Chi）。這個是拉丁和英文唯一的雙輔音字母，正常讀音是 /ks/，即是後顎清塞音 /k/ 加上嘶音 /s/。這字母的讀音在英文中有下述兩種變化。

6451 變成濁音

X 的兩個正常輔音 /k/ 和 /s/ 都是清的（voiceless），普通英文字裏的 X 發出這兩個清音。ax、text、maximal、expect 的讀音是 /æks、tɛkst、'mæksəm(ə)l、ɪk'spɛkt/。

但在一些字裏頭 X 發出相連兩個濁音 /gz/，即是説，X 在正常情形下的兩個清音 /k/ 和 /s/ 這時一同變成對應的濁音 /g/ 和 /z/。例如 examine、example、executive、exorbitant 這些字唸 /ɪg'zæmɪn、ɪg'zɑ:mp(ə)l（美國 ɪg'zæmp(ə)l）.../。

濁化的音變有兩個條件：（一）X 須夾在兩個元音之間（所謂"intervocalic"）；（二）字的重音須落在緊接其後的元音之上。X 若非處身兩元音之間，雖有重音緊隨在後，像 extant、expel、excise、expose、excuse 的情形，X 都會發出清音。（但 exhibit、exnilarate、exhort 等字是例外，因為字裏的 H 不發聲）。X 出現在兩元音中間時，還須看字的重音是否就在後一個元音上。以 exact、exalt 和 exile、exit 兩對字為例，前一對唸 /ɪg'zækt、ɪg'zɔ:lt/，重音在 X 後的元音 A 上，X 發出濁音 /gz/；後一對唸 /'ɛksaɪl、'ɛksɪt/，重音在 X 前的元音 E 上，X 發出清音 /ks/。這裏清濁化的情形，和印歐古語中韋那聲律的規則相像（見第五章

5212），反映出輔音清濁變化與重音前後位置的關係。

6452　但這些濁化的條件，只是"必要條件"，不是"充分條件"，有些英文字具有這兩條件仍只有清的 X。關於"妻子"的字 uxorial、uxorious、uxoricide，重音在 X 後的 O 上，英國的標準讀音是帶着清 X 的 /ʌk'sɔː--/，雖然唸成 /ʌg'zɔː--/ 也可以。關於"牛津"的形容詞 Oxonian，或是神話中角色 Ixion，亦具備兩條件，仍以清 X 為正確讀音。（濁音 /gz/ 似乎只出現在 ex- 開頭的英文字上。）

6453　失去顎塞音
以 X 開頭的英文字，讀音都以濁噝音 /z/ 開始。這種字為數不多，説"外國"的 xenophile 和 xenophobe 是 /'zɛnə-/，"乾燥"的 xerodernia 和 xenophyte 是 /zɪərə-/。蘇格拉底有名的惡老婆 Xantippe 是 /zæn'tɪpi/（但也有人主張唸成 /gzæn'--/）。

[這和英語的語音特色有關。英語不喜歡讓字首有多過一個輔音。我們看見希臘傳來雙輔音起首的字，英語照例唸成單輔音。像"心靈"psyche、"翼手龍"pterosaur、"肺炎"pneumonia，開頭的 P 沒有聲音。

英語在字首容許的雙輔音或三輔音，是在唇齒顎音之前加上噝音 S，之後加上流音 L 或 R，如 spade；place、praise；split、spring 這種類的字。]

646 G

G 是拉丁和英文字母中的第七位，它本身的歷史以及與字母 C
的關係，前面第一章講到拉丁字母系統、第五章概說英語輔
音，還有本章講顎音和字母 C 之時，都有述及。

6461 讀音
G 和它的常見字母組合，有這幾種讀音：

（一）G = /g/。這個拉丁字母 G 和希臘字母 Gamma 共同的語音，
俗稱 "硬 G 音"。在英文，G 出現於後腔元音 A、O、U 前
就發出這聲音：garden、god、gull；game、goose、gules、
legume。

（二）G = /ʤ/。這個塞擦音俗稱 "軟 G 音"，英文的 G 出現在
前腔元音 E、I、Y 前，發的是這個聲音：gem、gist、
gymnasium；large、college。

（三）G = /ʒ/。這個濁擦音是法國特色的軟 G 音，法國來的字
裏 G 在 E 和 I 前會是這聲音。例如 genre 和 gigue，英文
唸作 /ʒɒnrə、ʒiːg/。deluge、garage、prestige 這些字末尾
的 -ge 都是 /ʒ/。

（四）GH = /g/、或 /f/、或無聲。下面是三類的例字：

（i）gherkin、ghetto；ghost、ghastly、aghast。

（ii）laugh、cough、yough、draught（draft）。

（iii）high、night、fight、fought、though、through。

（五）GU = /g/。例如 guest、guerdon、guile、disguise。

（六）GN = /n/。在字首的例子有 gnash、gnaw、gnat 和源於希臘的
Gnostic。在字尾的例子有 deign、feign、reign、benign、malign
等。

（七）DG（E）= /ʤ/。 例如 edge、judge、judgment、knowledge、
　　　acknowledgment。

這些讀音的成因差不多都是由於語音變動，少數更與書寫方法
有關，在下面我們分開來說。

6462　　前顎化
　　　　G 原本是個後顎濁塞音，在前腔元音 E、I（Y）影響之下，發音
　　　　位置要向前移，產生這種前顎化音變。變動的事實，在前面〈緒
　　　　言〉和第五章概説輔音時都曾講過。本章 6422 節敍述 C 的前顎
　　　　化，亦可參考。

64621　　G 原有的後顎濁塞音 /g/，就是上節第（一）項的 "硬 G 音"。前顎化
　　　　音變發生，英國和意大利等語文中 G 在 E 和 I 前唸出塞擦音 /ʤ/，
　　　　那就是上節第（二）項的 "軟 G 音" 了。

　　　　法語中 G 前顎化的結果，開始也是塞擦音 /ʤ/，其後再生變化，
　　　　失去塞音，只剩擦音 /ʒ/。這就是上節第（三）項的法式 "軟 G 音"。

64622　　前顎化音變結束後，G 在 E 和 I 前唸出 "軟 G 音" /ʤ/ 或 /ʒ/，
　　　　這時如果後顎濁塞音 /g/（或濁擦音 /ɡ/、/ɣ/）出現在 E 和 I 前，是
　　　　不能再用 G 來書寫的。歐洲語文漸漸出現別的拼寫方法來表達
　　　　這語音，一種是 GH。意大利和荷蘭都採用這種字母組合，前者
　　　　表達的是 /g/，後者是 /ɡ/。有歷史地位的印刷商 Caxton 把它引
　　　　入英文中，這就是上節第（四）項的第（i）種類。在上節例字裏，
　　　　gherkin 和 ghetto 用 GH 表達 E 前的 /g/ 是對的；其他 ghost 或
　　　　aghast 中的 /g/ 既出現在 O 與 A 前，用 G 來拼寫已充分表達，

不需要加 H 的。

至於上節第(四)項中的(ii)、(iii)兩種讀法，不是 G 的前顎化問題。見下面 6464 節。

64623　G 的前顎化音變完成後，E 和 I 前重新出現的 /g/ 音，剛才說過，在意大利會用 GH 來表達；但法國不用 GH，而用 GU。

這個字母組合在法國最初代表圓唇性的後顎濁塞音 /gw/，與 QU 所代表的 /kw/ 是清濁對應。後來語音改變，在法國中央地區成了 /g/，在北方成了 /w/，拼寫方法也因應改變，有 G、W 和 GU 幾種，這時的 GU 只是個代表 /g/ 音的雙文字母。

〔 英文有幾雙同源而不一樣的字反映法文這一番變動，包括 guard/ward，guarantee/warrantee，regard/reward，guise/wise（ 名詞）。war 從前是 werre，與法文"戰爭"guerre 有這種對照。有些歐洲人名的異體，諸如 Walter/Gautier，William、Wilhelm/Guillaume、Guglielmo 等，也可溯源到這場音變。〕

英文中 GU 不僅拼寫法國傳來的字，如 guard、guise、guide、guerdon；也拼寫英國本土和北歐來的字，如 guild、guilt、tongue。（"舌"在古英文是 tunge，對應德文 Zunge。）

其實把 GU 用作雙文字母以代表"硬 G"的 /g/ 音，只應當放在 E 和 I 前，不應放在 A、O、U 前，因為在 A、O、U 前 G 自己會發出 /g/ 音，不須加上個無聲字母 U。因此 guard、guardian、guarantee、guarantor 等字的寫法都是多餘過份的。有趣的是，guard 是法文傳給英文的，英文墨守成規繼續這樣寫下去，法國那邊卻重作規範，把它寫成 garde（名詞）和 garder（動詞）了。

6463　GN 和 DG

前面 6461 節所列舉的拼法和讀音之中，GN 和 DG 不能在上節講"前顎化"時説明。這兩種拼寫法的讀音是別種問題。

64631　GN

這個字母組合的讀音是 /n/，字母 G 沒有發聲。

問題要分開字首和字尾兩種情形來説。字首的 GN 唸成 /n/，如 gnash、gnat 之為 /næʃ、næt/，是雙輔音在字首脱落了前面的一個，這在英文而言可謂司空見慣，因為英人通常不喜歡在字首把多過一個輔音連續讀出（前面 6453 節有所説明，包括例外的情形）。希臘來的字，開頭的雙輔音在英文裏都丟失了第一個，如 psychology /səɪ'---/；pneumonia /njuː'--/；或人名 Ptolemy /'tɒ--/；Xenophon /'zɛ--/。

離開字首位置，失去的音可以恢復。gnostic 是 /'nɒstɪk/，沒有 G 的聲音；但 agnostic 是 /æg'nɒstɪk/，G 的 /g/ 回來了。

字尾的 GN 唸 /n/，也失去了 G 的聲音，如 reign、sign、malign 等。這些字裏的 GN 在希臘拉丁的源頭上並不只是 /n/，但傳進英文後變成如此，其間道理可在下面 6465 節見到。

當音節增加時，這些 GN 中的 G 也會恢復發聲。來自拉丁 signum 的 sign，在英文唸作 /saɪn/，沒有 G 的聲音；signal、signature、signet、signify 等等字唸作 /'sɪgn(ə)l、'sɪgnətʃə.../，都帶有 G 的 /g/。malign 是沒有 G 音的 /mə'laɪn/，malignant 卻是有

G 音的 /məˈlɪgnənt/。

64632　DG

英文這個字母組合讀 /ʤ/，代表"軟 G 音"，並且提示前面的元音是短的。譬如 badge、fledge、pidge、lodge、judge 這些 DG(e) 字的元音都是短的；反之，age、liege、doge、deluge 這些 GE 字的元音就是長的。

這種足以辨別長短元音的方法，可與 TCH/CH 比較。我們看見短 I 的 /ɪ/ 在 itch、bitch、ditch、hitch、pitch、witch 上頭，而 each、beach、breach、breech、peach、screech 則帶着長 E 的 /iː/ 音。(例外不是沒有。)

64641　GH

前頭 6461(四)曾指出，英文中 GH 有三種讀音，其中的 /g/ 音已在 64622 解釋了。其餘兩種，一是 /f/，一是無聲，都尚待說明。

64641　這尚待說明的問題，牽涉到歷史上語音變動和文字更換的關鍵性事件。古英文誕生於天主教士來到不列顛使用拉丁字母寫出盎格魯薩克遜人的言語，從愛爾蘭到來的教士寫字母 G 時，小寫字形是 ȝ(略如中文"了"字)。古英文的 G 有三種聲音，一種是拉丁原有的後顎濁塞音 /g/；一種是這個後顎濁塞音在特定語音環境內變化成的後顎濁擦音(代表它的語音符號，從前是在 g 上加一橫槓而成 ǥ，近年是把希臘字母 Gamma 圖案化變成 ɣ)；一種是前顎近音 /j/。/j/ 是半元音，這個重要的語音變化是下面 6465 的主題。

[字母 G 的這個愛爾蘭體小寫字形 ʒ，在語音學中做了代表圓唇濁噝音的符號。(IPA 符號中，清噝音 /s/ 是拉丁字母 S；濁噝音 /z/ 是拉丁最末尾的字母 Z，它的來源是希臘字母 Zeta，原本代表齒音和噝音連成的雙輔音；圓唇清噝音 /ʃ/ 是一些現代歐洲語文慣用的長形 S；圓唇濁噝音 /ʒ/ 就是字母 G 的這一個早期愛爾蘭體小寫)。/ʒ/ 音是法語中字母 G 本來的 /g/ 音前顎化所成，是塞擦音 /ʤ/ 失去了 /d/ 的結果。]

64642　十一世紀時，諾曼人從法國到來統治英國，英語史進入中古英語時期。諾曼人帶來字母 G 在法國通行的小寫字形，約莫就是我們今天習見的 g。古英文的愛爾蘭體小寫 ʒ 讓出位子，半給了法國來的 g，半給了一個來歷不明的中古英文字母 ʒ (略如一個修長的阿拉伯數字 3)。這個名為 Yogh (/jog/)的字母與 g 分工，由 g 代表 G 的硬軟兩音 /g/ 和 /ʤ/，ʒ 承攬了 G 在古英語中其他兩語音 /ɣ/ 和 /j/。

但 ʒ 更代表英語的另一種語音，那就是清顎擦音 /x/(包括前顎的 /ç/)，特別是在 T 之前。古英文的一些動詞過去式和過去分詞如 broht 和 wroht(H 在這位置是 /x/)，或者名詞 liht 和 niht(在 I 和 E 後的 H 是 /ç/，亦可籠統以 /x/ 代表)，來到中古英語時期就改寫成 broʒt、wroʒt、liʒt、niʒt。字母 ʒ 這樣同時代表清濁兩顎音，兩個分別從 C 和 G 演變出來的擦音(古英文的 ʒ 和 h)，實在有些奇怪。(那時英語中濁顎擦音 ɣ 大概在消失之中，已不大受注意了。)

64643　到了現代英語時期，Yogh 又被淘汰。它所表達的幾種語音中，/j/ 改由字母 Y 代表；顎擦音都由雙文字母 GH 代表，清的

/x/ 如此，濁的 /ɤ/ 也如此（這種語音漸漸就聽不到了）。

Y, y 是希臘元音字母，在英文裏它原代表古英語的七大元音之一，但是這個高前圓唇的元音 /y/ 漸漸改變，在英國不同地區演化成 /i/、/e/、/u/，並且改用字母 I、E、U 來拼寫，於是 Y 可以拿去寫 G 旳正音 /j/。這樣，"黃色" 就從古英文的 gielu，變成中古英文用 Yogh 拼寫的 ȝielu，再變成現代的 yellow。

雙文字母 GH 是個嶄新的製作。今天英文裏，GH 反映古英語濁顎擦音 /ɤ/ 的例字不易找到；但反映古英語清顎擦音 /x（以及 ç）/ 的例字俯拾即是。上節提到古英文的 broht、wroht 和 liht、niht，在中古英文變成 broȝt、wroȝt、liȝt、niȝt，到今天就成了 brought、wrought、light、night。同樣，今天的 high、nigh 和 though、through 在古英文都是 H 來拼寫並且發出 /x/ 音的：heah、neah、thoh、thurh（對應德文的 hoch、nah、doch、durch）。

64644　前頭 6461 節曾說，GH 有三種讀音；6462 節講了其中第一種，即是 "硬 G 音" /g/。GH 發出硬 G 音，都在英文字首。我們現在討論的 GH，不出現在英文字首，而在字尾，像 high、thigh 或 height、night 的情形。它在為數不多的字裏發出 /f/ 音（laugh、rough...），在其他多數的字裏頭並不發聲。這兩者就是 GH 的第二和第三種讀音。

從現代英語初期開始，眾多注意英文書寫和讀音的文法家和教育家，在他們的著作中給英文字的讀法留下證言，並且多有評論。語言學者根據這些資料來推算，認為早至中古英語和現代

英語交接的時代，英文字尾上的 GH 開始從 /x/ 變為 /f/。這變動
的普遍性，不是很清楚。在前腔的元音和複元音後，如 high、
straight、eight、weigh 等字上，沒有 /f/ 音出現過的痕跡。但在
後腔元音的情形，許多證據顯示，/f/ 出現得比今天多。這 /f/ 會
脫落，於是 GH 變成無聲。只有一部份英文字至今仍有本領保
存着這 /f/，主要是那些具有短的後腔元音的字，像 chough、
cough、clough、enough、rough、tough、trough 等。（這些字唸
/tʃʌf、kɒf、…/，不論怎樣拼寫，元音不外是短 O 的 /ɒ/ 或短 U
的 /ʌ/。trough 在美國有長音，但英國有短 O 音。laugh 在美國
有 /æ/，英國從前也唸 /æ/ 或 /a/，今天的 /ɑː/ 是十八世紀時伸長
的結果）。英國的方言調查顯示，這個 /f/ 的存亡，在標準英語
與方言中常常不同。有些方言把 daughter、slaughter、drought、
through 唸成 /dʌftə、slʌftə、druft、θruf/。

在語音的道理上言之，GH 的 /x/ 變為 /f/，並非不可思議。這
兩個語音，同是肺內空氣經過口腔排出體外時摩擦所生。古英
文字母 H 所代表的語音中，後顎擦音 /x/ 比較前顎擦音 /ç/ 和
喉音 /n/ 都有多一些圓唇性質。/f/ 在今天是個唇齒音，但從前
是雙唇音 ── 在古利穆聲律中與印歐的雙唇音 P 對應，在古
英語中又與圓唇的 V 相通。幾百年前，GH 的 /x/ 變為 /f/ 時，
嘴唇必定需稍向前移才做得到，但變動仍可視為具有同官性質
（homorganic）。

有少數幾個字用了字母 F 來拼寫這個 /f/ 音。"矮子" dwarf 在古
英文資料裏有 dweorh 和 dweorg 兩個字形，似乎反映它有清濁
兩種顎擦音的不同讀法；後來聲音改變，寫法逐步改變，先是
dwerʒ，然後是 dwargh，最後是 dwarf。另一個字是 draught，這

個傳統的寫法在英國仍是比較通行，但在美國通行的是讀音更
明顯的 draft。

6465　G：Y 和 J

/j/ 不是 G 在今天的聲音，因此不在前面 6461 節內 G 的現代讀
音榜上。但 64641 節說，古英文中 G 的一個讀音是 /j/。64642
節解釋了原委：古英文 G 的幾個不同讀音，在中古英文裏分派
給字母 G 和 Yogh，後者分到這個 /j/ 音；等到 Yogh 被註銷時，
/j/ 改由字母 Y 來代表。

仔細檢看古英文 G 和現代英文 Y 的轉換，可以見到不少語音的
道理。

64651　在字尾上

現代英文字尾的 Y，很大一部份的來源是古英文的後綴 -ig。常
用字 any 在古英文是 ænig，many 是 manig。其他如 body 來自
bodig，busy < bysig，heavy < hefig，holy < halig，merry < myrig，
mighty < mintig，weary < werig。動詞方面，bury < byrgan，worry
< wyrgan。數目詞 twenty < twentig，thirty < britig。(-ig 也是德文
的後綴，德文"二十"是 zwanzig，"三十"是 dreissig。英文 any
相當於它的 einig，holy 相當於 heilig，mighty 相當於 mächtig)

古英文後綴 -ig 上，G 的語音在高前元音 I 之鄰是 /j/，這個半元
音被 I 併吞了，所以 Y 發出的聲音就是 I 的 /i/。

64652　複元音

現代英語的複元音 /eɪ/，通常拼寫成 ai，有時是 ei，若現身字尾
上就是 -ay 或 -ey；它在古英文中的前身，是中低前元音加上輔
音 G 而成的 æg、eg、ǣg 和 ēag。這些組合內的 G 也因前腔元音
（ēa 也是前腔元音，它是 ǣ “斷裂” 而成）之故而發出 /j/ 音。這 /j/
變成現代複元音的後半部份。

日常用字中的例子也很多，braid、brain、clay、day、daisy、
fain、flail、gray 或 grey、hail、hay、lain、lay、maiden、nail、
say、tail、twain、way、weigh、whey 都是。

（在德文同義字裏，字母 G 多會保存着。像 day（古英文 dæg）
對着德文的 Tag；hail 和 nail（OE hægl 和 nægel）對着 Hagel 和
Nagel。動詞 lay 和 say，古時是 lecgan 和 secgan（cg = gg），對
應德文 legen 和 sagen。way 在古英文是 weg，與德文相同。）

這個複元音在現代英文中也可能寫成長 A，因為長 A 複音化後
就是 /eɪ/ 的聲音。古英文中的 “少年人” þegn，今天不是 thain
或 thein，而是 thane。

[thane 這個名詞讓我們看見文字是多麼有趣。古英文的 þegn 與
希臘文的 teknon 兩個字同根同義，指一個未長成的少年人。依
羅馬史家史威通尼（Suetonius）在所著羅馬十二帝傳記中所說，
凱撒遇害時，最終一句話是詈罵布魯特（Brutus），因為布氏受他
知遇，現在卻合謀刺他。凱撒說的是希臘文，“kai su, teknon!”
在莎士比亞的劇中，凱撒的最終詈罵是句拉丁文，“et tu,
Brute!” 兩句話意思相同，et tu 即是 kai su，“你也（這麼樣）！”
（史氏記載中的凱撒最顧面子，希臘文代表他的身份，他這樣

做就好像今天的一些華人"死也要講英文"。他其後雙手扯起長
袍保護自己那張仍然俊美的臉龐，不使受傷，而聽人刺插他身
體。）莎翁劇中凱撒喊出布魯特的名字。但史威通尼説凱撒喊布
做 teknon，英文的 thane。用"未長大"的含義來罵人，即是説
人家"沒份量"或"不足道"，這似是古今中外共同的方法；我
國古書中也看見喊人做"豎子"，説人家"乳臭未乾"。不過，未
成大的孩兒又常是英國封賞的稱號。莎翁另一齣悲劇裏，主人
公 Macbeth 在陰謀篡弒的前夕，由於戰功彪炳而受君王 Duncan
加封一個 thane 的爵位 —— Thane of Cawdor。封號 knight 的文
意也差不多，這個字在古英文是 cniht，"孩子"。再如拜侖成名
長詩的主角是 Childe Harold，白朗寧的一首詩裏也有個 Childe
Roland，childe 是少年貴胄的尊稱，但是這個字其實就是 child
而已，只不過在書寫上加添了一個無聲的 E。]

64653　**在字首**

以 Y 開頭的英文字，如果在古英文裏有個前身，差不多一定是
以 G 開頭，少見例外，兩個 yard 字，在古英文分別是 gerd 和
geard；yawn，　古　英　文 geonian；year，gear；yearn，giernan；
yellow，geolu；yelp，gielpan；yes，gese；yield，geldan；
yolk，geol(o)ca；young，geong；youth，geoguth。

古英文的這個起首的 G，在前腔元音 E 和 I 前發出 /j/ 音；拼寫
方法，前面已説過，到了中古英語時期改用字母 Yogh，在現代
英語時期再改用 Y。

知道了在英文字首上現代的 Y 與古代的 G 有這種替換關係，
就能看見 yellow、yolk、yield 這些字的意思都離不開"金子"。

gold 字的語音中，G 和 L 是基本，O 和 D 較不重要。("金"的意思不一定須有元音 O 來表達。日耳曼民族古時有"償命金錢"的法律觀念，叫做 wergeld，好比說"人(wer)金"，這詞是古英文與其他一些古日耳曼文所共有的。英文動詞"鋪或塗上金(色)"是 gild，形容詞是 gilt。) yelow 在古英文是 geolu，與德文 gelb 以及荷蘭文 geel 同樣帶有 G 和 L；看來日耳曼人稱這種顏色為"金色"—— 除非我們反過來看，認為他們叫金子做"黃東西"。顏色很抽象，許多時候顏色都以物種來說，如以玫瑰(rose、rosy、rosé、roseate)或種種寶石(emeralde、ruby、sopphire)。菊花在中國詩詞中或稱"黃花"("人比黃花瘦")，但英文 chrysanthemum 之名卻是"金花"之意，chryso- 來自希臘文"金子"。yolk 在古英文是 giel(o)ca，有 G 有 L；我們稱蛋的中心部份為"蛋黃"，英人古時似乎稱之為"蛋金"。yield 古時是 geldan，最初只是"償付"的意思，而字中有 G 有 L(而且有 D)，曾是"以金償付"。用 yield 來講田地或產業的出產，以及其他退讓的意思，是後來的事。

第 七 章

音節輔音 —— L、R、M、N

7.1 英語的元輔音

英語輔音之中，L 和 R 是流音(liquid)，M 和 N 是鼻音(nasal)。流音與鼻音是特殊的輔音，名號與眾不同，不只是 consonant，而更是 vocalic consonant 或 syllabic consonant，又或者叫做 sonant 和 resonant。本書把它們叫做"音節輔音"和"元輔音"。

元輔音與普通輔音的明顯分野，在於元輔音不僅可任輔音之職，更可任元音之職。下面我們把其間道理分項說明。

711 流順性

7111 過去的文法書籍常常都以發聲時氣流是否暢通無阻，來分辨元音和輔音：元音發聲時，從氣管出來的氣體在口腔中通行順暢；輔音發聲時，氣流受到各器官的種種阻礙。障礙製造出語音的特色，因此輔音可由構成障礙的器官命名。比如本書第六章把眾多輔音分為唇、齒、顎三大類，三者就是由唇(雙唇、下唇)、齒(上齒列、齒間、上齒齦)、顎(軟、硬上顎)或多或少配合着舌頭與別的器官，構成阻礙而產生的三組輔音。喉間器官的活動也增加語音的特色，聲帶的震動是否使語音有濁(有聲)和清(無聲)之分，氣管的開閉使它更有塞音和連音之辨。(見第五章中輔音的概論)

7112　元輔音和一般輔音的區別，在這幾方面都很明顯。元輔音比較像元音，發聲時氣流暢順，所受到唇、齒、顎各器官的阻礙極少。從喉間的角度看去，元輔音正常都是聲帶有震動的濁音。元輔音發聲時氣管不會有閉合狀態，所以不是塞音而是連音；又由於沒有摩擦，所以元輔音不是連音中的擦音(fricative)，而是近音(approximant)。

7113　L、R、M、N 都是廣義的流音(liquid)。拉丁動詞"流動"是 liqui，名詞"流體、液體"是 liquor。英文形容詞 liquid 有"清澈、純淨、無阻滯、易於流動或變形"等意思，既可形容與"不動產"對立的"動產"之可轉換性質，又可形容聲音的清純和沒有摩擦阻滯的品質。在語言學上，名詞 liquid 是"流音"，原本較廣闊的定義包含元輔音 L、R、M、N 四者；但是由於 L、R 和 M、N 有差異，前二者是口腔音，後二者鼻腔音，為了利便分別，M、N 就成立了"鼻音"類，"流音"專指 L、R。

712　音節性
英文每個音節都有個比較響亮的語音做支撐，如果這是個重音節(即是説，音節包含了全字的重音)，節內的響亮語音自非元音莫屬；但如果音節是輕的(全字的重音不在這裏)，節內的響亮語音就既可以是元音，又可以是元輔音(見 212)。本章前面小節 7112 指出，元輔音與一般輔音有明顯區別，而與元音相似，兩者發聲時各器官的狀態都相同或相近；因此元輔音在輔音的功能之外，又能發揮元音功能，也是很自然的。像 middle、dismal；better、father；chasm、handsome；reason、raisin 等字，第二音節都是輕的，響亮語音分別由 L、R、M、N 供應，唸成

/'mɪd(ə)l、'dɪzm(ə)l；…；…；'riːz(ə)n、'reɪz(ə)n/。

英語的流音和鼻音會代替元音成為音節的語音主力，可在十六世紀的文獻中得到證據，而這個演變應當開始得更早。但教育界注意到這事實，卻遲至廿世紀。

713　語音轉換

單字裏的語音會由於種種原因而轉換。元輔音會好像普通輔音一般轉換起來；比如拉丁前綴 ad- 會依詞幹起首的輔音轉換成 ac-、af-、… as-、at-，也會轉換成 al-、ar-、(am-)、an-（見 52211 節中輔音同化的敍述）。但是 L、R、M、N 還會只在元輔音之間轉換；再進一步，轉換也會只發生在鼻、音 M 和 N 之間，或在流音 L 和 R 之間；最後，流音 L 和 R 更會轉換成元音。

7131　L、R、M、N 之間的轉換

上述 52211 中的 II 曾以前綴 con-、in-、syn- 等為例。比如 con-（即是 concrete、condone、consume、contend 的前綴）會在唇音詞幹之前轉換為 com-(combustion、compile、communism)，在流音詞幹前轉換為 col-(collapse、collide) 和 cor-(correspond、corrupt)。

7132　鼻音 M 和 N 之間的轉換，以及流音 L 和 R 之間的轉換，可在下面講述這四個元輔音的相關段落中見到。這些都是同官性的轉換（參看 521）。

7133　流音 L 和 R 會轉換成元音 U 和 /ə/。這裏頭的道理，可在發聲之時口腔內的情況中探索。L 發聲時，兩唇的距離較小，舌尖伸

向上顎齒齦而讓氣流在兩側通過，所以這個語音叫做"側音"或
"邊音"（lateral）；倘若舌尖稍收回一些而不把氣流分成兩道，
舌面後方會自然地升高一點兒，這就是元音 U 發聲的狀態了。
同樣，R 發聲時舌尖翹起向後捲，倘若放鬆下來，舌頭也就變
成近乎弛弱元音 /ə/ 發聲時的狀態。L 和 R 在梵文都算是元音和
半元音（見第一章），在英語中是有聲濁音，它們變為元音時，
聲帶的調整很少。

71331　L 轉換為 U，是法語史上的一條規則，對英文的影響也大。從
拉丁傳下在古法它的字裏，L 在元音之前保存不變，但在輔音
之前就會變成元音 U。例如拉丁文"平安"是 salvus，L 之後是
輔音 V，於是古法文中這個字變為 sauf（形容詞詞尾 -us 失去，
v 變為 f），傳入英文之時複元音 au 變為 a，終於成了 safe。英文
的動詞 save 來自古法文 sauver，前身是拉丁動詞 salvare，有 L。
這個 L 在法文之外的拉丁系語文中仍保留着，所以"救世主（基
督耶穌）"在英文是無 L 的 Savio(u)r（< 古法文 Sauveour），但在
西班牙文是有 L 的 Salvador，在意大利也是有 L 的 Salvatore，
兩字都以拉丁動詞 salvare 的過去分詞幹 salvat- 構成。英文也使
用這個詞幹，如基督教講"救拯"之時會上 salvation 這個有 L
的字；慈善機構"救世軍"叫 Salvation Army。

〔古法文有許多單字由於要應付元音或輔音的不同需要而具有
L 和 U 兩種字尾，但是到了今天只餘少數常用字仍然如此，像
"新"有 nouveau 和 novel（le）兩字形，"美"有 beau 和 bel（le）。
這些成對的字形在英文中也可以直接或間接看到。其他大多數
這種單字在現代法語中只存一種字形，或有 L，或有 U；英文
接收進來的也只採一種字形，照例有 L。因此，同源的英法單

字會面貌不相同，有着 L 和 U 的對照。英國餐桌上的食物與器
皿多會有法文名稱，我們也在此見到這種對照，如 "小牛肉"
在英文是 veal，"盛器" 是 vessel，今天法文把這兩者叫 veau 和
vaisseau。形容詞 "殘忍" 在今天的英法兩文同是 cruel，名詞在
英文是 cruelty，在法文卻是有多一個 U 的 cruauté。其實 cruauté
的構成與 "美" beauté 相同，這個 "美" 字的來源是拉丁形容詞
bellus，由於後綴 -té（< 拉丁 -tas）始於輔音 T，具有 L 的詞幹 bel
須轉換為具有 U 的 beau 才合古法語的聲韻要求，所以名詞是
beauté，英文名 beauty 的前身。今天英文字典説 beautify 的意思
是 embellish，反過頭來又説 embellish 的意思是 beautify，我們
若能看出兩字間有 L 和 U 的轉換，就知道兩字其實是同源的同
義字。]

71332　R 轉換成中央弛弱元音 /ə/（即 Schwa，沒有特定的英文字母），
　　　　是英語本身的演變，與古法語無關。下面講到 R 時，731 節有
　　　　所補充。

7.2　L

英文的字母 L 和它的聲音 /l/ 可以出現在單字的頭、中和尾部。
L 是個元輔音，它發揮輔音功能的情形較多，元音功能的情形
較少。現代英文的 L 承接古語文的相同字母，但是在少數單字
裏它有別的來源。L 和 /l/ 會消失；在一些單字裏的 L 是後世文
人與學者給它恢復的。它對少數元音有特別影響。以上各點分
述在下面。

721 來源

現代英文裏的 L 和 /l/，與其他字母的情形類似，多數來自古英文、古法文、拉丁文和希臘文。少數特別來源是以下這些。

7211 輔音組簡化的結果

古英文字首的輔音組合 HL 和 WL 都會簡化成為 L。前者的例字有 leap、lade、ladle、loaf、lady 等，它們的前身分別是 hlēapan、hladan、hladel、hlāf、hlāfdige。

後者的一個例字是今天的動詞 lisp，它的前身是 wlispian。（不過，古英文的 HL 和 WL 究竟真是兩輔音的組合，抑或只是 L 的特殊讀法，尚難確定。比如 HL 和 HR，可能是要把兩流音 /l、r/ 唸成清音，而非正常的濁音。）

7212 闖入

有些英文字中輕讀的音節內有個 L，可是古語文的前身並無此 L。這個字母與語音冒出其間稍難解釋，不像 B 現身於 M 與 R 之間及 D 現身於 N 與 R 之間那麼有語音道理（見第六章 B 與 D 部份）。語言學者用了"寄生"（parasitic）之類的話來說它。

例如"音節" syllable，在法文是 syllabe，古語文中拉丁的寫法是 syllaba，希臘文的源頭是 sullabe，意思來自動詞 sullabanein，"（把幾個語音）收在一起"。寄生的 L 不見於希、拉及古法文的末音節，但在直接傳入英文的諾曼法文中開始出現。（而英文中只是 syllable 有此"寄生 L"，其餘同源字 syllabic、syllabify、syllabification 等字卻沒有。）

常見的例字尚有 manciple、participle、principle、chronicle、treacle 等。(principle 與 principal 同樣唸作 /'--p(ə)l/，但後者的來源是拉丁形容詞 principal(-is)，而 principle 的來源是拉丁名詞 principi(-um)，原本沒有 L。)

7213　流音更換
有些英文字裏的 L 是另一個流音 R 變成的。這樣的更換，有同化和異化兩種作用的情形。

72131　R 由於同化作用而變為 L，有 intellect、intellectual；intelligent、intelligence、intelligentsia 等例子。這些字的前綴 intel- 的前身是 inter-，末尾的 R 受後隨的 L 影響而同化了。

前綴 per- 也可能受到同化而變為 pel-，例如在形容詞 lucid 之前加上 per-，就產生 pellucid。

72132　異化作用能使一個字裏面不同音節中的兩個 R，其中之一變為 L。比如 "進香客、朝聖者" pilgrim，前身在拉丁文是 peregrinus，在古法文變為 pelegrin 了。(現代南歐語文仍有 peregrino 之類的拼法。西班牙聖雅各修院售賣部的紀念品上有 Peregrino a Santiago 字樣。)

其他例字有拉丁文 laurarium 變成的 laurel，purpura 變成的 purple，marmor 變成的 marble，paraveredus 變成的 palfrey 等。(見前第五章 523)

72133　英文的小名(diminutive，親近和方便的叫法)上頭會用 L 代替原名中的 R。女名 Mary 的小名是 Molly、Moll 或者 Polly、Poll。Sara 或 Sarah 即是 Sally、Sal。

男名 Henry 先去鼻音就成 Harry，小名是 Hal。莎翁幾部歷史劇中的亨利五世年輕時叫做 Prince Hal。（Hal 與 Sal、Sally 的 A 都唸短 A 的 /æ/，與 Harry、Sara 等的 A 相同，而異於 hall、tall 等 AL 字中的 /ɔː/。）

722 輔音與元輔音功能
L 通常發揮輔音功能，與一般輔音字母無別；但有時它是元輔音，發揮元音功能。

7221 輔音與元輔音的位置
L 在單字裏面究竟是個輔音抑或是個元輔音，大致可從它所在的位置看出。在單字重音所在的音節，L 只會是輔音，不會是元輔音。因此單音節的字裏，L 不論處身元音之前或之後，都是輔音；在兩個或多個音節的字裏，重音所在的音節裏頭 L 也一定是輔音而已。

元輔音性質的 L 只出現在輕讀的音節裏。它常見之於第二音節，但在第三音節也不是太少。在這些輕讀音節中，當元音字母徒具其表而並不發聲時，L 就供應音節所需的響亮聲音；例如在 single、simple（還有 singleton、simpleton、simpleness）的第二音節，或 capital、capitol、apostle、beautiful 的第三音節。

7222　元輔音的拼寫

由於英文拼寫的習慣不容許音節沒有元音字母,元輔音性質的 L
可能寫成了 AL(如 fatal、sandal 或是 animal、radical),IL(lentil,或
美國口音的 virile、infantile),OL(gambol、idol、pistol),UL(restful、
useful);換言之,L 之前可能是 A、I、O、U。從前元輔音 L 也
可能出現在 E 後,但現在英文照例把它寫在 E 前(如 gamble、
article、participle。古時的 lytel、middel 今天已寫成 little、middle);
L 在 E 後的情形(infidel、sentinel)很少。(參看第二章 212 節)

723　失落與恢復

從古到今,L 都有在單字中消失的紀錄。但是近代英國的學者
和文法家也讓一些已消失的 L 重現在字裏。

7231　古代失音

古英文裏的 ealswa(這個字有別的稍異拼法)若保留着 L,後來演
化成 also;若失去了 L,終於變成 as。

有幾個字,在 /tʃ/ 音(古英文在 E 和 I 旁的 C,中古英文改寫成
CH)前後的 L 都有可能失落。mycel 和 wencel 變成今天的 much
和 wench;hwilc 和 ælc 變成 which 和 each。

〔 這些變動,學英文的人若不知道歷史上曾發生過,似乎也無所
謂;但若是知道,對現代英文的一些表現當更能了解。比如小說
家 W. Scott 和詩人 R. Burns 的蘇格蘭英文有個常用字是 muckle,
與 much 同義,我們若知道 much 的前身是古英文的 mycel,又
對語音變動不陌生,就恍然大悟了。each 更有趣,它來自 ælc。
英文中"每一個"的意思除了可用 each 表達,又可以在前加上

ever，在後加上 one 來加以強調。ever each 在古時是 æfre ælc，兩字合併就演化成今天的 every，末尾的 /l/ 和 /ʧ/ 兩音脫落，元音也有些變動。ever each one 原是 æfre ælc ān，三字合併產生今天的 everyone，今天的讀音其實是 every 加上 one(/ˈɛvriwʌn/)，但在中古英語時代，喬叟的寫法是 everichon，其中 CH 顯示 ælc 和 each 中的 /ʧ/ 仍未失去。]

7232　近代失音
在中古英語後期至現代英語初期，L 在下列語音環境中失去語音。

72321　在 /nt/ 之前
英文 shall 和 will 都有 /l/，但表示否定的 shall not 和 will not(早期有 wol not 的寫法)，在口語中連接成一個字時，失去 /l/ 和 not 中的 O 音，唸成 /ʃænt/ 和 /wont/，書寫出來就是 shan't 和 won't。

shall 和 will 的過去式 should 和 would，都沒有 /l/，重讀是 /ʃud/ 和 /wud/，輕讀是 /ʃəd/ 和 /wəd/。否定式的讀音自然也沒有 /l/，比如正式的 should not 是 /ʃud not/，快時是 /ʃudnt，或 ʃədnt/，寫成 shouldn't。

could(/kud, kəd/) 和 couldn't(/kudnt, kədnt/) 也都沒有 /l/ 音。(can 是個比較奇怪的"過去形現在式"(preterite-present)日耳曼動詞，could 其實是依照 should、would 模式製造出來的過去式。)

72322　在 K、M、F、V 之前

在這幾個輔音之前，L 在元音 A 之後失落得最完全，在 O 之後
也發生，在 E、I、U 後則保全不失。原因是 L 和 U 的語音相近，
上面 7132 節曾説到法文中 L 與 U 會互換，下面 7233 敍述 L 的
恢復時還要講及這道理。這個由 L 變成的 U(或它的半元音 /w/)
與前面的 A 結合得較完全；與 O 較不完全，L 保留得多些；與
E、I、U 則並不結合。現在分述如下。

723221　在 K 之前

英文 AL 的組合讀 /ɔːl/(見前第四章 4422)，但 ALK 卻是無 /
l/ 的 /ɔːk/。所以 tall 和 talk 的讀音分別是 /tɔːl/ 和 /tɔːk/。balk、
chalk、stalk、walk 是 /bɔːk…wɔːk/。

OL 組合正常發出 /oul/ 音(見 43131)，若有 K 隨後，如 folk、
yolk 和姓氏 Polk，唸作 /fouk、jouk、pouk/，沒有 /l/。

ELK、ILK、ULK 的組合卻全都保存着 /l/ 音。elk、whelk；
bilk、milk、silk；bulk、hulk、skulk 唸 /ɛlk…bɪlk…bʌlk…/。

723222　在 M、F、V 之前

這時 AL 的 /ɔːl/ 失去了 /l/，而那中後長元音 /ɔː/ 也降下成為低
後長元音 /ɑː/。alms、balm、calm、palm、psalm 唸出 /ɑːmz、
bɑːm…sɑːm/；"杏仁"almond 是 /ɑːmənd/。

AL 在 F、V 之前，如 calf、half 是 /kɑːf、hɑːf/；calve、halve、
salve 是 /kɑːv、h-、s-/。(美國人唸出 æ 來。英國近年的趨勢也
如此，salvage 唸 /'sælvɪdʒ/，salvation 是 /sæl'veɪʃ(ə)n/，salve 仍

可唸 /sɑːv/，但 /sælv/ 日佔上風了。）

OL 字中，其後有 M、F、V 者不多。holm 唸 /houm/，與 "家" 無異。姓氏 Holm、Holme 都這樣唸。（名探福爾摩斯 Holmes 的正音是 /houmz/，與 homes 相同，沒有 /l/；不過，讀音字典也列出有 /l/ 的 /houlmz/。）

7233　失音恢復

有若干英文字，今天的字形有 L 在其中，也唸出 /l/ 音；但是這 L 和 /l/ 在中古英文時期曾經失去，只是到了現代英語的早期才又為文法學者恢復。例如：

　　assault、cauldron、falcon、fault、herald、realm、scaffold、
　　scald、soldier、vault

這些字的來源都是拉丁文；在古法文中，由於 L 變成 U 了（見前 71331 節），字內的 L 改為 U，傳入中古英文裏就是一批以 U 代 L 的字。進入現代英文時期，英國學者追溯字源，才把拉丁中的 L 重新加插進去。他們有時讓 L 取代早時僭篡的 U，有時只把 L 擺放在 U 後算了。

［soldier 是個復 L 逐 U 的例子。拉丁之 "糧餉" 是 solidus，以 "吃糧人" 之意製成的 "兵丁" 一詞在拉丁是 solidurius，來到古法文中變成 sol(i)djer，再變成 soudier，以這個字形傳入中古英文裏。後來英人把 L 放進字裏取代了 U，乃有今天英文的 soldier。fault 是個保留着 U 的例子。拉丁動詞 fallere，意思是 "欺、騙"，它的現在式詞幹經過古法文而變成的英文字是 fail，但過去分詞幹在古法文中變成 falte 和 faute，來到中古英文中也是 faute，其

後英人恢復了拉丁文中的 L，同時保留了古法文的 U，於是有 fault 的字形。同樣，拉丁的 assalire 經過古法文，現在式詞幹產生今天英文的 assail，過去分詞幹產生中古英文的 assaute，英國的文法學者後來既恢復了 L 又保留着 U，製成了 assault。]

724　對元音的影響

元輔音對元音的影響比普通輔音要大，而元輔音之中，流音 L 和 R 又要比鼻音 M 和 N 大（見前 713、7133 及下面講 R 的 7.3 中相關小節）。L 能使一些元音發生依附性變化，又能使一些元音伸長。

7241　在 L 之前，如果又是單字重音所在，短 A 和長短 O 都要發生音變。短 A 會發出 /ɔː/ 音（例如 all、ball…；bald、false、halt；falcon、alter、falter；Aldous、Aldridge、Albany、Aldington）；長短 O 會發出 /ou/ 音（old、bold…；cole、sole、stole；coal、foal、goal；poll、roll、toll）。參看說 O 的 4.3 節。

可是短 A 和長短 O 也很可能在符合上述條件時發出典型短 A 的 /æ/ 和短 O 的 /ɒ/ 來。這些音特別多出現在"L 夾在兩元音間"（intervocalic L）之前。例如 fallacy、malady、callous、fallow、tallow、tally 以及人名 Alan、Allen 都在 /l/ 前有 /æ/；college、collar、dollar、follow、hollow 等字則在 /l/ 前有 /ɒ/。

7242　在字母組合 LD 之前，元音 I 和 E 都發出長音。child、mild、wild 等字唸出現代長 I 的複音 /aɪ/。field、shield、wield、yield 等字內的 IE 是長 E 的拼法，也唸出現代長 E 升高了的 /iː/。held 是例外，它保存着短 E 的 /ɛ/；但姓氏 Heald 有長 E 的 /iː/ 音，也有長 E 的 EA 拼法。

LD 前的 A 唸出 /ɔː/，如 bald；O 唸出 /ou/，如 bold；這些已在 7241 提到。

7.3　R

字母 R 出現在英文字的頭、中、尾各部。經過不尋常的語音變動，R 今天只在元音之前完全唸出來；在元音之後，不論是在字的中間或尾上，美國人仍然唸出捲舌音，英國的 RP 口音則不再捲舌；不過，兩地的英語這時都會發出弱的中央元音 /ə/。R 和上節的 L 都是流音，同具元輔音性質，在不同環境中發揮輔音或元音功能。做輔音工作時，它對前面元音影響很大。

731　語音變動

英語史上，與 R 有關的重要音變有下面這些。

7311　捲舌和彈舌

R 在英語中所代表的語音，古時應當和拉丁 R 的語音相同，或非常相近。拉丁的 R 是個捲舌音(retroflex)，有彈舌的特色(trill 或 roll)；發聲時，舌頭上翹，喉中急劇衝出的氣流使舌震動彈跳。羅馬人把 R 稱為 "狗字母"(litera canina)，因為彈舌的呼嚕呼嚕聲像狗兒攻擊之前所發出的威脅聲音。

73111

今天英美的主流口音平常唸 R 時已不再彈舌了。猛烈震動着舌頭來唸這個字母，在蘇格蘭還相當普通，但在英美只可能出現在一些特別的典禮或儀式之中。

73112　R 的捲舌特色也在英語中失去了不少，所餘已不多。捲舌的動作減弱時，語音大變。今天英美兩地的 R 若出現在元音之前，舌還是捲的 —— 例外是在 T、D 之後，見下面 7323；若出現於元音後，美國主流口音仍有捲舌，英國 RP 就不捲了。

元音後的 R 捲舌與否，是分辨英美口音的指標之一。(其實捲舌不限於美國、蘇格蘭和愛爾蘭亦如此；而不捲舌的，除了英國的 RP 和島上方言，還有澳紐等國。語言學界用 rhotic 和 non-rhotic 兩詞來分稱這兩類英語語音，Rho 是與 R 對應的希臘字母 P。)

7312　捲舌特色與弱元音 /ə/
R 是個濁音，發聲時聲帶是震動的，在舌尖翹起產生捲舌音前的瞬間，弱元音 /ə/ 已開始滑出，及至發聲的方式改變，捲舌的動作減少時，這元音就明顯地現身。這是英語的 R 在元音後面的新發展(參看 7133)，這個弱元音容易與前面的元音結合而生出新語音，所以 R 對許多元音都大有影響(見下 73233)。

73121　英國的 RP 口音在元音之後不再翹舌，於是這裏的 R 變成純粹的弱元音 /ə/，沒有捲舌聲；但美國的主流口音這時仍然翹起舌尖製造出捲舌音，不過同時也讓 /ə/ 出現，於是把元音後的 R 唸成帶有捲舌特色的弱元音，這個語音的標示方法是 /ɚ/ 或 /ər/。

73122　一些單字的拼寫方法與這個弱元音的浮現有關係。那個來自拉丁"花卉" flōs 的幹 flōr- 的英文字，起先拼寫為 flour，解作"花"和"麵粉"；後來出現新寫法 flower，用 ER 兩字母代表從前只用 R 代表的語音，只解作"花"，把"麵粉"之解留下給往日字形 flour。同樣，bower、shower、tower 也是用上 ER 代表古時 būr、scūr、tour 等字形只用 R 來代表的語音。古英文的 brǣr 在現代英文裏是 briar 或 brier，古法文的 frere 變成現代英文的 friar（或 frier），顯然字尾 R 的元音性質給英人很深印象，促使他們採用 ER 或 AR 的寫法。十六世紀時有一位文法家把 fire、higher、mire 的讀音標示為 feiër、heiër、meiër，ër 表示一個獨立音節。

7313　　其他音變

73131　　失音
R 在元音之後失落，曾使一些單字變了形，或是有了不正常的讀音。有兩種魚的名稱因此變了，一是 bass（今天唸成 /bæs/），古英文裏原本是 bærs；一是 dace（/deɪs/），古法文是 dars。地名 Dorset 曾因為失音而在歷史紀錄中出現為 Dosset，後來才又恢復舊寫法。

Worcester 因此唸 /ˈwustə/；有些地方使用這個名字而把它拼為 Wooster。（Worcester 中間音節 -ce- 失音是英國地名的習慣，參考 Gloucester、Leicester 等地名。）Worcester 開首音節 WOR-，就如同 word、worse 等等，在中古英文中拼作 WUR，而 UR 在現代唸 /ɜː/（見下 733），所以 word、worse 等字都有 /ɜː/ 音，而 WUR 失去 R 音就餘 WU，語音就是 /wu/ 了。毛紡工業的術語 worsted（來自地名 Worstead）也因為同樣理由而沒有 /ɜː/ 音，唸 /ˈwustɪd/。

73132　HR

古英文許多單字開頭是 HR，其中的 H 後來不見了。現代的 ring 和 roof，古時是 hring 和 hrōf。有些古字比較難認，"鴉"raven 古時是 hræfn；ridge 是 hrycg（類似古字 brycg 演變成為 bridge 的情形）。這個今已消失的 H，也可見於別的古日耳曼語文如古德語、古撒克遜、古挪威及古英語的近親古菲利斯語(Old Frisian, OFr.)；但 H 在這裏是否亦代表喉間吐氣音，尚無定論。（參看 7211 節説 HL 的情形）

73133　倒置

英語中"語音倒置"(metathesis)的事例多與 R 有關，且多發生在古英語時期。現代的"三"three 字裏頭 R 走在元音前，"第三"third 中 R 走到元音後面，這種對立在德文 drei 和 dritte 兩字中看不見。原來在古英語時期，中部英格利方言讓語音顛倒了，把其他方言的"第三"pridda 變成了 pirdda，終於產了今天的 third 字。這方言也把其他方言共有的"三十"prittig 顛倒成 pirttig，把"鳥"brid 顛倒成 bird，這些就是現代的 thirty 和 bird 字寫法的由來。

[名詞 wright 和形容詞 wrought 也都是這種過程的產品。動詞"工作"work 在古英文是 weorcan，這個弱動詞的過去分詞是 worht，經過語音倒置 —— 並把 O 改寫為 OU，H 改寫為 GH —— 就是 wrought，作形容詞用時亦如此。把古日耳曼語的"匠人"後綴 -tia 扣在動詞"工作"的一個元音替換詞幹 wurk- 尾上，經過一些規律性語音變換，古英文的"工匠"wyrhta 就出現了。這字再經歷一回語音倒置，並脱去尾上的元音 A，把古英文的 Y 變為現代的 I，H 改寫為 GH，就是今天的 wright。]

73134 ER

在現代英語早期 ER 的語音曾向後也向下移，發出 /ɑːr/ 的聲音。
這個對英語的書寫和讀音曾有頗大影響的變動，已在前面講前
腔元音的第三章說過(3213 節(四))。

732 輔音 R 與元輔音 R

7321 辨別

元輔音 R 只出現在輕音節中元音字母之後；在其餘的情形 ——
在元音字母之前，不問音節是輕是重；以及在重音節中元音字
母之後 —— R 都只是普通輔音而已。

7322 元輔音 R 的讀法

英語元輔音之中，R 的讀法突出。其他三個元輔音 L、M、N 的
讀法是 /l、m、n/(或標示為 /l̩、m̩、n̩/，或 /(ə)l 、(ə)m、(ə)n/ 之
類)；但元輔音 R 在美國是捲舌的 /ɚ/(亦即 /ər/)，在英國的 RP
是不捲舌的弱元音 /ə/。

例如有元輔音 L、M、N 的 pistol、prism、prison 讀 /'pɪstl、'prɪzm、
'prɪzn/(或標示成 /-tl̩、-zm̩、-zn̩/，或 /'-t(ə)l、'-z(ə)m、'-z(ə)n/)。有
R 的 prisoner 在英國是 /'prɪznə/，在美國是捲舌的 /'prɪznɚ/。

barter 和 martyr 有相同的所謂 "陰性韻"，在英、美分別是 /'-ɑːtə/
和 /'-ɑːrtɚr/；motor 和 voter 也是，在兩國是 /'-əutə/ 和 /'-outɚr/；
plastered 和 bastard 共同的韻則分別唸成 /'-ɑːstəd/ 和 /'-ɑːstɚd/。

7323　輔音 R 的讀法

73231　R 在元音前，一般而言，在英、美都唸出捲舌音 /r/。例如 rip、rue 是 /rɪp、ruː/。例外見 73232。

73232　R 在元音之前和塞音與噝音之後
流音 L 和 R 都可能現身於英語元音之前和塞音與噝音之後，如果塞音是顎音或齒(齦)音，就會出現這些情況。

(一) 顎音 C 和 G 早時在前腔元音 E 和 I 之前會發生前顎化音變，唸出 /s/ 和 /ʤ/；但 C 和 G 後面若更有流音 R(或 L)時，後隨的 E 和 I 就不致影響前面 C 和 G 的顎音。試看 crib、script、grip 或者 cream、screen、green 這些有 I 和 E 的字，裏頭的 C 和 G 都仍唸出顎音 /k/ 和 /g/。(glen、glib、clean、clip 等字當然也一樣)

(二) R 走在齒音 T 和 D 後面時，英語中出現兩個較特別的語音。它們在國際音標的標示方法只是 /tr/ 和 /dr/，彷彿只是兩組輔音，每組是相連的兩個單純輔音而已；其實它們是兩個塞擦音(africate)。原因是英語的 /r/ 中捲舌特色並不強固(前面 7311)，TR 和 DR 發聲時，舌先已伸前到齒處，其後並不銳意收回翹起，流音 /r/ 的音質由是變了。這兩個塞擦音與普通的 /ʧ/(英文的 CH 或 TCH 的音)和 /ʤ/(J，GE 或 DGE)頗為相似，比如 trip 與 drip，draw 與 jaw，差別都不大。(歐洲多國的人唸這兩個音與英美有異。)

73233　R 在元音後

英國 RP 會唸出純粹的弱元音 /ə/，美國主流口音唸出捲舌的 /ɚ，ər/。這兩個弱元音同樣會在其他 "非捲舌型"（non-rhotic）和 "捲舌型"（rhotic）英語（見前 73112）中分別出現。

兩語音與前面的元音多會起一些相互作用，因此它們本身未必還能夠顯現獨立清晰的面貌，而前面的元音就改變了。見下節。

73234　R 在元音後的特殊表現

"非捲舌型" 英語中，元音後的 R 所發出的是個不捲舌的 /ə/，然而在下面情形下會出現捲舌音。

（一）　連接性 /r/

如果下一個字開頭是個元音，上一個字在元音後的 R 就會唸出捲舌的 /r/ 音，彷彿本身是個元音前的 R。這個語音有個名稱是 linking R。例如 door 獨立時唸 /dɔ:/，字組 door closed 是 /dɔ: kloust/，door open 卻是 /dɔ:r 'oup(ə)n/。fear 是 /fɪə/，fear of 就是 /fɪ(ə)r əv/。

（二）　闖入性 /r/

英人習慣，遇到一字是以元音結束，而下一字又以元音開始的話，就在兩元音之間加上一個沒有來源的捲舌 /r/，這 /r/ 叫做 intrusive R。字組 the idea of 在口語中常有個這樣的 /r/ 吊在 idea 尾上：/ði aɪ'dɪər əv/。口語中 fee of operation 和 fear of operation 不很容易分辨。

733　　對元音的影響
　　如果前面的元音是重的，R 可能影響它，使它的發音位置移動，或使它伸長、縮短。下面是個總結，細節分見於第三、四章內各元音敍述。

7331　　<u>長音</u>
　　R 對長元音和複元音會有這樣的影響。（這裏只說非捲舌性英語）

73311　　長 A 今天讀 /eɪ/，加上 R 後，讀音稍降低而成 /ɛə/。bare、care、dare…tare、ware 唸 /bɛə…wɛə/。

　　古時的一些複元音演變成與長 A 同音了；中古英語的寬長 E 也有部份與長 A 同音。因此，air、heir、fair、hair、pair；there、their、pear、tear、wear 都有 /ɛə/。

73312　　中古英語的兩個長 E 今天都讀 /iː/，加上 R 後讀音成了 /ɪə/。長 E 在當代英語中有 E、EE、EA、EI、IE 等拼法，因此 beer、bier、deer、dear、here、hear、mere、weir、weird、beard 是 /bɪə…bɪəd/。

73313　　長 I 今天讀 /aɪ/，後面若加上 R 的 /ə/ 就讀出 /aɪə/。ire、dire、fire、hire 都含有這聲音；buyer、dyer、dryer、drier、friar、higher 亦然。

73314　　中古英語的兩長 O，其一在現代英文裏拼成 OO，今天讀 /uː/，加上 R 的 /ə/ 後便是 /uːə/、/uə/ 或 /ɔː/，發聲位置一步步向下移。從動詞 do 或 woo 得來的名詞 doer 或 wooer，唸 /duːə/、/wuːə/；

poor 則為 /puə/；moor 傳統讀 /muə/，但 /mɔː/ 的讀法日見流行，姓氏 Moor 與 Moore 亦皆如此，而倘若拼法是 More 就要唸得與 more 一樣，是 /mɔː/；door、floor 是 /dɔː/、/flɔː/。

73315 中古英語中較低的長 O，即是現代會拼成 OA 那個，今天唸 /ou/（RP 是 /əu/），加上 R 的 /ə/ 後終於唸成 /ɔː/，發聲位置移低了。oar、boar、board、coarse…roar、shore、soar 等字都有這個音。值得一提的，兩個長 O，以及下一小節說到的短 O，與 R 結合都產生 /ɔː/。

73316 古英文的長 U 在中古英文裏拼寫成 OU 或 OW 了，今天唸 /au/，加上 R 的 /ə/ 就成了 /auə/ —— 與長 I 加 R 的 /aɪə/ 都是 "三元音"（triphthong）。our、hour、sour 等含有 OUR 的字，以及 bower、cower、flower、shower 等含有 OWER 的字，都唸出這聲音。

73317 中古英語時期出現的另一個長 U，今天讀 /juː/ 的，加上 R 的 /ə/ 就成了 /juə/，是個以滑音開始的複元音。cure、curious、endure、endurance、lure、Muir、pure 都含這個語音。

7332 短音
R 使前面的短元音作如下變動。不難看出，發聲位置低的元音所受影響較少，中與高元音改變較大。

73321 短 A
今天短 A 唸出低前的 /æ/ 音，與 R 的中央 /ə/ 結合成後方長音 /ɑː/，仍是低的。art、bar、barb、'barber、'barbarous… 是例。

73322　短 O

中古的短 O 今天唸出低後圓唇的 /ɒ/，與 R 結合成中後稍寬的圓唇長音 /ɔː/。與後面的 R 結合時，短 O 與長 O 難辨。or、oar、ore 都是 /ɔː/；for、fore、four 都是 /fɔː/。

73323　短的 E、I、U

短的 I 和 U 本身唸出高前的 /ɪ/ 和高後的 /u、ʌ/，短 E 是中前的 /ɛ/；與 R 的 /ə/ 結合後，IR、UR、ER 三者一同唸出中央的長音 /ɜː/（即 /əː/）。所以 fir、fur 同音，birth、berth 同音，而 certain 和 curtain 也憑着共同的 /'-ɜːt(ə)n/ 而可以押陰性韻。中和高的短元音，顯然比較低的元音更為後隨的 R 所左右。

7333　R 夾在兩元音間

R 對前方元音的影響力，會因為另一個元音出現在 R 之後而改變。當這種 "R 夾在兩元音之間" 的情況出現時，英國人習慣把這 R 劃入下一個音節，R 成了後面元音之前的翹舌輔音，對前面的元音不再生影響，而前面的元音如果是重的，這時就唸出普通的短音來。這樣劃分和讀音的辦法，美國人有時並不奉行，因此兩地的讀法時有出入。〈緒言〉0.6 節已講到這個問題，在這裏我們再依次總結一下。

73331　R 前的 A

這時唸出典型的短音 /æ/，不是 /ɑː/ 了。barrow 或 barrier 的第一音節唸 /bæ-/，不似 bar 那麼樣唸 /bɑː/；carry 或 carriage 的第一音節是 /kæ-/，不同於 car 的 /kɑː/。同義字 alarm 和 alarum 之中，第二個 A 就有 /ɑː/ 和 /æ/ 之別，alarum 是 /ə'lær(ə)m/。

73332　R 前的 E

這時唸 /ɛ/，不是 /ɜː/ 了。her 是 /hɜː/，但 herring 是 /ˈhɛrɪŋ/。ferry、sherry、very 都有短 E 的 /ɛ/。verse 是 /vɜːs/，但 very 是 /ˈvɛri/。

73333　R 前的 I

這時唸 /ɪ/，不是 /ɜː/。mirth 是 /mɜːθ/，但 miracle 是 /ˈmɪrək(ə)l/。irritate 和 spirit 中，R 前的 I 都是短音 /ɪ/，英美相同；可是在 chirrup 和 stirrup 裏，在 R 之前英國口音有 /ɪ/（/ˈtʃɪrəp、ˈstɪrəp/），美國口音卻有 /ɜː/（/ˈtʃɜːrəp、ˈstɜːrəp/），即是説，美國人在這裏唸出與 chirp 和 stir 相同的元音。

73334　R 前的 O

這時在英美兩國的主流口音中有明顯分別。英國唸出典型短 O 的低後圓唇短音 /ɒ/；美國那邊，或者唸出中後圓唇長音 /ɔː/（反映出後面 R 的影響），或者唸出低後的非圓唇長音 /ɑː/（這是中古英語短 O 的另一種演變結果）。在 borrow、morrow、sorrow 或在 horrible、horrify、horrid、horror 這些字裏，英美口音都表現出這種對照；比如 horror，一邊唸 /ˈhɒrə/，另一邊唸 /ˈhɔːrər/ 或 /ˈhɑːrər/。

73335　R 前的 U

這時在英國會唸出短 U 的聲音 /ʌ, u/，在美國會唸出 /ɜː/（即是 UR 的聲音，這反映出後面 R 的影響）。像 current 在英和美分別是 /ˈkʌr(ə)nt/ 和 /ˈkɜːr(ə)nt/。其他如 curry、flurry、hurry 或 burrow、furrow，與 tower 同根的 turret，姓氏 Murray 和地名

Surrey 等字，都有英美不同的 /ʌ/ 和 /ɜː/ 之別。

有些字裏的 O（或 OU）其實代表 U 的音（見前 4316），這些字上頭也出現這種英美讀音的對比。thorough（古英文 puruh，即是 purh，現代 through 的前身）和 borough（古英文 burg 與 burh，後來寫成 burgh，在現代英文中也演化成上段的 burrow）在英國是 /ˈθʌrə, ˈbʌrə/，在美國是 /ˈθɜːrou, ˈbɜːrou/。法文傳來的 courage，英美也有 /ˈkʌrɪʤ/ 和 /ˈkɜːrɪʤ/ 的差異。

7.4　M

M 出現在英文字上各部份，它的聲音是個鼻音，同時具有唇的性質。M 與 N 兩鼻音常有轉換。好像流音 L 和 R，M 和 N 是元輔音，在輕音節裏可以代替元音擔任語音主力。

741　鼻音與唇音

M 可作幾種不同的歸屬。在一個層次上，從發聲所受到的阻塞程度來劃分，M 與 N、L、R 由於最通暢流順，摩擦最少，算是流音（liquid）。在另一層次，由於 L、R 和 M、N 的發聲地方不同，前者是口腔，後者是鼻腔，於是 M、N 劃入鼻音（nasal），L、R 仍叫流音 —— 因為稱之為“口音”（oral）甚不妥，口腔是大多數語言發聲之處。

梵文文法把語音依發聲位置對應口腔深淺而分為唇、齒、頭、顎、喉等，因此鼻腔所發語音中，M 算是唇音。（其餘較深入都轉寫為拉丁的 N，再附加符號來分辨，相當於歐洲語文的 N、NG、GN 等）。這樣劃分後，M 就與清、濁、送氣、不送氣的四個雙唇塞音 P、B、PH、BH 同屬唇音類。這樣劃分並非毫無意義，前綴 con- 或者 in-(en-) 遇到這些唇音就要變為 com- 或 im-(em-)，生出 commune、compel、combat 和 immune、impulse、emphasis、embolden 這種字。

742 元輔音

M 在輕音節內成為元輔音而發揮元音功能，最明顯的例子當是那些有希臘來源的字，如 rhythm、prism、schism、spasm，以及那一大批以 -ism 結尾的字 classicism、romanticism；capitalism、imperialism；nationalism、patriotism；還有 mechanism、rhumatism、syllogism。

不那麼明顯的例是 blossom、bosom…handsome、tiresome、wholesome…kingdom、wisdom…bottom、fathom、welcome。

743 M 與 N

M 與 N 之間的同官性變動，發生了很多，只是我們學習和使用英語的人很少注意到。ant 在古英文原本是 æmete（今天英文裏還有個同義字 emmet）；scant 和 scanty 的前身是北歐的 skamt；seldom 從前是 selden；lime tree（不是指"青檸"）從前叫做 line、lind 或者 linden，字裏有 N 而無 M，指一種點綴家居庭院的花樹──即是著名歌曲集《冬之旅》中的 Lindenbaum。

7431 學界想說明這種同官變動。他們覺得語音的"異化作用"（dissimilation）可以解釋一些現象。這種作用也被引用來說明流音 L 和 R 的互換（見前 72132 說 purple、laurel、pilgrim 的情形）。學者相信古法文 randon 中第二個 N，是由於這種作用而在傳入英國時異化為 M，形成了英文字 random。古法文的 ranson

（本身由拉丁 redemption（em）變成）也因此產生英文的 ransom。

7432　"同化作用"（assimilation）也是一種解釋。送禮物的箱子籮筐，在法國古時是 hanaper，失去中間的 A 時，由於 P 是雙唇音，前面的 N 同化成 M，於是有今天英文的 hamper。鞋子掩蓋足趾和足背的"鞋幫子"部份，古法文叫做 avant-pie（好比說"足前"，before foot；今天稍變為 avantpied），傳入中古英文裏，失音成為 vauntp，其中的 T 也消失後，N 因 P 而同化成 M，今天英文寫成 vamp。兩手叉腰雙肘張開的姿態 akimbo，來源是北歐語 on kan(e)boue，其中 N 被後面的 B 同化成 M。

有時語音的同化並沒有在拼寫上表現出來。蘇格蘭名城愛丁堡，原是"Edwin 之城"的意思，寫法固定為 Edinburgh 後，讀法較正式的是 /'ɛdɪnbərə/，較簡便的是 /'ɛd(ɪ)mbrə/，最簡便的是 /'ɛmbrə/，只是寫法尚未追上而已。（不過美國德州同名的城市卻被當地人依照拼寫方法讀成 /'ɛd(ə)nbɜːrg/。）

7433　同化作用的來源看來更可以不在近鄰，而在較遠之處，這叫做"遠距離同化作用"（assimilation at a distance）。蛇蠍的毒涎在古法文是 venin（拉丁 venenum 切除中性單數字尾 -um 而成），到英文中變為 venom；歐洲古時珍貴的羊皮紙張，古法文是 velin（"羊"是 vel、veel，稍後變 veal、veau；末尾 -in 來自拉丁常用形容詞與名詞後綴 -inus），英文變成 vellum。學者以為在這些字末尾 M 取代 N，因為字首的 V 是個唇音（圓唇元音 U 產生的半元音，本是雙唇音，後來才變成唇齒音），雖有距離，仍起了唇音的同化作用。這道理同樣解釋 buckram、perform、pilgrim 等字（來源分別是 boquerant（後變 bougran）、parfournir、 peregrinus)為何會在尾上有 M 而非 N：因為字首有雙唇音 B 或 P 的緣故。

7.5　N

鼻腔語音中，除了發聲位置近唇的一個是用字母 M 代表之外，其他位置較深入的幾個，都由 N 獨自或者配合別的字母表達。N 正常是個濁音，在重音節中只會發揮輔音功能，但在輕音節中有成為元輔音的趨勢，能夠負起語音主力的重任。N 的種種變動包括一些同官性變化、增生和失落，後者讓不少英文字有了新面貌，或者是換了尾，或者是改了頭。

751　鼻腔語音

能夠獨立代表鼻腔語音的拉丁字母只有 M、N 兩個，M 代表具有唇音特色的那一個，其餘幾個悉由 N 設法代表。

7511　字母 N 很難單槍匹馬把這繁重工作做好。梵文書寫系統用上四個字母來分工，轉寫為拉丁字母時，須在 n 上下加點和線來辨別（參看第一章梵文字母説明及天城字母附錄）。國際音標以 n 的字形為基本，變動兩足的長短和形狀來製造出這幾個鼻音的標識，這些音標符號在較大型的英文字典中都會列出。

7512　英語中的鼻音，除了唇處的 /m/ 是用字母 M 代表之外，較深處發聲的 /n/ 用 N 來代表，更深處的 /ŋ/ 用 NG。ban 和 baung 代表 /bæn/ 和 /bæŋ/，sin 和 sing 代表 /sɪn/ 和 /sɪŋ/。

但 N 常會單獨發出 /ŋ/ 的聲音，如 inkling 唸 /ˈɪŋklɪŋ/。詳見下面 7532。

7513　另一個鼻音 /ɲ/ 不是英語本身的語音。南歐拉丁系的語言稱呼 "大人、夫人、小姐" 時所用的 seigneur、seignior、senor、signor(e)、senora、signora、senorita、signorina 等等字，在當地都唸出這個 /ɲ/ 音。英美的人會唸成 /nj/。

英文裏的 GN 有種種來源，英語不會唸出 /ɲ/ 音。下面 7532 有說明。

752　元輔音
輕音節裏，N 前的元音弱化到消失時，N 就成為元輔音，供應音節所需的響亮語音。任何元音都可能弱化，因此在 A、AI (EI)、E、I、O、U 之後都可以出現元輔音 /n/，其後也可以還有別的普通輔音相隨。下面是些例字。

7521　A：Asian Jordan Puritan riddance servant ignorant

7522　AI：Britain certain coxswain
　　　　　　 dozen leaven sudden

（數目字 dozen 來自法文 "十二" 加上後綴而成的 douzaine，英國有些由十二人組成的地區小議會仍叫做 douzaine。leaven 在古法文是 levain。sudden 在中古英文的字形是 suddain，古法文的前身是 soudain。）

7523　E：ashen written ancient dependent confidence halfpence
halfpence 口語中是 /ˈheɪpns/。halfpenny 可唸成三音節的 /ˈheɪ-pn-i/ 或兩音節的 /ˈheɪp-ni/。

7524 I：basin cousin raisin Latin Martin Larkin

7525 O：bacon Brighton Lincoln（/ˈlɪŋkn/）poison reckon weapon

7526 U：Whitsuntide bosun
bosun 即是 boatswain，唸 /ˈbousn/。這情形就像上面 7522 節中的
coxswain，也有 coxen 和 coxon 的拼法，三者都唸 /ˈkɒksn/。

753 同官性音變
英文 N 的 /n/ 音有兩種重要音變，都是同官性的，變化結果是鼻
音 /m/ 和 /ŋ/。

7531 /n → m/
在前綴中的 N 因為後隨的唇音而變成 M，極為常見。單字之內
的 N 變成 M 也偶見發生。

75311 第五章英語輔音的概說中，52211 節講及輔音的同化時，曾
指出幾個以 N 結尾的前綴如 con-、in-、syn- 等，若遇到後隨
的本字是以唇音 M、B、P、PH 或 F 開始，就會變為 com-、
im-、sym-。例如 sym- 見於 symmetry、symbiosis、sympathy、
symphony 等字上。com- 和 im- 的字更多得多。

同節又説，有時前綴中的字母未改，但讀音已因為同化作用而
變了。如 "囚徒" inmate，正式的讀法是 /ˈinmeɪt/，但在口語中
會變為 /ˈɪmeɪt/。input 等字類此。蘇格蘭城市愛丁堡 Edinburgh
在口語中會唸成 /ˈɛdɪmbrə/，還會再縮短成 /ˈɛmbrə/。

75312　英文字本身也常見這種轉變。本章前面講字母 M 時，在 743 各段中屢提到這種事例，諸如 "螞蟻" ant 在古英文中原本是 æmmete，有 M 而無 N。另一方面，有一種花樹從前叫 line、lind 或 linden，今天卻叫 lime tree。

學界用語音異化(dissimilation)或同化(assimilation)的道理去解釋一些單字裏頭 N 變為 M 的現象。像法文中的 randan 和 ranson，字裏面兩個音節都只有 N，傳入英文中變成 random 和 ransom，兩音節有了一個 N 和一個 M，這就是語音異化。

同化的道理說明單字之內 N 變為 M，與上節說明前綴音變的方法相同，一樣是唇音 B、P、V、F 把近齒列的鼻音 N 同化為近唇的鼻音 M。7432 節提到古法文的 hanaper，這字傳入英文裏，失去了中間的元音 A，唇音 P 把前面的 N 同化為 M，於是有今天 hamper 的形貌。更有所謂 "遠距離同化作用"（見 7433）能使字尾的 N 受到遠在字首的唇音同化為 M，像 buckram、venom 等字(來源來自 buquerant、venin)就是因為這緣故而得到末尾的 M。

[pilgrim 泛指長途跋涉到異鄉的人，特別是那些到聖地去的進香客。這個字在拉丁原是 peregrinus(構詞方法與英文說 cross country 差不多)；今天南歐語文中，西班牙文還稱香客為 peregrino。語音的異化作用讓這裏的兩個 R 化為同官性的 L 與 R，於是意大利文的香客是 pellegrino，而古法文的方言也有了 pelegrin 的寫法。英文經過這番異化，先有了 pilgrin 的字形；再由於 "遠距離同化作用"，字首的唇音 P 影響到末尾的 N，整個字就成了有 M 無 N 的 pilgrim。]

7532 /n → ŋ/

第五章講輔音的同化時，曾指出 N 會受 G、C、K 的影響，發出不是 /n/ 而是 /ŋ/ 的聲音（見 52211）。這道理不難說明，因為 /n/ 和 /ŋ/ 都是鼻音，/n/ 的發聲位置接近牙齒，/ŋ/ 則深入到後顎處；G、C、K 等的語音是後顎音 /g、k/，影響所及，N 發出的就不再是近齒的 /n/ 而是後顎的 /ŋ/ 了。

因此，N 在 under 上是 /n/，在 uncle 上卻是 /ŋ/；在 sin、tin 是 /n/，在 single、tinkle、tincture 是 /ŋ/。angle、sprinkle、monger、truncate 都有 /ŋ/；encompass、inconstant、oncoming、ungovernable 都可以唸出 /ŋ/ 來。

754 減與增

/n/ 的消失是英語的常情，早在古英語時期這種現象已見發生，它從北方開始，向南席捲全英。失音主要發生在字尾上，在別處較少。另一方面，/n/ 也會增生在單字的頭上，以及中部。

7541 脫落

/n/ 的脫落，完全的證據可以由詳盡比較單字的古今形貌而得到。那總數是很巨大的。不做這種繁重研究的普通人，從一雙雙有 N 與無 N 的同義字上也可窺見這現象的一斑。最易見到的是數目詞 an 和 a：an 最古英文中唯一的"一"字，a 是 an 失去了 /n/ 和 N 而成的。另一雙便是 none 和它失去了 /n/ 和 N 而成的 no（none 在古英文裏是 nan，是否定詞 ne 與"一" an 結合而成）。影響巨大的"小字"還有代名詞產生的形容詞"我的"和"你的"，它們在古時是 min 和 thin，今天成了 mine、my 和 thine、thy。

有 N 無 N 相對的字形，不規則動詞的過去分詞給了我們許多例子。古英文中這種分詞的基本字形是 ge-en，傳到現代，ge- 不見了，-en 往往處於半脫落狀態，所以我們看見許多成雙的詞形：bidden、bid；bitten、bit；bounden、bound；broken、broke 等等，等等。不是每一個詞形都同等通行，有些被字典標示為"過時"或"古雅"的只出現在三、四百年前的文學作品上，有些有了地域性。(strike 的過去分詞之中，今天通行的是失去了 /n/ 音的 struck，但往日的 strucken 仍流行於英國北部和蘇格蘭，而另一個有 en 的詞形 stricken —— 來自一種不同的元音遞換模式 —— 則用在法律文字上，同時也為美國所接納。)

在其他詞類中，常見到的相對字形有 maiden、maid；Lenten、Lent；open、ope；even、eve 等。由於英文的 en 字尾能夠把名詞變為形容詞(gold、golden；wood、wooden)，或把形容詞變為動詞(bright、brighten；dark、darken)，許多人誤以為 maid、Lent 是基本詞而 maiden、Lenten 是衍生詞。

7542　錯誤造成的減與增

在現代英語早期，當古時傳下的 an、min、thin 等字裏面，末尾的 /n/ 音正在欲脫未脫之時，有 N 無 N 字形的取捨，取決於後隨的名詞開頭是元音抑或輔音。今天我們說 an apple、a banana，這選擇方法是那時開始用的；那時還會說 min(e) apple、my(或 mi) banana。那麼，毒蛇 adder 呢？我們今天說 an adder；在現代英語早期，開頭是正確地說 a nadder —— 這種蛇在別的日耳曼語文中都以 N 開始，從前古英文是 næddre，今天德文是 Natter —— 但是其後英人把 N 從 nadder 頭上拿走了，放到 a 後面，造成 an adder。這樣，把 a nadder 的字母系列 ANADDER 重新分割成 an adder，語言學者呼為 "錯誤分劃"（misdivision）。

75421　這種錯誤，讓一批英文字好像 adder 一樣失去了開頭的 N：apron、auger、orange、umpire 等。

75422　另一方面，錯誤也給一批單字在頭上加多了 N。十六、七世紀的劇本把 idiot、obelisk、own 之類以元音開始的字拼寫成 nidiot、nobelisk、nown 等；莎翁名劇《King Lear》裏的傻瓜弄臣不住口叫李耳王做 nuncle（uncle，"伯伯"）。渾名 nickname 即是 ekename（字的由來是模仿羅馬姓名中的 cognomen。ekename 開頭的長 E 升高到成為 /iː/ 時縮短成了 I 的 /ɪ/，前面加上 /n/，唸成 /ˈnɪkneɪm/，拼寫就是 nickname 了）。古英文中 "蝌蚪" 是 efeta，直接演變成現代不甚通行的 eft 和 ewt（因為 efeta 中的 F 夾在兩個元音之間發出濁音，它在古時又是雙唇音，於是寫成 W。ew 是那群演化成中古英語的新長 U 的複元音之一，今天唸 /juː/），ewt 的頭上給加上個字母 N 就成了今天最通行的 "蝌蚪" newt /njuːt/。

75423　一部份以元音開始的名字，因此有了帶 N 的小名。比如 Edward，簡稱 Ed，家人好友常會親暱地喊 "min(e) Ed"，經過 "錯誤分劃"，稱呼成了 "my Ned"。於是 Edward、Edmond、Edmund 就是 Ned；Oliver 是 Noll；Ann、Anne、Anna 是 Nan，後來增長成為 Nancy 和 "褓姆" Nanny。有 H 在頭上的名字也可以加 N，Humphrey 是 Numps；Ellen 和 Helen 都叫 Nell。

7543　單字內的增減

　　上面說的是 N 在前綴和單字的字頭和字尾上的脫落和增生。單字內部也有這鼻音的增與減。

75431　在單字內部，N 可以消失，又可以留存在書寫之中，然而不再發聲。這現象在一些專有名詞上常見到；比如 Hutcheson 和 Hutchison（都唸 /ˈhʌtʃɪs(ə)n/）明顯是 Hutchinson（/ˈhʌtʃɪns(ə)n/）失音而成的。別的專有名詞如 Westminster、Robinson、Edmondston 或 Edmundston，第二音節裏都有 N，但那 /n/ 音在口語說得稍快時就失落了，整個字於是可以唸成 /ˈwɛs(t)məstə、ˈrɒb(ə)s(ə)n、ˈɛbməst(ə)n（甚至 ˈɛmstn）/。

　　abed 等一系列副詞也包藏着一件 /n/ 音和字母 N 脫落的事實。abed、aboard、abroad、afire、aloft、ashore 等字，意思是 on bed、on board⋯ 而原來也就是這樣的副詞短語。前置詞 on 在古英語方言中有 on 和 an 兩種來源，如果是 an，失去了 /n/ 和 N 後所餘就是元音 /a/ 和字母 A，這些副詞短語若合併成為單字，字形當然就是 abed、aboard⋯。

75432　把字母 N 和鼻音 /n 或 ŋ/ 植入單字中部的例子，我們學英文時最早遇上的大概是 messenger 和 passenger。這兩字衍生自 message 和 passage，其中第二音節唸 /-sɪʤ/，而 messenger 和 passenger 的二、三音節唸 /-sɪnʤə/，第二音節相比起來多了個鼻音 /n/，拼寫方法則是由 EN 代替了 A。

　　這樣衍生的字還有 harbinger、scavenger 等。"夜鶯"從古英文的 nihtegala 變成今天的 nightingale，加了 N 的第二音節有鼻音 /ŋ/

或 /n/。"菜肉粥"最初叫 potage（從 pot 得名），變成了 pottage，再奇怪地變成了 porridge，其盛器更變成了第二音節有 N 的 porringer —— 再變便是 poddinger 和 pottinger，可謂千奇百怪。

當讀音的長短抑揚韻律適宜時，英人動不動就把鼻音 /n、ŋ/ 和字母 N 加進單字裏。cottager 曾變為 cottinger，隨後恢復了原貌。市井間還會以 milintary 代替 military，以 skelinton 代替 skeleton，諸如此類，不一而足。

755 **組合簡化**
英文單字，不論是日耳曼語言本身所固有的，抑或是從希臘、拉丁、法語中到來的，繁複的語音會簡單起來，/n/ 音和字母 N 會消失，但有時亦會把別的語音排擠掉，而自己留存下來。比較矚目的是 /ln/ 和 /mn/ 的情形。

7551 **/ln/ ： /l/ 和 /n/**
字母組合 LN 所代表的語音組合 /ln/ 有兩種簡化的辦法，一成為 /l/，一成為 /n/。語音雖已簡化，LN 的寫法卻多半維持原狀。

75511 **變成 /l/**
"磨坊" mill 的形與音可以說明這種演變。min 的前身，在中古英語的 milne，在古英語是 myln，字裏的 LN 唸出 /ln/。字的來源是拉丁 molina，有 L 和 N。（巴黎聞名的歌舞廳 "紅磨坊" 是 Moulin Rouge）。/ln/ 維持着，直到中古英語後期；進入現代英語時期，正音家的證言顯示鼻音已消失，只餘流音 /l/。今天，mill、miller、millstone、millwright 都沒有 N 和 /n/ 了。有趣的是，姓氏和地名如 Milne、Milner、Milnthrop 等，在十七、八

世紀時沒有 /n/，唸作 /mɪl/、'mɪlə、'mɪlþrəp/，但到了今天又因為字裏有 N 而唸出 /n/ 來：/mɪln、'mɪlnə、'mɪlnþrəp/。

"窰" kiln 的情形差不多。這個字的來源是拉丁 culina"廚房"，古英文 cyline，中古英文 kilne。早期現代英語中，由於 /n/ 音脫落，寫法出現無 N 的 kill 和保存着 N 的 kiln 兩種。（莎劇中有 lime-kill 這樣的字）。今天，kill 的寫法已絕跡，理由不言而喻；kiln 成了唯一的寫法。標準讀音是配合拼寫的 /kɪln/；但蘇格蘭人唸 /kɪl/ 的仍多。

75512　變成 /n/

美國著名總統林肯 Lincoln 唸 /'lɪŋk(ə)n/，地名 Lincoln 和 Lincolnshire 中的 LN 組合同樣只發出 /n/ 音。另一地名 Aln(e)wick 是 /'ænɪk/，也沒有 /l/ 音。

7552　/mn/：/m/ 和 /n/

字母組合 MN 在英文並非罕見，它的重要來源是希臘文，如 column、hymn 等都是希臘字。英文字的 MN 或是少了 /m/，或是少了 /n/ 音。

75521　變為 /m/

英文字 autumn、column、damn、condemn、hymn、solemn，以及由 lumine 縮短而成為的 limn，末尾都失了 /n/ 而唸成 /'ɔːtəm、'kɒləm.../。MN 若現身英文單字末尾，一般只發出 /m/ 音而已；語言學者認為，這時最末的鼻音 /n/ 是被鼻音 /m/ 同化而合併了。(N 跟隨在 M 之後也可能出現這種同化現象而只唸出 /m/ 音。比如 government 仔細發音時是 /'ɡʌvənmənt/，但説得快些就

是無 /n/ 在中間的 /'gʌvəmənt，甚至 'gʌmmənt/；internment 慢時是 /ɪn'tɜːnm(ə)nt/，快時就是 /ɪn'tɜːm(ə)nt/ 了。）

但是在這些字裏面 /n/ 的退位並不完全，若後面出現元音，它就復辟。autumn 雖然無 /n/ 在字尾，autumnal 的末尾音節卻是 /'--n(ə)l/。damnable、damnation、con-demnation、indemnify、solemnity 的字母 M 後都有 /n/ 音。字典告訴我們，damned 有兩種讀法：/dæmd/ 和 /dæmnɪd/。

75522　寫為 /n/

與上節所述正相反，當 MN 出現在字首時，它只發出 /n/ 音。希臘文講 "記憶" 的詞根是 mna，這根所生的單字傳入英文中，如 mnemonic 等，都唸 /n-/。

原因在英文讀音習慣上。英文單字開頭若是雙輔音，第一個通常不發音；不論是日耳曼種的 know、希臘拉丁的 gnostic 和 psyche，一概如此。（除非第二個輔音是 L 或 R，如 crow、glow、blow、flow、throw。這也顯示這兩個流音有異於一般輔音。）

第 八 章
半元音 —— J、Y、V、W

8.1　半元音字母

811　語音專家認為，所有元音都能經過一個"脫音"的過程
（devoicing 或 devocalization），除去響亮語音，轉而在語言中擔
任輔音角色，輔助另一個元音。這些由元音脫音而產生的輔音
就是半元音（semi-vowel）。對着五個元音 /a、e、i、o、u/，也就
有這樣五個半元音 /ḁ、e̥、i̥、o̥、u̥/。

除了聲帶有無震動的分別外，每一個半元音與相對應的元音在
發聲位置與方法上都相同，包括雙唇開閉的情形，以及舌尖或
舌面在口腔中的位置。因此，一雙雙互相對應的元音與半元音
之間，存在互相轉換的可能性。事實上，在古代語言的名詞變
格和動詞變形之時，這樣的轉換常常發生。

許多語言都具有五個（甚至更多）基本元音，卻沒有那麼多的半
元音。拉丁半元音只有兩個，半元音字母也只有兩個。英語的
半元音同樣只有兩個，可是與半元音有瓜葛的字母卻有本章所
討論的四個。我們在下面分別說明。

812 　拉丁的半元音

拉丁的五元音中，只有高前的 I 和高後的 U 產生了相對應的兩個半元音，其餘元音都無出。如果 I 和 U 出現在拉丁字頭上，相隨在後的是另一個元音，而重音落在該元音上，這時字頭的 I 和 U 就成了半元音，做輔音的工作。人名 Ionas、Iacobus 和普通名詞 ius、iunctura 可以為例，它們開頭的 I 和 i 是半元音。若要半元音 U 和 u 開頭的例字，我們可以舉出 Uenus、Ualentinus 和 uas、uelum。

8121　拉丁從前並不分辨元音和半元音的字形。拉丁用以代表高前元音和半元音的字母，大小寫是 I 和 i。（比如十字架上代表耶穌基督的四個字母 INRI，是 Jesus（耶穌） Nazarenus（拿撒勒人） Rex（皇帝）Judaeorum（眾猶太人的）四字的簡寫，兩個 J 都寫成 I。）這個字母同時也是個數目字，代表"一"。羅馬習慣，若 i 出現在單字或者數目字末尾，就寫成拖一條尾巴的形狀 j，表示完結。於是"七"和"十三"寫成 vij、xiij；Iulius 和 filius 的屬格寫成 Iulij、filij。這拖尾巴的字形 J 和 j 後來被擢用來代表半元音，以別於不拖尾巴的 I 和 i。這樣，上一段那幾個拉丁字就變成 Jonas、Jacobus、jus（英文 judge、jury 等字的來源）、junctura（英文 juncture）。

8122　拉丁文用以代表高後元音和數字"五"的字形，起初是尖的 V、v，後來出現彎的 U、u。當元音和半元音須分辨時，彎的 Uu 代表元音，尖的 Vv 代表半元音。但"五"字用尖的 V。

8123　我們需要提一下，古羅馬人並不分辨元音與半元音。古籍既然如此，有些現代學者與教師亦不主張分辨。今天許多新刊的羅馬文獻以及拉丁教科書都不加分辨，只用 Ii 和 Vv。

8124　拉丁這個半元音小寫字母 j 得到國際音標系統(IPA)的青睞，採用為注音符號，代表基本元音 i 脫音而成的半元音。

半元音字母 V 卻未獲 IPA 垂青，原因是歐洲主要語文的 V 都演變成了唇齒音，不足以代表圓唇的 u。IPA 系統中代表這個半元音的字母是 W。

813　英文的半元音
英文在這裏與拉丁相同，只有高前與高後兩元音所產生的兩個半元音。

8131　照理英文應當能夠使用字母 Jj 和 Vv，很容易就表達這前後兩個半元音才是。可是語音變了。由高後元音 /u/ 所生的半元音不方便就用 V 來代表，因為英文的字母 V 已演變成了唇齒音，失去了圓唇性質。所以，正如同 IPA 系統用上 w 而不用 v 來代表 u，英文的高後半元音也是由字母 W 代表的。

8132　IPA 用 j 代表高前半元音，英文不能效法，因為英文字母 Jj 已變成了與 "軟 G" 相同的塞擦音 /ʤ/。這時，英文的辦法，眾所周知，就是用 Yy。這個希臘文的元音字母怎麼就擔任起這份工作來呢？下面 8.3 節需花上一些筆墨來說明。

8.2　J

這個由拉丁高前元音字母 Ii 加上尾巴而成的字母 Jj（參見前面 8121），有以下幾點重要內容。

821　字形

前面說過，拉丁文的字母 Ii 既代表元音，也可表半元音；後來，由拉丁衍生的南歐各國語文，紛紛專用 Jj 代表半元音。

英文使用拉丁字母，多年來都只寫 Ii；到現代英語時期的十七世紀時，Jj 才登台。不同年份的莎翁全集有很清晰的證據，在 1623 年的版本上 Jj 尚未現身，比如"妒忌"是印成 iealous 的；九年之後，在 1632 年的版本上，Jj 入場了，"妒忌"是 jealous 了。

822　讀音

J 既代表由元音 I 產生的半元音，它的語音理應是 IPA 的 /j/（即是今天英文 yes 中 Y 代表的音）。可是語音變動不居，拉丁的這個半元音後來在各國變成一些不盡相同的顎擦音和塞擦音。在法國，拉丁的 J 在古法文中變成了 /ʤ/。深受法國影響的中古英文隨後也把這個拉丁半元音唸成 /ʤ/，雖然在法國本土上這個塞擦音再後簡化成今天的 /ʒ/。

8221　這樣，從中古英語時期開始，英文的半元音字母 J（初時寫成 I）就唸出塞擦音 /ʤ/，與"軟 G"相同 —— 兩者在法國那邊則簡化成了擦音 /ʒ/。因此有些字有 J 和 G 兩種寫法。（英文"牢獄"有 jail 和 gaol 兩形，分別從法國中部和北部來到，拉丁源頭是同一單字；gaol 跟隨 jail 唸出 /ʤeɪl/ 來。拉丁文"服務"servire

的現在分詞 servient，中間的 V 消失而 I 所代表的半元音 /j/ 變成 /ʤ/，出現了兩個"服務者"名詞 serjeant 和 sergeant，讓音同為 /'sɑːʤ(ə)nt/（美國音是 /'sɜːrʤ(ə)nt/），今天前者指皇室官員和律師，後者指下級軍官。）

8222　使用拉丁字母的現代歐洲語文中，J 有幾種不同讀法。基督教國家慣用的聖經名字正好反映這些相異的讀音。以"約翰"為例，英文字形 John 開頭唸塞擦音 /ʤ/；德文 Johann 開頭是半元音 /j/；法文 Jean 開頭的擦音 /ʒ/ 是塞擦音 /ʤ/ 簡化而成的；西班牙的 Juan 唸 /x/；意大利 Giovanni 開頭也是塞擦音 /ʤ/；俄文 Ivan 開頭是半元音復辟而成的元音 /iː/。分析起來，這個名字開首的字母 J 只在德文唸出半元音，在俄文變成元音了，而在英、法、西、意諸國與"軟 G"（G 受前腔元音 I 或 E 影響以致前顎化的語音）大有關係，多國的 J 都與軟 G 同音，不論其為塞擦音抑或簡化而成的擦音。意大利文更把字母 G 用上了，意文《聖經》中"耶穌"是 Gesu，"約瑟"是 Giuseppe，"約伯"是 Giobbe。

823　<u>位置</u>

J 在英文中慣例出現在字首。這是拉丁文裏元音 I 轉化為半元音通常的位置。

J 出現在單字的中部，多是由於前綴把它推後之故，像 enjoin、injunction、 conjugate；enjoy、 overjoy；prejudice、prejudge 之類。像 jejune 這樣不關前綴而有 J 在中間的字，為數極少。

8.3 　Y（續）

這是 Y 在本書中第二次露面。前面講元音的第三章對它的元音角色説了不少（3.4 節），在這裏我們補充説明它的半元音性質。

Y 在現代英文中發出 I 的各種聲音，包括長、短、弱的元音和脱音而成的輔音 /aɪ、ɪ、i、j/，但沒有別的語音了。驟看之下，似乎 "Y＝I" 的簡單概念已能説明這個字母的一切語音問題。然而這個拉丁文所不甚使用的希臘字母（名叫 Upsilon），怎麼會走去做起另一個字母（希臘名字是 Iota）的工作？這在英語的歷史上有個長長的故事要講一下。這故事還能夠讓我們恍然了悟一些怪現象的道理。

831　演變小史

Y 的音與形都有過變動。

8311　希臘字母 Upsilon 的大寫字形是 Y，小寫是 υ。拉丁字母來自模仿和修改希臘字母，羅馬人模仿 Upsilon 的小寫字形造出了相對應的字母 Uu（即 Vv），而保留着它的大寫字形並擬出相似的小寫字形 Yy，造成另一字母，這個字母羅馬人日常並不使用，只特別拿去拼寫一些希臘文的字。這就是拉丁和英文字母 Yy 的由來，它的英文名字 Wye（/waɪ/）也很特別，有學者相信那是因為大寫 Y 看來好像 V 加上 I，而 V 從前是圓唇音 /w/，不是唇齒音 /v/。

羅馬人不簡簡單單地採用 Upsilon 的大小字形做拉丁文的 U 字母，原因是兩字母所發出的語音不完全相同。拉丁 U 和希臘 Y 同樣具有圓唇性質，也同是高元音，不過 U 是在後腔發聲，Y

在前腔，兩者有着今天德文的 u 和 ü 之別。（希臘的 Upsilon 和 Iota 都是前腔發聲，但是有圓唇與否的差異，情形就像法文的 U 和 I。）這個圓唇的高前元音，國際音標 IPA 也用 y 來代表。

8312　拉丁語本身沒有 /y/ 音，英語古時卻有。古英文用字母 Yy 代表它的七個主要元音之中的 /y/。今天的單字 little、evil、build，古代前身分別是 lytel、yfel、byldan。

後來，英語失去了這個高前圓唇元音。在不同地區，/y/ 音要不就是不再圓唇但保留着原來的高前發聲位置，變為 /i/ 了；要不就是不再圓唇而且降低了發聲位置，變為 /e/ 了；要不就是保守着圓唇性質但發聲位置退後，變成 /u/。從前文字裏的 Y，這時也就改換為 I、E 或 U。字母 Yy 至此可以挪作別用了。

8313　一個叫做 Yogh（/jɒg/）的字母在這時候入場。它的外形 ȝ 好像數字 3，而其實是古英文中字母 G 的一種小寫寫法。這字母在中古英文中廣為使用，在單字的中間，有時也去到字尾了，它多代表顎音，包括清濁塞音和擦音 /k、g；x、ɣ/，即是古英文用 G 和 H 這兩個字母所代表的多種聲音。等到字母 Yogh 廢棄時，英人就在這位置換上 GH。（這些比較複雜的資料，可參考第三章講 Y 及第六章講 G 的各段。）

8314　若出現在字首，Yogh 發出的就不是那些顎音，而是半元音 /j/。英語史上，G 的顎音在前腔元音 E 和 I 之前後，除了後來會變為 "軟 G" 的塞擦音 /dʒ/，早年多會變為半元音 /j/。今天的英文字 young、yoke、yield、yearn 等，在古英文的前身分別為 geong、geoc、geldan、giernan。Yogh 退位時，補上英文字首空位的，就是字母 Yy。

Y 從此在英文字首發出半元音 /j/。英文字典標注讀音時，IPA 用 j 之處，韋氏及其他使用英文字母注音的系統就用上 y。比如 yet 字，IPA 注作 /jɛt/，韋氏等注作 /yet/。

8315　古英文的 G 在一些元音後也變為元音 /ɪ/ 或半元音 /j/，現代英文同樣是用 Y（和 I）來拼寫這些語音。

試看現代英文的 day，唸 /deɪ/（有些學者認為其實是 /dej/），古英文的前身是 dæg，對應德文的 Tag；今天英文的 way，唸 /weɪ/（或 /wej/），古英文是 weg，德文也是 Weg。maiden（/meɪdən/）在古英文是 mægden，對應德文的 Magd。今天的 body（/bɒdi/）古時是 bodig，holy（/houli/）是 hālig。動詞 say 和 lay（/seɪ、leɪ/）在古英文是 secgan 和 lecgan，對應德文的 sagen 和 legen。day、way、body、holy、say、lay 末尾的 Y，正對應着古英文的 G——動詞 secgan 和 lecgan 的詞尾 -an 是要消失的。但古英文的 mægden 中，G 不在末尾，現代英文的字形是用 I 來與它對應的。（從前教廷訂立一些“神聖日子”，禁制戰爭，這個詞在古英文是 hāligdæg，有兩個 G；到了現代，詞義演化成不必勞動的“假日”，詞形也變成 holiday，有一個 I 和一個 Y。）

Y 在這些字裏的語音是元音字母 I 的語音。出現在字尾時，Y 是稍弱的 /i/。作為複元音較輕的第一部份，Y 是短元音 /ɪ/——有些專家覺得其實是半元音 /j/。（見 342）

8316　現代英文的 Yy 除了上述的 /ɪ、i、j/ 之外，還有典型長 I 重讀

出來的複音 /aɪ/。這個讀音與 G 的關係很少，它的一個來源是希臘文。英文字中部若有字母 Y 出現，這個字多半有個希臘的前身，Y 就是希臘字母 Upsilon。不過，英文今天已不會把它唸出原有的 /y/，而是唸出現代英語的長短 I，即是 /aɪ/ 和 /ɪ/。如 psyche、gyro 等字有 /aɪ/，myth、rhythm 則有 /ɪ/。

8317　　Y 身上長 I 音的另一來源又須在英語史上找尋。古英語末期，圓唇元音 /y/ 漸漸消失，英文中用 Y 拼寫的單字改用 E、I、U 拼寫，閒置的 Y 可以另派用場；到了現代英語的十六、七世紀時，正書家中間出現一種共識，不讓單字以元音字母來結束（E 除外），那些以 I 結束的字就改以 Y 拼寫。像 high、sigh、die、lie 這樣的字形，由於元音之後還有些無聲字母作屏障，I 得到保留；但是像古英文裏的 bi，在現代就寫成 by。古時的 min、pin 等字在末尾的 /n/ 音脫落後，就寫成 my、thy。又有一批動詞末尾也出現 Y，其中一部份前身有 G，如 fly、wry（來自古英文 fleogan、wrigian）；一部份並沒有 G，如 cry（來自古法文 crier）。這些字裏頭的 Y 都是重音所在，唸出長 I 的複音 /aɪ/。

832　　特別寫法與讀法
　　　　Y 還牽涉到一些古怪的寫法和讀法。

8321　　除了像個阿拉伯"三"字的 ȝ 外，Y 又曾代替古英文的 þ（日耳曼古字母 Thorn），因為從前書商的印刷作坊設備簡陋，字母不夠用。那時，"ye" 可能代表 the，"yᵗ"（t 高了半行）代表 that。到今天，在小村鎮或旅遊景點上，旅舍酒簾還會把招牌寫成 Ye Inne（The Inn）或 Ye Olde Beere Shoppe（The Old Beer Shop），裝成古雅的樣貌。

8322 　Y 也給寫成 Z，大眾又會“見字讀音”唸出所謂的“spelling pronunciation”。原本是 Dalyell 的一個名字，後來多了 Dalzell 和 Dalziel 兩個寫法，三者都可以唸成 /di'ɛl/（第一音節因為沒有重音而弱化成 /di/，第二音節也少了半元音），但又分別有更符合拼法的讀音 /'dælj(ə)、'dælzəl、'dælziː(ə)l/。

Menzies 的拼寫用 Z 代替了中古字母 Yogh。英國人唸出 /'mɛnzɪz/，但蘇格蘭人仍然執着唸傳統的 /'mɪŋɪz/。

8.4　V（續）
現代英文的 V 是個唇齒輔音，它的性質和功能已在唇齒顎音的第六章敍述過了。但是羅馬拉丁文的 V 原是半元音，是由高後圓唇的元音 U 脱音而成；等到 V 失去了雙唇性質而變成唇齒音後，對應元音 U 的雙唇半元音就由一個新生字母 W 代表。本節所補充說明的，是由 U 和 V 和 W 三者的特殊關係而來的一些讀音問題。

841 　拉丁文並不分辨元音 U 和半元音 V，羅馬人當年使用同一字母代表這兩音，一時使用尖的 V，一時使用彎的 U。但是當他們看見這字母之後是另一個元音字母時，他們把這個 U 或 V 視之為半元音，讓它在這裏發揮輔音功能。（U 與另一個元音合成複元音，或與另一個元音並肩而立，情形都不多見。）古羅馬人這樣子讀字母的習慣，日後或多或少為歐洲大陸上繼承拉丁語文的諸國接受。

英文許多單字或來自法文、古法文，或直接來自拉丁，它們的讀音反映這種方法。

842 例如 persuade"勸說"的讀音是 /pə'sweɪd/，字裏的 U 被視為半元音而唸成 /w/。persuasion 和 pensuasive 莫不如此。有學者以為這個動詞的拉丁前身 persuadere 有"甜言蜜語"的含意，因為 suave(/swɑ:v，sweɪv/，來自拉丁 suavis)就是"甜，快意"。

suit 和 suite 都源於拉丁動詞 sequi"追隨"。suit 是十一世紀時跨海滅英的諾曼人帶進英文詞彙中的，今天唸 /su:t，sju:t/。這表示 U 發出了長 U 的聲；U 後的 I 沒有發聲，顯然已被目為提示長音的無聲符號。

而 suite 是從中部法語傳到英國的，唸 /swi:t/，與 sweet 無異。這讀法是把 U 視為元音 I 前的半元音而唸出 /w/，元音 I 則唸出歐洲一般長 I 的 /i:/，不是英國那個複音化了的長 I /aɪ/。

鬥牛的一個招式 suerte 唸 /swɜ:t/。

843 地名和人名常見這種讀法
回紇是唐代的西北邊疆民族，也叫回鶻，今天叫維吾爾。這名字用拉丁字母轉寫出來就是 Uigur 或 Uighur，英文唸作 /'wi:guə/，美國音是 /'wi:gur/，開首的 U 唸作半元音 /w/。

德國某地區部落聯盟的成員統稱 Suevian，英文唸 /'swi:vɪən/。這是個拉丁化名字，本來的日耳曼名字是 Schwaben，所以又有一個名字是 Swabian。

用幼小麛鹿的外皮製成的天鵝絨般柔軟皮革，叫做 suede，讀音
是 /sweɪd/。這名字來自法文，法國人最初緣瑞典商人售賣的手
套而得識這種柔革，因稱之為 gants de Suède "瑞典手套"，簡化
成 suède 與 suede。法文 Suède 即英文 Sweden。

由 Immanuel "以馬內利" 縮短成的名字 Manuel，英人唸成
/'mænju(ə)l/，與 manual "手冊" 無別；但美國人每效南美的西班
牙文習慣唸作 /mæn'wɛl/ 或 /ma'nwɛl/。

羅馬史家 Suetonius 在英文有幾種讀法，開首的 Sue- 可唸成兩個
音節 /sjuːɪ、suɪ-、sjuːə-、suə-/，但更傳統的讀法卻是 /swiː-/。

844　從拉丁文 vas 演變成的 vase "瓶兒"，據說有四種讀音之多。
語音學者間曾流行一位詩人學者的諧趣故事詩，敍述四個女孩
子在藝術館內觀賞一個瓶兒，讚歎之時，分別唸出了 /veɪs、
veɪz、vɑːz/ 和 /vɔːz/ 的讀音。（在詩句中分別與 place、praise、
grandpapas 和 because 押韻。）這裏 /vɔːz/ 中的 /ɔː/ 是中後帶圓唇
性質的元音，或許是由於拉丁的 V 原是個圓唇的半元音 /w/，於
是使 vase 的元音也生出圓唇性質。（參考 was 和 wash 的元音）

8.5　W

這個古羅馬所無的字母，代表英語的兩個半元音之一。字形的
來歷不難講明白，但語音 /w/ 在英語史上有過變動，在許多情
形下它會消失，而在合適的環境裏也會從半元音變為完全的元
音。許多英文字的音和形都曾因此改變。

851　形與音

字母 W 是創造出來代表與高後圓唇元音 /u/ 對應的半元音，它在國際音標 IPA 系統中的符號正是 /w/，而使用英文字母作注音符號的韋氏及其他音標系統也以 /w/ 來標注這個音。這是拉丁文以 U 或 V 作輔音時的聲音 —— 即所謂的 consonantal U（或 V）。

W 形狀的由來有一小段故事，當拉丁半元音 V（或 U）漸漸失去圓唇性質而走向唇齒音，亦即從 /w/ 變為 /v/ 時，歐洲使用拉丁字母的諸國紛紛設法補救，各自努力找尋一個新的符號作代表 /w/ 的字母。在英國，古英文就在拉丁字母中間加入一個日耳曼部族的"秘文字母"（rune）來解決問題。這個鶴立雞群的日耳曼字母叫做 Wynn（或 Wœn、Wen），形狀略似拉丁字母中的 P，語音正是 /w/。不過，外形近似拉丁的 P 也是個缺憾，終於英人也模仿歐洲大陸上的國家，把 V（或 U）多寫一回以強調它固有的圓唇性格。在英國古老的典籍文獻裏，uu 或 vv 常可見到；這種"雙文字母"（digraph）再後串起來成了"連體字母"（ligature），就是 ꃰ 或 w。新字母在英國通行的名字是"雙 U"Double U，連接着唸成 /ˈdʌbljuː/；別的歐洲國家也有稱之為"雙 V"的。

852　失音

英文中涉及 /w/ 的失音情形，有些與特定語音有關，有些與音節的輕重有關，以下我們分開來說。

8521　重音節內的失音

在重音節內，W 若是單獨的輔音，它的語音不會失去。但下面幾種含有 /w/ 的字母組合都有失音的情形發生，有時失去的是 /w/，有時別的輔音失去而 /w/ 保存着。

85211　WH

現代含有 WH 組合的單字，如 what、wheel、white、who、why
等等，在古英文的前身都有 HW ： hwæt、hweol、hwit、hwā、
hwy。（古英文的 HW 可能代表 /xw/）

這類字今天發出兩種音來，一是 /w/，即是擺脫了 H 的音。英
國人一般會唸出這個簡化的音，雖然許多英人認為 /hw/ 其實更
正確。美國人一般唸 /hw/。所以像 "白色"，美國和英國的普
通讀音就會有 /hwaɪt/ 和 /waɪt/ 之別。（/hw/ 或許是個清的近音
voiceless approximant，不是濁的 voiced。）

WH 字的元音若有高後性質，前頭的 WH 會失了 /w/ 而唸成 /h/。
（見下 85213）。who、whose、whom 這些有 /uː/ 音的單字唸 /huː、
huːz、huːm/。英人似乎因而給一些沒有 W 和 /w/ 的單字加上了 W
（但仍沒有 /w/ 音），那就是 whole 和 whore，兩字在古英文中原
是 hāl 和 hōre。（古英文 hāl "健康" 直接和間接除了產生 whole 和
wholesome 外，還產生了 hale、heal、health 等字。）

85212　WR

現代英語的 WR 單字大約從十七世紀開始失去 W 的音。所以
從 wrack、wraith...wreath、wrestle...wrinkle、wrist...wrong、
wrought...wrung 以及 wry 等等，都只以 R 的 /r/ 音開始發聲。

所以 wrest 與 rest，wring 與 ring，wrung 與 rung，write 與 rite（還
有 wright 與 right）都是同音詞。

85213　　在輔音和後腔元音間

學者發現 W 的失音傾向。有些單字今天既無 W 也無 /w/，但古時兩者都在，例如 so 在古英語的前身是 swā，also 和 as 是 eallswā，thong 是 thwang，而 ooze 在中古英文裏是 wose。英國文藝復興時代舞台上的人物動不動就賭咒説 zounds! 那是 God's wounds 兩個字經過避"神"的諱、又把發出 /z/ 音的字母 S 改寫成 Z，同時失去了字母 W 和 /w/ 聲所變成的一個怪字。（賭咒的詞意是"我憑聖子為救世人在十架受刑的神聖創傷發誓！"）

另外有些字仍保留着字母 W，但已失了 /w/ 音。像 sword 的讀音是 /sɔːd，sɔːrd/，two 與 too 同音。前面 85211 已提過，who… 等字讀 /huː…/。歷史資料顯示，swoon、swoop 以及一些動詞的分詞 swollen、sworn、swum 等都曾被取消了字母 W，顯然 /w/ 已消失了。社會下階層會把 dwarf 唸作 /dɔːf，dɔːrf/。

so、ooze 等等無 W 字形已難改正，sword、who 等等無 /w/ 讀音也恐怕管不了，但是英國文化教育界抵抗這種失音趨勢的努力並沒有白費。許多單字裏的 /w/ 恢復了，加以如果後隨的元音是前腔的 I 和 E，/w/ 根本就沒有失落傾向，所以今天翻看字典其實很少見到這半元音失落的事。

85214　　QU

QU 是拉丁文雙文字母，代表帶着圓唇性質的清顎塞音 /kw/。英文直接從拉丁文，或間接通過法文，得到許多含有這字母的單字；另外，又使用這字母，改寫古英文中一些有 /kw/ 音的字。比如 quiet 是拉丁文 quietus 變成的，但是 queen 則為古英文的 cwene 改以 QU 寫成的，quell 同樣是把古英文的 cwellan 改寫成的。

現代英文字裏的 QU 常會失去了 /w/，不唸 /kw/ 而唸出 /k/ 來，
這主要因為許多英文字原本來自南歐多國，特別是法國，在這
些字裏，I 和 E 前面的 QU 失了 /w/，不唸成 /kw/ 而唸成 /k/。
這個變動的原因是後顎塞音前顎化（palatalization）的事實，那
是本書在講"前腔元音 I 和 E"和"清與濁顎塞音 /k、g/"（在第
二、三、五、六章）這些巨大問題時已一再提到的。在使用拉
丁字母的南歐，當 C 在 I 和 E 前變成了 /ts、tʃ、s、ʃ/ 後，要在
I 和 E 前表達清的顎塞音 /k/，除了意大利文寫出 CH 之外，多
國都互相效尤起用拉丁文中慣遇的雙文字母 QU，但除去它固
有的 /w/，讓它只發出單純的 /k/ 來。在餐桌上，法國的蛋餅叫
quiche，西班牙的乳酪叫 qutso，都沒有 /w/ 音；而若需拼寫出
/kw/ 於 I 與 E 之前就須另出招數，比如像"烹飪、菜色"的
cuisine /kwɪˈziːn/ 那麼樣用上 CU。

可是在南歐失去了 /w/ 的 QU，在英文裏常會照舊唸成 /kw/。（西
班牙大作家塞萬提斯的小說主角 Don Quixote，西班牙文把他的
名字唸成 /kɪˈxotə/，英美大學裏慣常把它英語化為 /ˈkwɪksət/，把
形容詞 quixotic 唸成 /kwɪkˈsɒtɪk/。）英文裏的 QU 唸作 /kw/ 的多，
作 /k/ 的少，但何時依從南歐讀法，何時不依，卻沒有清楚可靠
的規則。conquer（音同 conker）只有 /k/，conquest 卻有 /kw/，英
美兩地相同；西班牙當年侵略南美多國的 conquistador，英國唸
/kw/，美國遵從南美習慣唸 /k/。

8522　　輕音節內的失音
這種失音的情形最多見於英文單字的第二音節，節內有字母
W，卻沒有了輔音 /w/。原因是這個半元音，就如同喉音 /h/，在
沒有重音的音節中容易脫落，而英文字的第二音節一般都非字

的重音所在。可是失落也無絕對普遍性，有些單字失了這音，有些卻沒有失去；正音家、文法家和教育家又曾攜手把這失落的音恢復，有時甚獲成功。學英文的外國人因此在這些地方有許多機會出錯。下面且以一些很普通的前後綴為例說明一下。

85221　-wich 和 -wick 原本都指村落，大概有同一的古英語來源，兩者的 /w/ 都常失去，但也不一定。在倫敦那個作為國際子午線起點的 Greenwich，沒有 /w/，因此這裏的權威天文台譯為"格林威治"實不及"格林尼治"妥當。（英人把 Greenwich 唸成 /'grɛnɪdʒ/，W 失了音，EE 所代表的長 E 縮短成為短 E 的 /ɛ/，而 CH 正常發出的塞擦音濁化成 /dʒ/。不過，長 E 也可以在升高成 /iː/ 後才縮短成 /ɪ/，而 CH 也可以保存正常的清音性質成為 /tʃ/，所以 /'grɪnɪdʒ、'grɪnɪtʃ、'grɛnɪtʃ/ 都有人唸。但是美國人多把本地的 Greenwich 唸出"見字讀音"式的 /'griːnwɪtʃ/。）

另一個地名 Norwich，在美國唸成 /'nɔːrwɪtʃ/，無一字母沒有發聲；英國有 /'nɒrɪtʃ/ 和 /'nɒrɪdʒ/ 兩種讀法，末尾的 CH 有清濁兩讀音，W 失了音，影響所及，前面的 O 發出短音 /ɒ/。

85222　有 -wick 的地名及因居地而得來的姓氏，如 Chiswick、Keswick、Warwick 等，都沒有 /w/。Stanwick 的 W 也大致脫落，美國西部電影女星 Barbara Stanwick 從前在香港譯名"芭芭拉史丹域"，當然是依據有 /w/ 的讀音；但是無 /w/ 的 /'stænɪk/ 其實更普通。Chadwick 一般唸 /'tʃædwɪk/，然而無 /w/ 的讀法顯然催生了 Chadick 的寫法。

85223　前節 85221 說到"北村" Norwich；以"南" south 為名的地方也

大有失 /w/ 的例。Southwick、Southwell、Southward、Southwark 這些地名唸作 /'sʌðɪk、'sʌð(ə)l、'sʌðəd、'sʌðək/。

85224　-ward (s) 是另一群失 /w/ 的字。教育界的努力使這裏的許多字恢復了 /w/ 音，今天無 /w/ 的字較前少了。froward 是 /'frouəd/。形容詞 toward 是 /'touəd 或 tɔːd/；前置詞和副詞 toward (s) 若把重音推後到第二音節上，會唸出有 /w/ 的 /tə'wɔːd (z)/，否則便是無 /w/ 的 /tɔːd (z)/。awkward、backward、forward 都曾失音(/'ɔːkəd…/)，但今已恢復(/'ɔːkwəd/)。把 forward 至今仍唸成 /'fɒrəd/(好像 forehead)是英國的海員們，在他們口中 gunwale 是 /'gʌnl/。

85225　其他一些突出的例字有 answer、boatswain 和 coxswain(/'bous(ə)n、'kɒks(ə)n/)。從 housewife 來的字形，從前有 hussif 和 huzzif，現在還有 hussive 和 hussy(帶貶意)。

853　轉化為元音

在中古英語時期十三、四世紀時，有許多英文單字的末尾是 -we，由於 E 變弱而終於消滅，這裏的 W 演化為"自成音節"(syllabic)，亦即是變成元音了。進入現代英語階段，正音家注意到這些單字尾上的 -we 發出了 O 或 U 的語音；再後正書家和字典編者紛紛把這末尾音節拼寫為 -OW。

這種單字，有些老早就以 -we 結束。"寡婦"在古英文的字形是 widuwe，"燕子"是 swealuwe；到中古英語時期兩者的字形變成 widwe 和 swalwe，後來正書家寫成今天的 widow 和 swallow。古英文的"(樹)蔭"是 scead(u)，"草地"是 mæd，兩個詞的幹包藏着 /w/，有些格別有 scead(u)we 和 mædwe 的形狀，這些格別詞形在中古英文裏成了新的主格詞形，於是從古英文的 scead (u) 和 mæd 的主格詞形產生今天的 shade 和 mead 之外，斜格變成的新主格詞形在中古英文裏的 shadwe 和 medwe，又送給我們今天的 shadow 和 meadow。

現代以 -low 和 -row 結束的字很不少。在流音 L 和 R 後，古英文單字裏的 G 會變化成 /w/，這兩類字因此會在中古英文中以 -we 作結，現代人就把它們寫成 -low 或 -row 字。比如有 -low 的名詞 willow，在中古英文中詞形是 wilwe，古英文的前身原來是 wil(i)ge 或 welig；動詞 follow 在中古是 folwe，在古時是 folgian。有 -row 的動詞 borrow 和 sorrow 在中古是 borwe 和 sorwe，在古時是 borgian 和 sorgian；名詞 morrow 在中古是 morwe，在古時是 morgen。（德文 Morgen 表達“早晨”和“明天”的意思，古英文的 morgen 亦如此；但它後來縮短成 morn，加上後綴 -ing 成了 morning，又因 G(/ɣ/) 變化成 /w/ 而產生 morrow，“早晨”和“明天”兩意思就由 morning 和 morrow 分工表達。在現代英語較早期，“good morrow”是常説的。）

英文字尾的 -ow 有不同來源和不同讀音。單音節字裏，-ow 可能來自古英文的長 U，今天讀音是 /au/（如 cow、now、how、brow，古英文是 cū、nū、hū、brū）。如果讀音是 /ou/（如 crow、flow、low、slow，英國 RP 讀出 /əu/），來源是多種古時的複元音。但 -ow 若是出現在通常輕讀的第二音節，而讀音卻是典型長 O 重讀時的 /ou/，RP 的 /əu/，來源應當就是這裏說着的半元音 /w/ 在中古英語中元音化的結果了。

854　元音變動

半元音 /w/ 不同於普通輔音，很要緊的一點是它會引致後隨元音
起變化。這種效果並不彰顯於所有的長短元音上；最受影響的
是短 A，其次是 O。(參看講後腔元音的第四章內相關各節。)

第 九 章

H、S、Z

本章網羅了前面所未及檢視的三個字母。H 是一類；S 和 Z 合成另一類。

9.1　H

這個字母在歐洲古今語文中曾代表種種不完全相同的喉間送氣摩擦音。這類語音在歷史長河上一次再次銷聲匿跡，讓字母變成有形無音。因此 H 屢被用來與別的字母配搭，構成多個雙文字母，以代表特別的語音變動。常見的配搭如 CH、GH、PH、RH、SH、TH、WH，其由來與讀音都值得注意。

911　名稱、來源、與語音

9111　字母 H 的長方形狀是地中海區域閃族人所創。迦南地區（caanan）最先出現的字形是個欄柵形 目，其名 Heth 正是 "欄柵" 之意，迦南人用它來代表喉頭的一種摩擦音。希臘人得到這字母時，形狀已變成 日 或 目，像中文的 "日" 或 "目" 字，希人把它修改成 H，稱之為 Heta，用來代表希臘語中相近但不全相同的喉頭摩擦音。這語音在希臘諸島方言間時顯時隱，後來希臘文改在字母頭上加標兩種小符號 ˈ 和 ʼ，以表示有無大力吐氣，於是省下 H 來，改用作元音字母那個比較 Epsilon（短 E，/e/）長的長 E（/ɛː/），並改名為 Eta。這字母在希臘文中的大小寫法是 H 和 η，傳入拉丁成為 H 和 h。

9112 H 在拉丁文裏重新代表喉間吐氣音，語音就是國際音標 IPA 的 /h/。拉丁的 H 同樣有失音的情形，後世南歐拉丁系統的語文中這字母失音更具有普遍性，很少發聲。

9113 在英國，古英文很重用這個拉丁字母，古英語的幾種喉頭摩擦音都由它獨力表達。元音之前，H 發出 /h/ 音，在"房屋"hus 或"馬匹"hors 中發出的 /h/，即是現代 house 或 horse 中的 /h/。在元音後，H 發出的是 /x/（或 /ç/），如 heah（後世成 high）、neah（nigh）或者 niht（night）、liht（light）就有這聲音。

9114 現代英語中，H 只在元音前發出喉音 /h/。元音之後，古代的 H 不再單身出現，往往是寫成 GH（見前面第六章 G），這時除在少數單字中唸出 /f/（cough、tough），在多數單字裏失音了。

9115 英文名稱

H 在英文叫做 /eɪtʃ/；早幾個世代，香港有些教英文的洋人認為叫它做 /heɪtʃ/ 更正確。按希臘文在叫它做 Eta 之前，曾叫它 Heta，因為它的前身在閃族人口裏是 Heth。拉丁文給它的名字是 Ha，德文至今沿用這名字。但羅馬人另有個叫法是 Hacca，因此今天意大利文叫 H /'akka/（意文隨同多種南歐語文大致失了 /h/）。古法文中 H 名字是 Ache，這是 Hacca 變成的——/h/ 消失了，第一音節只剩字母 A；第二音節的 ca 變成 cha（就像 cantare "唱" caritas "愛" 變為法文 chanter、charité），末尾的元音再後弱化了。現代法文叫 H 做 /aʃ/，這正是 Ache 的讀音。Ache 之名由治英的諾曼人傳入後，英人用英語發音規則唸這個字中的長 A 和雙文字母 CH，自然就是 /eɪtʃ/ 了。老派的文法書有把 H 的名字寫成 Aitche

的，讀音大概也是 /eɪtʃ/，而字母組合 TCHE 反映當時拼寫規則紊亂。至於從前在香港教書的老洋人主張叫 /heɪtʃ/，則表示他們仍要維持那個 Heth、Heta 和 Ha 一脈相承的傳統，在字首放置 /h/ 音。

912　　失音

9121　　H 的失音問題，希臘時代已見。拉丁也遇這問題，它在南歐衍生的語言如意大利、西班牙，和法語等，今天都少有把 H 唸出聲的，許多時候連字母也略去不寫了。"人"在拉丁是 homo，演變下來，今天法文 homme 和西班牙文 hombre 唸 /ɔm，ɔmbre/、沒有 /h/；意文 uomo 更是連字母 H 也沒有了。英文的許多單字從這些語文來，大有機會夾帶着無聲的 H。

91211　　諾曼人送了大量法文單字進英文字彙裏，這些字開首的 H 都不發音。中古英文曾把不少這種無聲 H 剔除了，把 habit、herb 之類寫成 abit、erbe 等等。其後文法學者考察字源，才又把 H 補回來，恢復 habit、herb 以及 homage、hotel、huge、human 這些字的原貌。

91212　　可是像 heir、honest、hour 等等為數不少的字，字母 H 儘管重新寫上了，已失的 /h/ 找不回來了。

9122　　H 在英語中失音
英文單字，不論其為外來或本土的，在特定語音環境中都會失去 H 和 /h/。

91221 音節的輕重至關緊要；在輕讀的音節上 H 和 /h/ 容易失去。代名詞 it 是個好例子，它在古時的詞形是 hit，由於經常讀輕，終於變成 it。事實上，代名詞 he、she、it、they 四者在古英文是 he、heo、hit、hie，從中古英語時期開始，只有 he 保存原貌。hit 失去 H 而成 it（hit 殘存在方言裏）；heo 變為 she（影響的力量似乎是陰性指示詞 seo，"this、that"）；多數式 hie 被北歐南來的維京語詞形 their 取代了，後來變為 they。但是今天 they "他們" 的受詞在口語和方言中是 'em（/əm/），這應當不是維京語 their 的受詞 theim 變成，而是古英語 hie 的受詞 hem 失掉了 H 和 /h/ 而成的。

91222 在緊隨重音節的輕音上，失音特別容易發生。forehead、shepherd 唸 /'fɔːrəd（英國 RP 唸出短 O，/'fɒrɪd/）、/ʃɛpəd/；household 在字典裏是 /'haushould/，但日常口語中其實是 /'hausould/。地名 Bonham、Chatham 是 /'bɒnəm、'tʃætəm/（香港街名 "般含道" 和 "漆咸道" 都譯走了音）。Durham 唸 /'dʌrəm/。（Durban 和 Durbin 是 /'dɜːb(ə)n、'dɜːbɪn/，但 Durham 由於字內 H 已失音，出現了 "R 夾在兩元音間" 的情況，於是 R 前重讀的元音 U 依例讀出短音 /ʌ/）。

由於 H 處於重音節後的輕音節上，如 annihilate 和 vehement 這樣的字，就會失去 /h/ 而讀成 /ə'naɪ(ə)leɪt/ 與 /'viːəmənt/。

但是在 behave、behoove，或者 apprehend、comprehend、reprehend 這種字上，由於 H 處身重讀音節，/h/ 音決不會失落。

913　含 H 的雙文字母
英文常見的雙文字母（digraph）有 CH、GH、PH、RH、SH、TH、WH 等七個。它們的語音來路不同，把 H 寫進去的道理亦不同。

以下是簡單説明。

9131   換寫希臘文：CH(KH)、PH、TH 與 RH

希臘文有唇、齒、顎清塞音字母 Π、T、K，拉丁文用相對應的 P、T、K(傳統用 C 代 K)來換寫；希臘文更有相對應的三個吐氣音(所謂 aspirate) Φ、θ、X，拉丁換寫時就加上字母 H 以表示有吐氣，於是造成雙文字母 PH、TH、KH(CH)。

希臘的字母 P 對應拉丁的 R，希臘文中 P 若在重讀的元音之前，會因為吐氣彈舌而須在頭頂上加添吐氣符號 ʼ，因此拉丁文在換寫之時須寫成 RH。但若非重音節，或非在元音前，就只是 R 而已。像 mentor 或 Pythagoras 中的 R 都不加 H；Pyrrhic (< Pyrrhus)只把 H 加在第二個 R 上。英文裏有 RH 的單字，如 rhotacism、rhythm 等，都是希臘來的。

9132   換寫梵文：PH、BH；TH、DH；CH、GH

梵文不僅唇、齒、顎清塞音有對應的吐氣音，濁塞音同樣有吐氣音相對應，因此在換寫成拉丁字母時，在 PH、TH、CH 三個之外，更有 BH、DH、GH 三個雙文字母。梵文傳入英文字彙的 —— 如 sandhi、maharaja —— 為數不多，不能與希臘的相比，只是在佛教的詞語上有多幾個例子，如 Buddha 有 DH，theravada 有 TH。

印度伊朗(Indo-Iranian)系統中其他語言也有這樣的吐氣濁塞音。居住印度和伊朗兩地之間的民族叫 Afghan，名字裏有 GH。英人把 Afghan 唸成 /ˈæfgæn/，沒有發出 GH 的吐氣音；中文譯名"阿富汗"譯出了 H 而忽略了 G。

9133　　古英文的演變：CH、GH、SH、TH、WH

古英語的語音變動，迫使英人製造三個雙文字母來幫助解決問題，那就是 CH、GH、SH。CH 的來由，是古英語時期後顎塞音 /k/（用字母 C 代表）在前腔元音字母 E 和 I 前變化成塞擦音 /ʧ/，英人用 CH 替代這種 C，於是古英文的 cese、cin 變為當今 cheese、chin。

GH 的背後是 G 的一個奇怪寫法 ȝ（叫做 Yogh）和一些音變。在元音前，ȝ 若前顎化成為近音 /j/，就在中古英文中改寫成 Y —— 於是古英文中的 geard、geolo 變成了今天的 yard、yellow。在元音後，ȝ 所代表由 G 變成的 /ɣ/ 以及 H 變成的 /x/，都改寫成 GH。這個雙文字母後來多半失了音，少半發出 /f/ 音來。（見本章 9114，及前面第六章 G 部份。）

SH 製造出來代表古英文的 SC，使古時 fisc（對應拉丁 pescis）、scip 這樣的字變成今天的 fish、ship。這一切都在前面相關的章節說過了。

TH 代替古英文所採用的古日耳曼字母 þ（名叫 Thorn），同樣代表着清濁兩個齒際擦音 /θ、ð/。

WH 代替古英文的雙文字母 HW，於是古時的 hwæt 變成今天的 what，hwil 變成 while。這個雙文字母今天有 /w/ 和 /hw/ 兩種讀法。

9.2　S

字母 S 所代表的語音有種種變化，既會失落，又會從無聲的清音變成有聲的濁音，還能加添圓唇性質，變成其他噝音。

921 形音沿革

S 的字形有幾回大變動。最初在地中海東岸閃族的腓尼基手裏，字母的形狀是 W(活像英文第廿三字母 Double-V)，描畫牙齒形狀，名字是腓語的“牙齒”Thin。希臘人拿了腓尼基人這個字母時，把方向顛倒了九十度，寫成稍繁的 Ʒ 和稍簡的 ϟ 兩形。希人開頭本來學效腓人，書寫時行文從右到左(也與中國暗合)；其後反其道而行，創下西洋行文的範例，這字母此時也轉向而成了 ≲。上了軌道後，希臘文把這個字母(名叫 Sigma)的大寫變為 Σ，小寫則有 s(只用於字尾)和 σ 兩形。羅馬的拉丁文字母系統中，對應的大小寫字形是 S 和 s，兩者只有大小之別，都來自希臘的字尾小寫字形。

9211 這個字母的讀音，語言史家相信從希臘到拉丁，都是今天 IPA 系統的 /s/，即是舌頭平放舌尖接近上齒齦的吐氣摩擦音，發聲時雙唇自然半張着。更早時，在閃族不同部落中，字母既代表 /s/，也代表把雙唇前伸的圓形的 /ʃ/。

9212 在英文上，古英文的拉丁字母具有拉丁原來的音值，所以 S 基本上唸 /s/，不論出現在單字的頭、中或尾部。不過，古英語發音習慣，清音會在一定的條件下濁化，因此，就如同 F 的清音 /f/ 有時會轉而發出相對應的濁音 /v/，S 也會濁化成相對應的 /z/，而寫法不變。

9213 在中古英語的某個時期開始，字母 S 的 /s/ 音在輕讀的字母組合 SI 和 SU 身上發生變化。原因是元音 I 可以弱化為半元音 /j/，U 也可以唸成 /juː/(這是古時若干複元音演化而成的第二種英語長 U，見第二章中英語元音演變史的敍述。這個長 U 縮短可以成 /ju/，仍保有 /j/ 的成份)，這兩種字母組合身上出現的 /sj/ 隨後演變成圓唇的 /ʃ/。(在差不多相同的歷史時期，輕讀的字母組合 TI 身上，/tj/ 演變成 /tʃ/，再簡化成 /ʃ/。所以無數的 -tion 後綴和 -sion 後綴都唸出 /ʃ(ə)n/，-tial 後綴和 -sial 後綴也都唸出 /ʃ(ə)l/。)

而倘使字母 S 發出的是濁音 /z/，字母組合 SI 和 SU 身上發生的相應音變就是先生出 /zj/，再變為與 /ʃ/ 相對的圓唇濁音 /ʒ/。例如 vision 唸 /ˈvɪʒ(ə)n/，pleasure 唸 /ˈplɛʒər/。

這清濁兩個圓唇音 /ʃ/ 和 /ʒ/ 在這裏都是與半元音 /j/ 配合產生的，這種音變以代表 /j/ 音的希伯來字母 Yod(h) 為名，叫做 Yod coalescence。(前面概說英語輔音的第五章，與第六章中專講字母 T 的一節，有較多資料和解釋。)

9214　總結上述，S 在英文裏可以發出 /s、z、ʃ、ʒ/ 四種聲音。四者雖有清濁和圓唇與否之別，但同是舌尖接近上齒齦的吐氣摩擦音，摩擦的嘶嘶之聲是它們共同名稱的由來，嘶音(sibilant)。

922　字母 S 與語音 /s/
/s/ 是 S 的最基本讀音，是以國際語音學會用拉丁小寫字母 s 做它的符號。(IPA 一貫使用拉丁小寫字體來標式基準語音)

但 S 與 /s/ 之間並無 "恆等" 關係；9214 小節已説出，S 可以發出 /s、z、ʃ、ʒ/ 四種嘶音。反之，/s/ 音又可以由別的字母單獨或組合來標示，如 SS(toss、lesser)、C 在 E 或 I 之前(cite、cede)，以及 SC(scene、descend)。

這幾種拼寫方法同時又代表 /s/ 以外的語音。SC 更多代表的是兩個語音 /s/ 和 /k/ 連結在一起，如 scout、sculpture、screem。sceptic 即是 skeptic，這裏 E 之前的 C 發出 /k/ 而不是 /s/ 音。SS 是正書家借鑑法文以表達 /s/ 的方法，但有些單字的拼寫並非經過正書家訂正的；比如 possess 中的第一組 SS 唸 /z/，因為這是拉丁 pos-"能力" 和 sess"坐" 兩字合成的。

9221　S 的 /s/ 與 /z/

S 所發出的四個噝音中，常遇的是清濁擦音 /s/ 與 /z/，少遇的是圓唇清濁擦音 /ʃ/ 和 /ʒ/。

92211　英語傳統的清濁讀法

英語的書寫從頭就採用拉丁字母，英文的 S 當初只有拉丁 S 的音值 /s/。古英文的 S，若在字首，必發 /s/ 音；在複合字的第二單元之首，也是 /s/。（今天 side、beside、outside 因此都唸出 /s/ 音）。若在字尾，S 發出的也是 /s/；像 lūs 或 hūs（louse、house 的前身），唸做 /luːs，huːs/。來到單字的中部，S 會發出清濁兩音。若夾在兩元音間，或在元音與濁輔音之間，S 唸成濁音 /z/（古英文的"乳酪（芝士）"是 cese，"選擇"是 ceosan，S 都是濁音，所以今天 cheese 和 choose 都唸出 /z/）；否則，S 仍發出與古典拉丁相同的 /s/ 音）。

古英語這樣子分清濁的讀法，不算太難把握。中古英語並沒有更改這種方法；現代英語大致也維持它。（S 在字尾的濁化是個後來的發展，留待下面 92214 再說）

92212　外來字彙的讀法

英文字彙大部份是外來字，主要來源是法文、拉丁和希臘。威廉大公爵十一世紀征服英國後，他手下那些諾曼人所説的法國方言成了英國朝廷的語言，再後法國主流的中央法語也傳入英國。拉丁一向是英國境內天主教會的語言，文藝復興時期另一個浪潮的拉丁隨同學術復興，與希臘文同時進入英國的高等學府。這些外來語文中 S 讀成清音或濁音的法則，與古英語傳下來的本土讀法並不一致。古典希臘文的字母 Sigma 在任何位置上差不多一律唸出 /s/ 音，學界遵從的古典拉丁讀音，也把 S 一概讀成 /s/。不過，在教堂裏的拉丁（所謂 ecclesiastical Latin）卻不是這樣讀的，它的 S 有清濁之分，/s/ 與 /z/ 更換的法則近似古法文，與英語讀 S 的方法也頗相像，卻不完全相同。

92213　爭持與混亂

不同的讀音法則爭持不下，混亂在所難免。比如 absurd 有 /s/ 音，但 observe 有 /z/。evasive 有 /s/，同根的 evasion 卻有圓唇濁音 /ʒ/ —— 這是個 "/j/ 共生" 的現象，是 S 的濁音 /z/ 與 I 弱化而成的半元音 /j/ 配合產生了 /ʒ/。dissolute 和 dissolution 中的 SS 都發出 /s/ 音，同根的 dissolve 中 SS 卻像 possess 的頭一組 SS，發出 /z/ 來。resurge 和 resurgent 同有學府拉丁的 /s/，resurreet 和 resurrection 共有的卻是教堂拉丁的 /z/。

混亂事例不勝枚舉。幾個重要前綴和後綴中 S 的讀法曾在清濁之間搖擺。前綴 dis- 在拉丁當然唸 /s/，在早期現代英語曾在元音前唸出濁音 /z/，符合英、法文的清濁讀法；但其後英國的文法家和正音家力主遵照拉丁方法把這個前綴一律讀為 /dis/，於是至今那些 disadvantage、disagree…disembark、disendow…

disillusion、disinfect…disobey、disown 等等字全都以 /dɪs-/ 開始。
只餘 disease、disaster 那少數單字仍舊唸出 /dɪz-/；而 disable、
disarm、dishonest 等則唸出 /s/ 與 /z/ 都不算丟臉。

前綴 ex- 中的字母 X 是個雙輔音，拉丁與希臘文都把它唸成雙
清音 /ks/，但法文和教會拉丁則在此之外更有雙濁音 /gz/ 的讀
法。英文亦有清濁兩讀音，其選擇的依據是單字重音的前後位
置：重音節後面 X 唸清音 /ks/，重音節之前則唸出濁音 /gz/。
（課堂裏，exercise 是含有 /ks/ 的 /'ɛksəsaɪz/，exam 則為含有 /gz/
的 /ɪg'zæm/。這規則與印歐古語讀音的韋那氏定律相同，見第五
章）。只是違規的事例也不少；學者以為是法文影響之故，因為
法文讀法無視重音的相對位置。有些字裏頭的 X 該清該濁，都
有人主張，如 exile、exigent。

後綴 -sity、-sive、-son、-sory、-sy 等等，在早期現代英語中曾
一律用清音 /s/ 來唸，因為字源都是拉丁。後來出現新的風氣，
要先決定這個字究竟是直接從拉丁來到英文裏，抑或先經過法
文，然後再分別唸成 /s/ 或 /z/。到了今天，早期現代英語的方法
似又恢復，所有這些後綴都讀出 /s/ —— 少數的例外包括 poesy
只讀 /z/，comparison 和一些字則 /z/ 與 /s/ 都可接受。

92214   辨清濁的拼寫方法
字母 S 的清濁音諸多混亂，歷來引發種種爭議，正書家於是在
拼寫方法上想出一些對策。今天英文還廣泛使用的，有這幾種。

（一）如果 S 唸成 /z/，乾脆改用字母 Z 來書寫。（如今眾多含有 Z
　　　的單字，從前原是以 S 拼寫的。hazard 和 hazel 在中古英文
　　　裏是 hasard 和 hasel。動詞 craze 從前是 crasen。）

(二) 如果 S 唸 /s/，在有誤會之虞的地方就考慮改寫為 SS，或者 CE，因為這兩者都決不像單一字母 S 之可能發出 /z/ 音。（brass、chess、mess 以及 glass、grass 等字，在中古英文的前身全都只有一個 S。hence、thence、whence 和 once、twice、thrice，從前的末尾都是 S。）

［英文在這些地方多少是在仿效法文，但是學得不完全。法文的字母 C 經過前顎化，/k/ 音在 E、I 之前發出噝音 /s/，但在 A、O、U 前仍維持原來顎音；因此法文若要在 A、O、U 前用 C 去標示 /s/ 音，就須更出招數。法國人用個叫做 cedilla 的小鈎子掛在字母 C 下，寫成 ç，讓它去標示 A、O、U 前的 /s/；例如 "侍者" 是 garçon，/gaʁsɔ̃/，美國人唸成 gɑːr'soun/。英文沒有採用這個特別字母；於是法文的 leçon "課文"，英文須改用兩個 S 來寫成 lesson。

英文的 CE 和 SS 都有不妥之處。CE 只能出現在字尾。SS 因為是個成雙的形式，惹人判斷前頭的元音必是短的。"磚石匠人" mason 這字來自法國，它在古法文裏有 maçon 和 masson 兩種寫法，兩元音間是個清噝音 /s/，所以英文也把 mason 唸作 /'meɪs(ə)n/。作為英人姓氏，這字除了是 Mason，又有古法文的寫法 Masson，於是這姓氏今天有 /'meɪs(ə)n/ 和 /'mæs(ə)n/ 這樣兩種分別代表長短 A 音的讀法。］

92215　當代的 S
今天英文字母 S 的讀音大體可以憑這些準則去判斷一下，只是並無十足的把握。

922151　（一）在單字的開首，S 只會讀出清音 /s/。在複合字第二部份的
開首也是如此。

922152　（二）在字的中部，判別較難。學者提醒我們去注意字源，因為
拉丁和希臘來的字裏 S 總是 /s/；古英語傳下來的本土字，S 視
乎清濁語音環境而讀出 /s/ 或 /z/；從法語來的字裏 S 也有清濁之
分，但轉換起來與本土英文字不盡相同。我們受提醒，但常常都
不能解決問題，因為要確知字源已費功夫，而古典語文的字究竟
是直接來到英文裏，還是經過法文領域才來到的，也難說準。

早年正書家幫助判別的方法，諸如採用字母 Z 與雙字母 SS 來分
別標示 S 的 /z/ 與 /s/ 音，有相當用處。（然而違規的字俯拾即是。
possess 和 dissolve 都用 SS 標示着濁音 /z/。"飯後甜品" dessert、
"應受的賞懲" desert，和動詞 "逃走、背棄" desert，不論兩元
音中間的是單獨一個 S 或是成雙的 SS，都發出 /z/。）

S 前後的元音和清濁輔音所構成 "語音環境"，對於 S 會發出 /s/
還是 /z/，頗能起左右的作用。文法學者在這裏給我們總結了一
些規則：

(i)　自自然然，在前後都只有輔音沒有元音的環境裏，S 發
出清音 /s/；反之，在前後元音中間，S 發出 /z/。

(ii)　在元音與輔音中間，如果輔音出現在前，則不論其為
清或濁音，S 都會發出清音 /s/。

（清輔音的例子如 Gypsy 或 Gipsy，curtsey 或 curtsy。濁
輔音的例子如 Chelsea、pulsa；Dorset、forsake；consult、

insist。這些字裏的 S 全都唸 /s/。(若把 result、desist 和 consult、insist 一起唸出，/z/ 與 /s/ 的對立是很清楚的。)

(iii) 如果輔音出現在後，清輔音與濁輔音所起的作用截然不同。在清輔音之前，S 發出清音 /s/。

(清塞音 P、T、K (C) 的情形很清晰，grasp、whisper；best、master；escape、risk 都有 /s/，例外極為罕見。再如 castle、listen、Christmas 等字唸 /'kæsl、'lɪs(ə)n、'krɪsməs/，顯示清塞音失落後 S 仍維持清音。)

(iv) 但若 S 後是濁塞音，S 就發出濁音 /z/ 來。

(例如眾多的 -ism 字，以及 Tuesday、Wednesday、gosling、husband 等等。Raspberry 失去了 P 而唸出 /'rɑːzbəri/；wrist 雖是 /wrɪst/，但 wristband 會讀成沒有 /t/ 的 /'wrɪzbænd/。)

這些規則幫助我們整理 S 複雜的清濁音問題。只是由於例外多，彷彿到處都有陷阱，稱這些為 "傾向" 或 "趨勢" 或許比 "規則" 更恰當。比如來自法文的單字經常在兩元音中間把 S 唸成 /s/，asylum、basis…philosophy、thesis 都是例子。又如上面 (ii) 說清濁輔音後的 S 都唸出 /s/，可是 clumsy、palsy、Jersey 等字又分明把 S 唸成 /z/。

922153　(三) 在字尾，S 的讀音須分開兩點來說。

(i) 不論來源是希臘拉丁那些古典語文，還是英國本土的古英文，英文字尾上的 S 原本都讀出清音 /s/。

922154　(ii) 然而從中古英語後期開始，字尾上 S 漸見濁化而唸成 /z/，問題由是變得複雜。說起來，字尾上清輔音濁化是若干語文在近世共有的傾向，只是各處濁化的方法不一。英文的字尾 S，只有處身輕音節的元音之後方才會濁化成 /z/；字尾上別的 S，如果前方不是個輕讀元音，仍舊會發出清音 /s/。

尾上 S 唸成 /z/ 的單字，在現代英語中有兩大類。一是那些使用率極高的字，如 as、is、has、his、hers、ours、yours、theirs 和 whose 等。這些"小字"由於平凡而不受注意，雖有本身的重音，但是在語句中總是輕聲讀過，末尾的 S 於是濁化。到了今天，這些字不論讀輕讀重，末尾都是濁音 /z/。如 as 讀輕時是 /əz/，重時是 /æz/；has 則為 /həz/ 和 /hæz/。

另一大類是名詞的多數式、單數屬格和動詞第三身單數現在式。這三種詞形的末尾音節，在古英文分別為 -as、-es、-eþ，到中古英文裏都變化為 -es (單數屬格日後寫成 's)。由於字的重音落在前頭的根元音上，這幾種文法後綴中只有個輕讀的元音，末尾的 S 也就濁化了。

(這類 S 前的元音，由於讀得輕而變弱，終於大部份都消滅了，既沒有了聲音，也不再拼寫出來，讓 S 濁化的整體真相常隱而不彰。幸而倘若有噝音 /s、z、ʃ、ʒ/ 在前方庇護，小部份元音仍然殘存，我們尚有機會目睹這些文法後綴中輕元音後 S 濁化成 /z/ 的全景。試看 grace、horse、dress、blaze、crash、catch、judge 這些字，它們的名詞多數式或者動詞第三身單數現在式 graces、horses、dresses、blazes、crashes、catches、judges，讀音是 /ˈɡreɪsəz、ˈhɔːrsəz、ˈdrɛsəz、ˈbleɪsəz、ˈkræʃəz、ˈkætʃəz、ʤʌʤəz/ (英國 RP 口音把末尾唸成 /ɪz/，即是 /'greɪsɪz.../），在輕元音後的 S 每一個都唸出濁音 /z/ 來，無一例外。名詞單數屬格的情形也一樣，Grace's 和 graces 同是 /'greɪsəz/。）

文法後綴的元音如果消失了，最後的 S 要唸出清的 /s/ 抑或濁的 /z/，視乎前面的輔音是清是濁而定。tabs、pigs、cards 是 /tæbz、pɪgz、kɑːrdz/，taps、picks、carts 則是 /tæps、pɪks、kɑːrts/。廣義的流音 /m、n、ŋ、l、r/ 之後 S 也是 /z/；swims、runs、kings、rolls、cars 都有這 /z/ 音。

922155　動詞尾上 S 的 /z/ 音

道理是這樣的。如果本土英語動詞詞根的末尾是 S，這噝音在古英語或中古英語中，由於後面還有詞尾（文法的 terminations 或 endings），它夾在元音中間就濁化成 /z/。例如 rise 或 choose，它們在古英文的不定式是 risan 和 ceosan，其中的 S 都因夾在元音間而濁化。今天，rise、rose、risan 和 choose、chose、chosen 全都一例有 /z/。

[同根名詞與動詞末尾輔音有規律性的清濁對比，其理在此。請看 life、live 或 shelf、shelve；breath、breathe 或 cloth、clothe，每一雙的末尾輔音都表現出清濁對比。拿 life/live 這一雙來說吧，名詞 life 在古英文是 lif，字尾的 F 至今都是清音 /f/；動詞 live 在古英文裏的不定式是 lifian，字母 F 夾在兩元音之間自然就濁化成 /v/。]

S 在動詞末尾唸出濁音，這趨勢深入人心，終於為大眾接納為規則，於是許多動詞末尾的 S 都唸出 /z/。拉丁來的 pose 理應

有清音 /s/，但顯然由於古法文的詞形已是 poser，中古英文已是 posen，現代英文唸成 /pouz/。impose 依樣畫葫蘆；repose 具有動詞與名詞兩重身份，兩者都唸出 /z/ 音。house 基本義是"房舍"，前身在古英文是 hus，在中古英文是 hous，現代唸 /haus/；可是這字也作動詞用，這時它唸 /hauz/；影響所及，不僅動詞第三身單數現在式 houses 唸 /ˈhauzəz/，連名詞多數式 houses 也讓兩個 S 都濁化而唸 /ˈhauzəz/。（另一方面，名詞 horse 是 /hɔːrs/，作動詞時 horse 仍然是 /hɔːrs/，於是 horses 不問是名詞多數式抑或是動詞第三身單數現在式，都唸 /ˈhɔːrsəz/。horse 與 house 兩字有這麼不同的發展，或許是因為 house 作動詞的歷史較為悠久，在中古英語時期 housen 這樣的詞形比較 horsen 更為英人熟習之故。）

922156　字尾上的 S 與 SE

英文字尾上的 S 可能唸 /s/，也可能唸 /z/，這清濁相對的兩音能否借用拼寫方法加以分辨呢？

這個問題在現代英語的初期已經提出，正書家隨後亦有所回應。他們想出的方法是在字根末尾的 S 後面，加添一個字母 E。在這個時代英語的讀音已發生了一次巨大變化，多過一個音節的字上，末尾音節普遍弱下來，元音趨向消失，流音變成音節性輔音（像 little、letter、prism、prison 這些字的第二音節變成 /-tl、-tr、-zm、-zn/)，而開放性音節的元音變成"無聲 E"了（古時的 nama、lufu、nasu、cese，現在是 name、love、nose、cheese 了）。這時把一個 E 掛在字尾上，讓它做一個指標，本身並不發聲，是無傷大雅的。正書家的做法，我們可以用"馬"字為例來講。"馬"在中古英文是 hors，多數式是 horses，單數屬格詞形和動詞第三身單數現在式也都是 horses：hors 末尾的 S 唸

出清音 /s/，horses 末尾的 S 唸出濁音 /z/。現在正書家給 hors 加上一個 E 成為今天通行的 horse 字形，就是讓字母組合 SE 代表 "馬" 字字根末尾的清音 /s/，而讓單獨的字母 E 代表 horses 末尾各文法後綴上的濁音 /z/。正書家給許多字加上這無聲 E。

這種標示方法本也簡便，只可惜它與別的規則矛盾甚多，讓它的辨音效能大打折扣。一方面，我們看見動詞末尾的 SE 並不是 /s/ 的是 /z/。（house 或 mouse 若是名詞，結尾是 /s/，但若果是動詞，結尾卻是 /z/，這如何分辨？）另一方面，有些名詞尾上 S 後的無聲 E 是字源上的舊物，是古語的元音變化而成，不是近代正書家的增添。上段提到的 cheese 和 nose，還有 rose 等等，它們在古英文是 cese、nasu、rose（cese 和 rose 在拉丁文是 caseus 和 rosa），S 在這些字裏處身兩元音中間，是個 intervocalic 的情況，唸出 /z/ 來是合理的。正書家沒辦法調和這些矛盾。

9222　S 的 /ʃ/ 與 /ʒ/ 音

S 會發出清圓唇嘶音 /ʃ/，是在 tension、version；Asia、controversial；sugar、pressure 這些字裏；發出濁的 /ʒ/，是在 evasion、vision；visual、usual、leisure、pleasure 這些字裏。

兩個圓唇音是這樣得來的：英文 S 有清濁嘶音 /s/ 和 /z/，當 /s/ 與半元音 /j/ 相遇，兩音會合成 /ʃ/；另一方面，/z/ 與 /j/ 相遇也會合成 /ʒ/。英文字母組合 IO 和 IA 都會在輕音節中提供這個半元音 /j/；英文的長 U 音（由古時複元音演變成的第二長 U）是 /juː/，它的前半也是 /j/。（這種叫做 Yod coalescence 的音變，在第五章講輔音的同化，以及第六章中講字母 T 和 D —— 講到那些 -tion、-tial、-dual、-dure、-ture 等等後綴 —— 都有述及。）

923　失音

在不少英文字裏，S 並不發聲，檢查發現，這些單字多與法文有關。以下分開種類講一下。

9231　corps、debris、precis

這些常見的字都是從法文借來的，字尾的 S 都不發聲。美國伊利諾州(Illinois)的名字也有個無聲 S，那是從前法國殖民者的讀法。法文字尾的輔音一般不發聲，除非後面有元音相隨。(S 在 ils 中無聲，但在 ils ont 中就發出 /z/)。

有些字中部有個無聲 S，大致也是這種道理。viscount 和姓氏 Grosvenor 唸作 /'vaɪkaunt、'grouvn(ə)r/，沒有嘶音。viscount 是"子爵"，地位比 count "伯爵"低一級，名詞的結構也說出這意思了：vis + count。法文 vis 等於英文 vice(如"Vice President")，S 在這裏不發聲。Grosvenor 大概也可分開成為 gros + venor，gros 在法文是"大"，S 當然是無聲的。另一個類似的英文姓氏是 Grosmont，讀法有具嘶音的 /'grɒsmənt、'grousmənt/，也有不具嘶音的 /'groumənt/。

demesne 失去了 S 音而唸成 /dɪ'miːn、dɪ'meɪn/。這裏頭的道理較難說得清。

9232　isle

"島"在古典拉丁是 insula。在後世的通俗拉丁裏，這個字丟掉了鼻音 N，變為 isule。(有無鼻音的兩個詞形分別生出動詞 insulate 和 isolate)

92321　古法文的"島"字承接 isule 的演化,再發生語音脫落,成為 isle 而唸 /il/,即是説,isule 中的 S 和 U 都不在了。傳入英文後,isle 今天唸作 /aɪl/(英國 RP 音是 /aɪ(ə)l/),含有典型的英語長 I 音,已失的嘶音沒有返回。

92322　英文"島"字在本土古英語中是 iegland,前半 ieg 是"水"。現代的字形 island 是變動的結果,古時的 ieg 變成了長 I,一個無聲 S 從 isle 那邊大搖大擺地進來了。

92323　aisle

拉丁文"翅膀"是 ūla,在古法文中變為 ele,並傳入中古英文裏。這個字有比喻的用法,可以指大教堂中央信眾坐席向旁邊伸出的"翼",或軍隊佈陣的"翼",等等;後來更指兩邊都有佈置的中間走道。

ele 在現代法文中化為 aile;英文接收了這個新字形,更加插 isle 中那個無聲 S,寫成 aisle,讀 /aɪl/。這個字今天最常用來指戲院歌廳和飛機火車艙內的走道。

92324　lisle

中外都有城鎮以島為名,法國北部城市 Lille 便是其一。兩百年前它的名字還寫成 L'ile(即是 La Ile,"The Island"),更早之時,當"島"在法文裏還不是 ile 而是 isle,這城叫做 L'isle。它以棉紡工藝聞名於世,首創的細線和網眼織物以 lisle thread 和 lisle lace 之名風行全球。英語把 lisle 唸 /laɪl/,與"島"字分割不開的無聲 S 也在這裏亮相。

Lisle 是個英文姓氏，這家族當是法國移居的。讀音既為 /laɪl/，有些族人便把姓氏改寫成 Lyle 或 Lyell。

有前綴的姓氏 Carlisle 唸 /kɑːr'laɪl/（或 /'kɑːrlaɪl/），字裏的 S 無聲，因而亦有無 S 的寫法。美國獨立戰爭時英國派遣來謀求調停的"卡萊爾委員會"是有 S 的 Carlisle Commission；十九世紀的蘇格蘭思想家卡萊爾是無 S 的 T. Carlyle。姓氏還有 Carlile 的寫法。

9233　disner

古法文裏的這個字，其中的 S 失音後，在今天法文裏寫成 diner，英文寫成 dinner。

〔 西洋與東土都有"禁食、辟穀"這樣的觀念。英文 fast 是這意思，breakfast 是破此禁戒，英文"早餐"的由來如此。

拉丁文"無食"是 jejunium（英文 jejune 同源），動詞"戒食"是 jejunare。加上含有 S 的前綴 dis- 以表達破壞行動，得到動詞"破戒進食" disjejunare。這個字含有甚麼意思呢？破戒於何時，而進食些甚麼？據說當初的做法，所進之食是有酒有肉的一大頓，而這個一天中最大的一餐是在午前吃的。

這個長長的字隨即有種種失音之事發生。它在通俗拉丁中有一個音節脫落，變成 disjunare。在古法文裏，兩個失音產生兩個字形，一是無 S 的 dejuner，一是有 S 的 disner。

dejuner 在現代法文裏寫成 déjuner，意思是"午餐"。與羅馬人說的 disjejunare 相比，法文 déjuner 保存着中午的時間。英文並無輸入這個法文字，而用了 luncheon 和 lunch 來指午飯。相當於英文説"破戒"的 breakfast 呢，法文説 petit dejéuner，好比説是"小破戒"。

disner 的 S 後來失音，變成今日法文的 diner 和英文的 dinner。兩者都指黃昏時的餐食，失了 disjejunare 的時間，照理也不好説是破甚麼禁戒。不過，羅馬人 disjejunare 中豐盛的酒肉保留在這裏。在英文，dinner 不僅是"晚餐"，更是"大餐"；supper（字從"湯"soup 來）和 high tea 都是晚上的，但 dinner 才是隆重其事的。]

9.3　Z

這個在拉丁和英文字母序列上同樣敬陪末座的字母，待要説明之處不多。在現代英語中，Z 基本上只代表濁噝音 /z/，與字母 S 的清噝音 /s/ 對立。在英文字裏面，S 代表 /z/ 音的時候比 Z 更要多。

931　歷史與名稱

Z 的歷史可追溯到古時地中海地區的閃族文字。這種文字裏，代表 /z/ 音的符號叫 Zoyin，古代迦南居民把它寫得像中文的"二"字；腓尼基人將它修改成好像中文的"工"字之後傳到希臘。希臘人再把字形改造成 Z，名之為 Zeta，放在字母序列的第六位上。羅馬人拿了這個字形與名字，置於拉丁字母序列末尾。後世使用拉丁字母的民族都循此例。

9311

Z 有好幾個英文名字。在英國主流英文裏它叫 Zed (/zɛd/)。這應當是由於字母的希臘拉丁舊名是 Zeta，其中的齒音 /t/ 在兩元音中間濁化成 /d/ 後，末尾元音 /a/ 失去，終於唸成 /zɛd/ 而寫成

Zed。通行於美國的名字是 Zee(/ziː/)，原因或許是美國人看見拉丁字母的名字多由輔音與 E 結合而成，若輔音 Z 放在前形成開放性音節，E 唸出長音，所以是 /ziː/。希臘的 Beta 能變成英文的 /biː/，Zeta 變成 /ziː/ 也不足怪。

這字母別的英文名字，如 Izzard、Uzzard、Ezod 和 Zad，據說保存在英國各種方言裏。從前香港習慣叫這字母做 /ɪˈzæd/。

932　讀音：/z、ʒ、ts/

Z 的基本讀音，是與清音 /s/ 相對立的濁音 /z/。國際音標系統就用這字母的形狀作這個語音的符號。

9321　Z 發出圓唇濁噝音 /ʒ/，是在有半元音 /j/ 緊隨在後的情況。這時 /z/ 與 /j/ 聯合發生所謂 "J 共生" (Yod coaleseence) 的音變。例如 azure 或 seizure 這樣的字，由於後面的 U 是含有 /j/ 的 /juː/，整個字就讀成 /eɪʒʊə/，/ˈæʒə/ 和 /ˈsiːʒə/。

9322　Z 更早的讀音是 /ts/。希臘文有三個雙輔音字母，是噝音分別與唇、齒、顎塞音的結合(見第一章希臘字母綜述)，Z 是噝音與齒音結合而成，發出的聲音是清的塞擦音 /ts/ 或倒轉的 /st/，又或者是濁的 /dz/ 或 /zd/。這個塞擦或擦塞音還保存在一些歐洲現代語文裏。比如 pizza 是 /ˈpiːtsa/，因為意大利文的 Z 有希臘舊有的 /ts/ 和 /dz/ 清濁兩音，pizza 唸出 /ts/，而字母 Z 的意大利名字則為 /ˈdzeta/。"斑馬" zebra 在意文是 /ˈdzebra/。

在一些德文種裔的英文字裏，Z 也唸 /ts/。社會科學上的 "時代精神" Zeitgeist 是 /ˈtsaɪtɡaɪst/。"納粹主義" Nazism 唸作

/'natsɪz(ə)m/。德文的 Z 叫做 Zet，/tsɛt/。

[德文字母也是拉丁字母系統，但德文避免使用那麻煩多多的字母 C。在 C 發出正常 /k/ 音的情形，德文會用 K 來拼寫。比如拉丁的 canalis、collectivus、cultura，英文寫成 canal、collective、culture，德文寫成 Kanal、kollectiv、Kultur。(Benz 汽車有一個壓縮比很高的型號叫做 Kompressor) 如果 C 的 /k/ 音前顎化而成為 /ts/（這個塞擦音在法文隨後簡化為 /s/，英文同），德文會用同樣具有 /ts/ 音的 Z 來替代。像拉丁文"房間、細胞"是 cella，"社會性"是 socialis，英文寫成 cell、social，德文寫成 Zelle、Sozial。上段提到的"納粹主義"Nazism，代表的是 Nationalsozialismus"國家社會主義"。]

[英語史上，字母 Z 最初亦發出希臘文中的 /ts/，英人在外國字裏遇到這字母時就唸出這語音。十三世紀時 /z/ 開始出現在英文 Z 上；十四世紀末，舊日的 /ts/ 銷聲匿跡。有些當代英文字的讀法反映這種最早的讀音。英文有個父系祖名(patronymic，由某祖先的名字演變成宗族的姓氏)的前綴是 Fitz-，來自拉丁文"兒子"filius。在古法文方言中，filius 演變為 fils、fius、fiz 等字形，其中 fils 留在法文裏用來指"兒子"，fiz 則被諾曼人征英時帶到英國來用，特別是在愛爾蘭。後來正書家覺得 Z 是個塞擦音，就給 fiz 加個 T，寫成 fitz。這就是 Fitzgerald、Fitzjames、Fitzpatrick、Fitzwilliam 等等姓氏前綴的由來。]

附 錄 I a

希臘字母

次序	字母		名稱	轉寫	
				舊	新
1	A	α	alpha	a	
2	B	β	beta	b	
3	Γ	γ	gamma	g	
4	Δ	δ	delta	d	
5	E	ε	epsilon	e	
6	Z	ζ	zeta	z	
7	H	η	eta	ē	
8	Θ	θ	theta	th	
9	I	ι	iota	i	
10	K	κ	kappa	c	k
11	Λ	λ	lambda	l	
12	M	μ	mu	m	
13	N	ν	nu	n	
14	Ξ	ξ	xi	x	
15	O	o	omicron	o	
16	Π	π	pi	p	
17	P	ρ	rho	r , rh	
18	Σ	ς,σ	sigma	s	
19	T	τ	tau	t	
20	Y	υ	upsilon	y	u
21	Φ	φ	phi	ph	
22	X	χ	chi	ch	kh
23	Ψ	ψ	psi	ps	
24	Ω	ω	omega	ō	

附 錄 I b

梵文天城字母

元音			輔音				
字首	字中	轉寫	字母	轉寫		字母	轉寫	
अ / अ	—	a	क	k	喉	प	p	唇
			ख	kh		फ	ph	
आ / आ	ा	ā	ग	g		ब	b	
			घ	gh		भ	bh	
इ	ि	i	ङ	ṅ		म	m	
ई	ी	ī	च	c	顎	य	y	半元
उ	ु	u	छ	ch		र	r	
ऊ	ू	ū	ज	j		ल	l	
ऋ	ृ	ṛ (= ṛi)	झ / झ = झ	jh		व	v	
ॠ	ॄ	ṝ (= ṝī)	ञ	ñ		श	ś	氣
ऌ	ॢ	ḷ (= ḷi)	ट	ṭ	頭	ष	ṣ	
ए	े	e	ठ	ṭh		स	s	
ऐ	ै	ai	ड	ḍ		ह	h	
ओ	ो	o	ढ	ḍh		:	ḥ (Visarga)	
औ	ौ	au	ण	ṇ		.	ṃ 或 ṁ (Anusvāra)	
			त	t	齒			
			थ	th				
			द	d				
			ध	dh				
			न	n				

附 錄 I c

俄文字母

序號	字母	轉寫	序號	字母	轉寫
1	А а	a	16	Р	r
2	Б б	b	17	С	s
3	В	v	18	Т	t
4	Г	g	19	У	u
5	Д	d	20	Ф	f
6	Е е	e	21	Х	k
7	Ж	zh	22	Ц	ts
8	З	z	23	Ч	ch
9	И	i	24	Ш	sh
10	К	k	25	Щ	shch
11	Л	l	26	Ъ	”
12	М	m	27	Ы	y
13	Н	n	28	Ь	‘
14	О	o	29	Э	e
15	П	p	30	Ю	yu
			31	Я	ya